ANDARE AL CASTELLO

SCANDALI REALI: SAN RIMINI

NICOLE BURNHAM

Andare al castello

Scandali Reali: San Rimini - Libro 2

Traduzione italiana: Ernesto Pavan

Titolo originale: Going to the Castle

ISBN: 978-1-941828-62-5 (edición impresa)

ISBN: 978-1-941828-61-8 (libro electrónico)

Iscriviti qui alla newsletter in italiano di Nicole. Gli abbonati ricevono materiale bonus e informazioni sulle prossime uscite. Puoi annullare l'iscrizione in qualsiasi momento.

PROLOGO

NOTIZIE REALI
  Di V. Dempsey, 9 settembre

FESTA GRANDE PER IL PRINCIPE EREDITARIO DI SAN RIMINI

A 34 anni, Antony stabilisce un nuovo record

La Rocca di Zaffiro, SAN RIMINI – Più di trecento ospiti attentamente selezionati si sono radunati ieri sera in questo Paese del nord dell'Adriatico per celebrare il trentaquattresimo compleanno del principe Antony Lorenzo diTalora nella famosa Sala da Ballo Imperiale del palazzo reale.

Nel corso della serata, la conversazione si è concentrata non sull'imminente visita di Stato in Cina del principe, prevista in settimana, ma sulla sua età e stato civile. La famiglia diTalora può vantare il regno consecutivo più lungo d'Europa e tale longevità si può attribuire – almeno in parte – alla tradizione di sposarsi giovani.

Antony è ora il principe sanriminese più anziano a non essersi ancora sposato e a non aver generato un erede.

Nonostante i pettegolezzi bisbigliati nella sala da ballo, il principe Antony non è sembrato ansioso di accasarsi nel futuro prossimo. Alcune indiscrezioni lo hanno recentemente collegato alla ricca esponente dell'alta società Bianca Caratelli, ma ieri sera il principe è stato all'altezza della sua reputazione di playboy sudeuropeo, accompagnandosi alla supermodella tedesca Frida Heit, discendente della regina britannica Victoria.

Nel corso della serata, il principe è stato visto ballare con Caratelli, ma ha scelto di cenare con Heit e sua sorella, la principessa Isabella. Heit ha lasciato presto la serata, sostenendo di avere delle prove l'indomani di prima mattina. Antony, tuttavia, non è sembrato dispiaciuto e ha lasciato l'evento molto dopo la mezzanotte, in compagnia di un gruppo di amici della sorella, per recarsi a una festa privata in un luogo riservato.

Notevole è stata l'assenza dai festeggiamenti di re Eduardo, la qual cosa ha aggiunto peso alle voci secondo cui la salute del monarca non sarebbe buona come dichiarato. Un comunicato stampa ufficiale del palazzo sostiene che il re fosse "impegnato in importanti affari di Stato." Tuttavia, fonti vicine alla famiglia reale sostengono che il re non avesse attività ufficiali in agenda e che abbia trascorso la serata nella sua residenza a palazzo.

Il re non è stato visto impegnato nella sua corsa mattutina per diverse settimane, anche se il palazzo non ha fatto commenti riguardo a questo cambiamento nella routine.

Se le voci dovessero rivelarsi fondate, il principe Antony potrebbe non restare ancora per molto il principe playboy. Stando a diverse fonti interne, la salute di re Eduardo potrebbe costringerlo a prendere in considerazione un matrimonio combinato per il figlio maggiore.

"Sembra antiquato, ma da un certo punto di vista ha senso,"

ammette il conte Giovanni Sozzani, amico di lunga data del re, in risposta a una domanda riguardante questa possibilità. "Re Eduardo antepone i propri doveri ufficiali a tutto ed è convinto che sia suo dovere primario garantire il proseguimento della dinastia diTalora. Se Antony non si sposerà presto, re Eduardo si convincerà di essere venuto meno al popolo di San Rimini."

Antony ha rifiutato di fare commenti riguardo a piani di questo genere.

CAPITOLO 1

LA LATRINA MINACCIAVA di strabordare entro un'ora al massimo.

Jennifer Allen si appoggiò alla vanga e bevve profondamente dalla sua borraccia ammaccata. Le dolevano le braccia e la schiena dopo un pomeriggio trascorso a scavare sotto il sole estivo e il sudore le scorreva negli occhi, facendole bruciare le lenti a contatto, ma non poteva arrendersi ora.

Se lei e gli altri volontari non avessero finito di scavare presto il buco per la nuova latrina, c'era il rischio che i residenti del campo profughi Haffali optassero per scaricarsi nel vicino fiume. Sfortunatamente, il fiume forniva anche l'acqua per le docce del campo e per lavare i panni.

Jennifer lasciò cadere a terra la borraccia, quindi riprese il suo polveroso lavoro. Mentre sollevava la vanga per scavare, intravide un furgone bianco sorprendentemente pulito che scendeva lungo la montagna accidentata, diretto verso il campo. Appoggiò la vanga alla parete della fossa. Aveva già visto quel furgone. Apparteneva a una rete televisiva americana.

"Ehi, Pia." Attese che la vicedirettrice del campo le rivolgesse la propria attenzione, quindi gesticolò verso la strada piena di buche. "Hai idea di cosa vogliano?"

La guerra civile imperversava a Rasovo da oltre sei mesi e poche reti americane avevano visitato il campo, persino durante i primi giorni della guerra, quando l'interesse americano negli sfollati rasovari aveva toccato l'apice… ossia, la notizia era stata data alle tre del mattino dalla rete televisiva del furgone bianco. Dato che, di recente, non c'erano stati bombardamenti in zona, Jennifer non aveva idea del perché i giornalisti avessero scelto proprio quel giorno per una visita a sorpresa.

Tuttavia, se il Progetto Soccorso ai Rifugiati, per il quale lavorava, voleva tenere aperto il campo Haffali per coloro che fuggivano dai combattimenti, c'era bisogno di più donazioni. E soprattutto – Jennifer lanciò un'occhiata alla lunga fila per l'unica latrina funzionante – c'era bisogno di lavoratori competenti e di volontari disposti a venire in Rasovo a dare non una, ma due mani. Forse avrebbe potuto approfittare di quell'intrusione.

"Ah, diamine," brontolò Pia mentre usciva dalla buca mezza completata per dare un'occhiata migliore al furgone. "Devono aver sentito quella voce riguardo al principe Antony. Spero che non dispiaccia loro parlare con noi mentre lavoriamo."

"Quale voce?" Jennifer non riusciva a immaginare cosa c'entrasse il protagonista delle copertine dei tabloid d'Europa con il campo Haffali. Con l'eccezione del fatto che tanto il Rasovo quanto la San Rimini del principe occupavano l'estremità settentrionale della penisola balcanica, lei non vedeva alcun collegamento.

Pia inarcò un sopracciglio. "Non te l'avevo detto? Alcuni dei residenti della Tenda B hanno sentito alla radio che il principe Antony ha intenzione di visitare il campo domani. Sono venuti a chiedermi conferma, dato che io sono sanriminese. Ma non ho mai avuto alcuna notizia dal palazzo, per cui ho detto loro che era solo un pettegolezzo."

Nulla era giunto nemmeno sulla scrivania di Jennifer.

"Sono sicura che tu abbia ragione. Il principe Antony ha

centinaia di altre opere di beneficenza più pulite altrove in Europa da usare per le relazioni pubbliche. Perché rovinare un buon completo venendo qui?" La defunta madre del principe, la regina Aletta, era stata famosa presso le organizzazioni per i diritti umani e di beneficenza per il suo coinvolgimento profondo e appassionato. Sebbene Antony e i suoi germani avessero sostituito la madre al momento della morte di lei, cinque anni prima, Antony non aveva il tocco materno. Alcuni, nel settore non profit, erano convinti che stesse ancora cercando di orientarsi, mentre altri sostenevano che le sue apparizioni fossero calcolate per migliorare al meglio l'immagine pubblica della famiglia. Nessuno si lamentava, perché quelle comparsate creavano interesse, ma scelte come quella davano sempre fastidio a Jennifer.

Scosse la testa, pensando allo sfarzo del palazzo sanriminese. Il campo Haffali distava a un singolo giorno di marcia dal confine di San Rimini, e tuttavia, la vita facile sul lato sanriminese della montagna lo faceva sembrare un altro mondo rispetto al Rasovo devastato. Sfortunatamente per i residenti di Haffali, alla maggior parte dei sanriminesi andava bene così.

Si levò un coro di voci quando diversi rifugiati videro il furgone della televisione.

"Cosa vuoi fare?" chiese Pia. "Non abbiamo tempo per questa roba."

Jennifer si ravviò un ricciolo ribelle dietro il berretto dei Colorado Rockies, quindi sollevò la vanga. "Continuiamo a scavare. Quando i giornalisti mi troveranno e scopriranno che non c'è alcuna visita reale in programma, la buca sarà già finita. Poi, proverò a convincerli a realizzare un servizio sul campo. A diffondere la voce che abbiamo un bisogno disperato di personale."

Pia sbuffò mentre saltava di nuovo nella buca per continuare a scavare. "Bella idea, Jen, ma perché dovrebbero occuparsi di un campo profughi affollato e deprimente quando il loro compito sarebbe mandare qualche foto di un Principe Azzurro disgustosamente ricco e meravigliosamente bello sugli schermi della gente?"

Jennifer assentì in silenzio, ma si ripromise di convincere i giornalisti a rendere pubblica la necessità di ulteriori volontari.

E poi, se ricordava bene la storia, il Principe Azzurro non si era mai sporcato le mani aiutando Cenerentola nei lavori di casa. Ballava alle feste di palazzo e aveva la passione per le scarpette di cristallo. Lei aveva bisogno di gente vogliosa di aiutare. Gente che aveva la passione per gli stivali da lavoro. Non del Principe Azzurro.

Il principe Antony borbottò un'imprecazione assai poco regale nell'italiano che era la sua lingua madre mentre il suo elicottero atterrava al campo profughi che si trovava a pochi minuti di volo dal confine rasovaro. Si era recato in Rasovo diverse volte prima dello scoppiare delle ostilità, ma quel posto non aveva mai odorato di fogna. Sforzandosi di farsi sentire al di sopra del frastuono dell'elicottero, Antony disse: "So che il Rasovo ha i suoi problemi, ma cosa può puzzare così tanto?"

Come aveva fatto il fetore a non raggiungere San Rimini?

Emiliano, da sempre pilota di Antony, gli rivolse un debole sorriso. "È una situazione temporanea, Vostra Altezza. Mi pare di capire che ieri ci sia stato un problema con i servizi igienici. In questo momento, siamo sottovento. L'odore non sarà così terribile una volta che sarete arrivato al campo in sé."

Antony annuì, lieto che la sua assistente personale, Harriet, gli avesse suggerito di indossare una camicia sportiva e dei pantaloni da escursione invece del completo elegante che lui aveva pensato di indossare. Dopo l'ultima serie di cene di beneficenza, inaugurazioni di ospedali e commemorazioni a cui aveva dovuto partecipare come parte dei suoi doveri reali, aveva quasi dimenticato come fosse visitare una zona tormentata dalla mancanza di acqua corrente ed elettricità affidabile. Sporco, nel migliore dei casi.

Toccò il foglio che teneva nel taschino. Con un po' di fortuna, l'assegno al portatore che aveva con sé, rappresentante una considerevole donazione da parte della famiglia reale, avrebbe risolto quei problemi.

Strinse gli occhi, osservando il terreno. Il campo profughi si allargava lungo la base della vallata di fronte a loro, a cavalcioni del cosiddetto fiume Haffali, il corso d'acqua quasi in secca che dava il nome all'accampamento. A nord e a est del campo, montagne frastagliate isolavano la valle del fiume dal grosso degli scontri. Alle spalle di Antony, verso sud e verso ovest, un'altra catena montuosa, più bassa e dalle pendenze più dolci, segnava il confine fra il Rasovo e San Rimini.

Nei paraggi, due furgoni della televisione si fermarono lungo la strada che portava all'elisuperficie improvvisata. Una Land Rover che aveva visto giorni migliori oltrepassò sobbalzando i furgoni, per poi percorrere a breve distanza fino al limitare della piattaforma.

"Quello è il vostro passaggio, Altezza," disse Emiliano, accennando al fuoristrada mentre la sua portiera si apriva. "Io rimarrò con l'elicottero. Ci vediamo qui fra due ore."

"Grazie. Dovrebbe essere più che sufficiente." Antony si slacciò la cintura, quindi scese dall'elicottero, fermandosi quando notò che il conducente della Land Rover aveva già attraversato la piattaforma per venirgli incontro.

Era una donna. Per qualche motivo, lui non si era aspettato che fosse una donna a guidare quel veicolo così mascolino, soprattutto non una donna tanto attraente. Si rimproverò mentalmente per i suoi preconcetti.

La donna lo colpì per il suo aspetto sportivo. Mascolino. E decisamente americano. I suoi lunghi e ricci capelli rossi erano raccolti in una coda di cavallo e ficcati sotto un berretto dei

Colorado Rockies. Aveva una camicia blu impolverata, pantaloncini color cachi e le ginocchia sbucciate. I gomiti erano segnati da lividi. Non aveva la minima traccia di trucco sul viso.

Nonostante l'aspetto trasandato, la donna si muoveva con sicurezza. Era più o meno della stessa altezza dell'uomo medio e i suoi vecchi abiti da esterni non facevano nulla per nascondere le sue curve atletiche.

La donna gli strinse la mano – una stretta ferma, energica – e disse quello che Antony immaginò fosse il suo nome, anche se lui non lo sentì. Il fracasso delle pale dell'elicottero, che ancora si stavano fermando, coprì qualunque cosa lei avesse detto.

Antony evitò di chiederle di ripetersi. Lei era il suo autista, il che significava che la loro conoscenza sarebbe durata per il tempo di andare e venire dal centro del campo, e Antony non voleva che lei pensasse che lui non l'avesse ascoltata.

Si presentò in inglese, parlandole vicino all'orecchio, quindi aggiunse: "Sono onorato di avere la possibilità di vedere il vostro campo."

Si costrinse a non sporgersi ancora di più quando colse per un attimo il profumo della pelle della donna. Sapeva di fresco, come se avesse appena fatto una doccia o si fosse lavata in un lavandino con una semplice saponetta. Era tutto un altro mondo rispetto ai profumi pesanti che spesso Antony trovava addosso alle donne che incontrava in occasioni formali.

La donna gli rivolse un sorriso di benvenuto, un ampio sorriso che rendeva più facile ignorare la polvere dello spartano campo. "Siamo felici di accogliervi qui, anche se devo dire che si tratta di una sorpresa. Il palazzo ci ha informato della vostra visita solo un paio d'ore fa." La donna indicò la Land Rover. "Da questa parte, Vostra Altezza."

Antony salutò i giornalisti in piedi lungo la piattaforma mentre seguiva la donna fino al veicolo. Il sedile del passeggero era occupato da un grosso kit di pronto soccorso, per cui lui prese posto sul sedile posteriore. Una volta che si fu messo comodo, aprì il taccuino che si era infilato nella tasca dei pantaloni e osservò gli appunti fornitigli da Harriet. Imprecò fra sé, rimpiangendo di non aver avuto più tempo per consultare le informazioni sul Progetto Soccorso ai Rifugiati.

Non che lui non avesse voluto venire. Al contrario: suo padre, re Eduardo, gli aveva inculcato fin dalla nascita che era suo dovere, in quanto principe ereditario di San Rimini, aiutare i vicini meno fortunati della sua nazione nei momenti di difficoltà. Ma gli avevano detto per mesi che il campo profughi di Haffali non era sicuro, che non poteva correre il rischio di visitarlo. Era rimasto sconvolto quando, la sera prima, Harriet era entrata nel suo ufficio, pochi minuti dopo che lui era tornato da una lunga visita di Stato in Cina, e lo aveva informato che i combattimenti in Rasovo si erano spostati verso est. Gli aveva organizzato la visita per il giorno dopo, nel caso gli scontri si fossero spostati nuovamente. Antony era stato troppo esausto dal volo per leggere il materiale da lei preparato.

Sperava che la donazione generosa avrebbe aiutato a nascondere il fatto che lui non sapeva ciò che avrebbe dovuto riguardo all'organizzazione.

Chiuse di scatto il taccuino. Forse, la sua disponibile ma anonima autista avrebbe potuto trasmettergli i dettagli più importanti.

"Mi hanno detto che anche la direttrice del campo è americana. Jennifer Allen. Sarà lei a fare da guida, oggi?"

"Ah, l'idea è quella," rispose la rossa, aggrottando la fronte mentre si allontanava in retromarcia dall'elisuperficie.

La signorina Allen non le piaceva? Antony osservò il riflesso dell'autista nello specchietto. L'espressione preoccupata di lei svanì così in fretta da fargli quasi credere di essersela immaginata. La donna aveva grandi e amichevoli occhi azzurri, un naso lentigginoso e una bocca piena e sensuale. Una bocca che lui avrebbe scommesso sorridesse spesso, a giudicare dalle minuscole rughe di allegria su entrambi i lati. Non gli sembrava il tipo che non apprezzava gli altri senza averne motivo.

Sperando di scoprire di più riguardo alla direttrice del campo, Antony disse: "Mi stupisce che l'abbiano mandata da sola alla piattaforma. Pensavo che ci sarebbero stati anche la signorina Allen e il resto del suo personale."

L'autista fece spallucce, quindi gli lanciò un'occhiata accompagnata da un sorriso sardonico. "A dire il vero, sono io a stupirmi che *voi* siate venuto solo. Avevo dato per scontato che avrei fatto da autista a un branco di balie e non sapevo se avrei avuto spazio a bordo."

Fu il turno di Antony di accigliarsi. Aveva studiato l'inglese, ma doveva comunque tradurre mentalmente. A volte, parole o frasi bizzarre lo confondevano, costringendolo a decifrarle in base al contesto. "Balie? Vuol dire assistenti?"

"O guardie del corpo."

"Ah. Non porto le mie guardie del corpo alle visite di beneficenza."

A quelle parole, lo sguardo della donna corse a lui per un istante. L'aveva colpita per il fatto di essere disposto a viaggiare senza protezione?

"Mi verrebbe da pensare che le vostre visite di beneficenza siano solitamente più sicure di questa."

Beh. Forse no. "I responsabili della mia sicurezza mi hanno assicurato che gli scontri si sono allontanati da questa zona e che al momento essa è relativamente sicura."

"Questo è vero." La donna sterzò a sinistra della strada sterrata per evitare un gruppo di rifugiati che stava entrando nel campo. Antony afferrò lo schienale del sedile della donna per reggersi quando il veicolo sobbalzò sul fango e le erbacce.

Tornarono su terreno solido ed Antony mollò la presa per sporgersi verso il finestrino e guardare meglio il gruppo. Tre donne, sei bambini, un uomo. Tutti disperatamente bisognosi di un bagno. Tutti con espressioni affamate e lo sguardo esausto.

L'uomo tirava un carretto pieno di lenzuola, vestiti e alcuni cesti intrecciati a mano pieni di chissà che cosa. Antony si chiese quali orrori avessero vissuto quelle persone dall'inizio degli scontri.

"Ammetto che questo non è il luogo più sicuro in cui io sia mai stato," disse una volta che si furono lasciati i rifugiati alle spalle. "Ma era da tempo che avevo intenzione di venire qui. La mia famiglia considera proprio dovere prestare aiuto ai vicini di San Rimini nel momento del bisogno e io prendo molto sul serio questo dovere."

La donna uscì di strada e fermò la Land Rover accanto a una roulotte che una targa identificava come quartier generale del campo. Dietro alla roulotte, centinaia di rifugiati, alcuni in condizioni peggiori di quelle del gruppo che aveva oltrepassato sulla strada, attendevano in fila di avvicinarsi a quattro tavoli pieghevoli, ciascuno seguito da volontari.

Nei paraggi, un ospedale da campo sfoggiava una grossa croce rossa sul tetto. Una mensa – a giudicare dalla fila di persone armate di vassoio che attendevano di entrare – si trovava leggermente più a valle. Due grandi tende che sembravano fungere da alloggi erano state montate sulla riva opposta del fiume. Tuttavia, rifugi improvvisati costruiti soprattutto con coperte, cartone e lamiere di metallo punteggiavano la collina vicino alla mensa e sembravano ospitare tante persone – o di più – quante ne ospitavano le due grandi tende. Un ponte pedonale collegava le due zone.

Antony esalò il fiato mentre osservava la scena. A volte dimenticava quanto poteva essere difficile la vita fuori dai confini sicuri della sua nazione e lontano dalle cerimonie e dalle cene eleganti a cui spesso partecipava.

"Ogni volta che i combattimenti si spostano, generano un nuovo influsso di rifugiati. La settimana scorsa è stata tranquilla. Ieri e oggi sono stati molto indaffarati." La donna mise in folle. "Non è prevedibile come San Rimini, vero?"

Quella donna sapeva leggere nel pensiero?

"Non deve essere facile per voi. La maggior parte delle persone non sceglierebbe di passare il tempo in condizioni del genere."

Voltandosi sul sedile, la donna rispose con voce colma di convinzione: "Non è facile, ma io non vorrei mai essere altrove. Assistere i rasovari è un gesto di amore, per noi del personale del campo. Sono persone meravigliose, come vedrete durante la visita. Sarebbero i primi a offrirsi di aiutare gli altri, se la situazione fosse invertita."

"Allora andiamo." Antony non riusciva a non ammirare l'entusiasmo della donna. Avrebbe voluto che fosse lei a fargli da guida, invece della signorina Allen. In mezzo a tutta quella tristezza, lui trovava assolutamente accattivanti il suo ottimismo e il suo affetto genuino nei confronti dei rasovari. Chissà cosa l'aveva spinta a scegliere un lavoro tanto difficile. Da quel poco che lui aveva visto, sembrava il genere di persona in grado di avere successo in qualunque contesto.

Mentre Antony usciva dal veicolo, una strana sensazione lo attraversò. C'era qualcosa che non andava. Si guardò attorno per un momento, incapace di capire esattamente cosa ci fosse di sbagliato in quella scena. Poi se ne rese conto. Non c'erano media. Nemmeno un furgone li aveva seguiti dall'elisuperficie. A dire il vero, nessuno – nemmeno il gruppo di rifugiati vicino alla roulotte – sembrava essersi accorto del suo arrivo.

Era trascorso quasi un anno dalla sua ultima visita a un campo profughi straniero, quando Antony aveva visitato una serie di siti in una zona dell'Himalaya travolta da una serie di terremoti. Ricordava di essersi ritrovato circondato da persone ansiose di stringere la mano a un visitatore famoso in un luogo per il resto devastato. Era stato accolto da striscioni scritti a mano e i bambini erano stati entusiasti di avere una scusa per esibirsi in canti e danze tradizionali.

Cos'era successo questa volta?

"Il furgone della televisione non ci ha seguiti?" chiese Antony. "La mia assistente aveva richiesto specificamente che alla San Riminian National News e alla CNN International fosse permesso di accompagnarmi durante la visita. La signorina Allen ha avuto delle difficoltà?"

"Un giornalista ciascuno di San Rimini e della CNN vi raggiungeranno in ospedale. Agli altri è stato chiesto di attendere che finiamo il giro dell'ospedale per raggiungervi per il resto della visita."

"Dalla signorina Allen? E loro hanno accettato?"

La donna inarcò le sopracciglia. "Proprio così."

Antony era seriamente preoccupato da Jennifer Allen e non l'aveva ancora nemmeno conosciuta.

"Perché? Pensavo che volesse attirare l'attenzione sul campo e sulle sue necessità."

L'autista gesticolò verso la folla in fila dietro la roulotte. "In primo luogo, i rifugiati che arrivano al campo sono diffidenti nei confronti dei giornalisti. Sono fuggiti per salvarsi la vita e a volte sono stati costretti a nascondersi per giorni o addirittura settimane fra le colline prima di arrivare qui. Temono che coloro che li hanno cacciati dalle loro case li vedano in televisione e vengano a cercarli. Fino a quando non si sono abituati alla vita al campo e non si sono resi conto di essere al sicuro qui, è meglio tenerli lontani dalla stampa."

L'attenzione della donna si spostò sull'ospedale da campo. "In secondo luogo, il nostro ospedale è troppo affollato. Semplicemente, non abbiamo spazio per la stampa." Fece una pausa, come per trovare il modo migliore per formulare la frase successiva. "Questa mattina, c'è voluto parecchio tempo per convincere i giornalisti che solo i due indicati specificamente da voi potevano venire in ospedale e solo per deferenza nei confronti dei vostri desideri. Una volta che i giornalisti hanno compreso i nostri limiti di spazio, hanno generosamente accettato di attendere che voi concludeste quella parte della vostra visita prima di raggiungerci."

"Comprendo le vostre difficoltà," rispose lentamente Antony, assicurandosi di mettere insieme le parole giuste per comunicare senza offendere la donna. Trovava rinfrancante la sua schiettezza. E attraente. La maggior parte delle donne – e anche degli uomini – dissimulava i propri sentimenti in presenza di Antony e lui non voleva scoraggiarla. Tratto un respiro profondo, disse: "Tuttavia, ho già lavorato in passato con diversi di quei giornalisti. Possono fare buona pubblicità alla vostra causa e sono sensibili alla vostra necessità di–"

"Ecco la donna che stavo aspettando. Fra poco saremo pronti a cominciare la visita."

Sbalordito nel vedersi interrotto, Antony seguì lo sguardo dell'autista e vide una bassa donna bionda che correva verso di loro, proveniente dalla direzione della mensa. Portava un portablocco sottobraccio, cosa che Antony interpretò come segno del fatto che doveva essere la famigerata direttrice del campo.

"Scusate il ritardo, Vostra Altezza," si scusò la donna in un italiano dall'accento sanriminese mentre attraversava la strada stretta. "Ho dovuto prendere una telefonata dal nostro quartier generale negli Stati Uniti. Speravo di raggiungervi all'elicottero."

Antony tese la mano e sfoderò quello che sperava fosse un sorriso accattivante. Doveva convincerla a permettere ai furgoni della televisione l'accesso al complesso. Sebbene lo scopo principale della sua visita fosse vedere con i suoi occhi il campo profughi e fornire sostegno finanziario, voleva che la famiglia reale venisse messa in buona luce – per la precisione, che venisse vista aiutare i bisognosi – in modo che altri nella sua posizione prendessero in considerazione di emularlo. Dato che la signorina Allen padroneggiava palesemente l'italiano – con accento sanriminese, addirittura – di certo doveva anche conoscere il Paese di Antony e la sua tradizione di generosità.

"È un piacere conoscerla, signorina Allen."

La bionda gli strinse con esitazione la mano. "Anche per me è un piacere conoscervi, Vostra Altezza, ma temo che vi siate confuso. Io sono Pia Renati, vicedirettrice del campo. Credo che voi conosciate mio cugino, il visconte Renati."

"È un mio buon amico," disse Antony, decisamente confuso. "Gli ho parlato la settimana scorsa per chiedergli di contribuire a una borsa di studio che ho fondato di recente. Per cui, lei non è–?"

"Questa è Jennifer Allen." La bionda passò all'inglese mentre passava il portablocco all'autista di Antony. "È la direttrice del campo profughi Haffali e vi accompagnerà durante la vostra visita. Può rispondere a qualunque domanda voi abbiate riguardo al campo o al Progetto Soccorso ai Rifugiati."

Antony si voltò verso la sua autista. "È lei Jennifer Allen? Mi accompagnerà nella visita?"

Inizialmente, Antony avrebbe voluto che così fosse, ma non ora. Non dopo aver espresso il proprio disaccordo con il modo di gestire i media della donna e soprattutto non dopo averla liquidata come una semplice autista che avrebbe visto solo per pochi minuti quando non aveva udito il suo nome, per poi procedere a farle domande riguardo a lei stessa come se fosse un'altra persona.

Si prese l'appunto mentale di badare a ciò che desiderava e di stare più attento in generale.

Si era messo in imbarazzo, cosa che lo contrariava profondamente, nonostante il fatto che lei non lo aveva corretto pur avendone l'opportunità. Le donne con un autocontrollo come quello e grandi occhi accattivanti come quelli – per non parlare del fisico sconvolgente – rendevano incauti gli uomini. In quanto principe ereditario di San Rimini, Antony non poteva permettersi di essere incauto.

"Sì, sono Jennifer Allen," ripeté la donna, per nulla turbata nonostante la gaffe di Antony. "Ho ritenuto importante che voi conosceste Pia, dato che, in quanto cittadina sanriminese, lei ha sfruttato le proprie conoscenze per trovare dimore temporanee per diverse famiglie di rifugiati nel vostro Paese."

Jennifer ringraziò la sua vice per le informazioni nel portablocco, quindi gesticolò energicamente verso l'ospedale da campo. "Se volete accompagnarmi, Vostra Altezza, sarò lieta di mostrarvi il campo in modo che abbiate tempo in abbondanza da trascorrere con i giornalisti."

JENNIFER CERCÒ di non fissare il nervo che guizzava nella mascella del principe. Sapeva che, a momenti, l'uomo avrebbe iniziato a fare polemica e lei non era sicura che sarebbe riuscita a mantenere ancora a lungo la calma.

Quando Pia aveva descritto il principe come stupendo, aveva usato l'eufemismo dell'anno. *Stupendo* non si avvicinava nemmeno a descrivere il principe Antony. Non c'era da stupirsi che i giornalisti in attesa all'elisuperficie avessero fatto i salti mortali per scattargli delle foto. Certo, Jennifer aveva visto il principe Antony in televisione all'interno di servizi mondani e aveva preso atto del suo bell'aspetto. Chi non lo avrebbe fatto? Ma non lo aveva mai trovato ipnotico al punto da impedirle di cambiare canale alla ricerca di notizie di natura pratica riguardanti eventi politici o catastrofici come guerre, terremoti e siccità, che affliggevano le organizzazioni come la sua.

Vedere il principe Antony in carne e ossa era tutt'altra faccenda.

Lo schermo piatto di un televisore non riusciva a trasmettere appieno l'ampiezza delle spalle dell'uomo, la linea scolpita della sua mascella, la consistenza dei suoi capelli neri ondulati o l'orgoglio e la sicurezza pacati della sua camminata quando l'aveva avvicinata scendendo dall'elicottero. L'uomo le aveva passato addosso uno sguardo di approvazione, quindi l'aveva salutata con una calorosa stretta di mano, un barlume negli occhi azzurro chiaro e un sorriso devastante che le aveva sciolto le viscere.

Poi le aveva detto, avvicinandosi al punto da permetterle di inalare la sua costosa colonia, quanto era entusiasta di quella visita. Il suo accento sexy era stato il colpo di grazia. Jennifer si era convinta che non ci fosse altra donna al mondo di cui a lui importava, né altra causa se non quella da lei perorata. Non riusciva a credere di essersi sbagliata così tanto riguardo a lui o alla sua dedizione alla beneficenza. Il principe sembrava genuinamente interessato ai rasovari. Ciò lo rendeva un pacchetto quasi irresistibile. Jennifer era quasi svenuta mentre saliva sulla Land Rover, santi numi.

Poi, il principe si era dimenticato il suo nome.

In quel momento, lei si era resa conto che l'uomo non era diverso dai politici che avevano fatto vane promesse di fondi e sostegno ai suoi genitori negli anni da loro trascorsi a lavorare con gli sfollati in Vietnam e in Cambogia.

Proprio come quei politici, il principe Antony era stato formato per fare sì che i volontari avessero la sensazione che gli importasse davvero di ciò che avevano da dire. Nel profondo di sé, tuttavia, l'unica importanza che lei attribuiva loro era quella richiesta dalla sua posizione regale.

Jennifer si era rimproverata per essersi lasciata plagiare dal fascino dell'uomo, quindi aveva deciso di lasciargli credere che lei non fosse la direttrice del campo. Di metterlo alla prova per vedere come avrebbe reagito al puzzo, al flusso di rifugiati della giornata e al fatto che i media erano rimasti dalla parte opposta del campo mentre lei lo conduceva nel cuore del complesso.

Antony aveva evitato di menzionare il fetore emanato dalla latrina abbandonata, che doveva essere ancora sanificata e chiusa. Aveva espresso solidarietà nei confronti dei rifugiati che camminavano lungo la strada. Quelli erano punti a suo favore, che inizialmente l'avevano spinta a chiedersi se non avesse giudicato ancora una volta troppo in fretta.

Ma poi, il principe si era infastidito per la mancanza di attenzioni mediatiche immediate e lei era giunta alla conclusione di aver fatto bene a dubitare di lui. Il cosiddetto entusiasmo del principe Antony per la visita in Rasovo si riferiva esclusivamente alla presenza di giornalisti che sbavavano per ogni suo gesto. Jennifer si chiese se egli sapesse qualcosa dei rifugiati, dei fattori che li spingevano o di ciò che ora si trovavano ad affrontare.

Sollevò lo sguardo sulla collina dal lato opposto del campo, notando che diversi fotografi avevano preso posizione con le macchine fotografiche puntate nella sua direzione. Il principe Antony seguì il suo sguardo, quindi aprì la bocca come per chiedere ancora una volta una presenza più ravvicinata dei media.

"Vostra Altezza," disse lei, sperando di zittire le obiezioni dell'uomo prima che questi potesse farle, "ho organizzato la vostra visita perché duri novanta minuti. Nel corso della prima ora attraverseremo le strutture del campo. Vi mostrerò il duro lavoro che facciamo qui all'Haffali e risponderò a qualunque domanda voi abbiate riguardo alla nostra missione e ai nostri metodi. Cominceremo dall'ospedale, dato che so che voi desiderate che i media siano presenti quanto più possibile."

Jennifer si incamminò verso l'ospedale da campo, sperando fortemente che il principe l'avrebbe seguita senza fare obiezioni. "I bambini rasovari vogliono farvi una presentazione per ringraziarvi di esservi preso il tempo di venirli a trovare. Ho ritenuto opportuno porla alla fine della vostra visita, quando tutti i giornalisti potranno partecipare. Inoltre, ho riservato del tempo dopo la presentazione perché i media possono fare domande riguardo al campo e ai motivi della vostra visita."

Motivi che lei stessa avrebbe gradito conoscere.

Il principe esitò, lanciò un'altra occhiata alla fila di fotografi e gesticolò nella direzione in cui Jennifer aveva cominciato a camminare. Rivolgendole un sorriso conciliatore mentre camminavano, disse: "Magnifico. Sono ansioso di imparare il più possibile."

Il sollievo la travolse. E uno.

"Questo è il nostro ospedale da campo," disse mentre raggiungevano la tenda. "Al momento, il personale è composto da sette medici. Tre vengono dagli Stati Uniti, due dall'Italia e uno ciascuno dalla Svizzera e da San Rimini."

Condusse il principe attraverso le porte di legno della struttura semipermanente, notando la sorpresa riflessa negli occhi dell'uomo mentre questi passava lo sguardo sulle lunghe file di brandine disposte lungo le pareti. Jennifer rivolse un cenno del capo a una delle infermiere, che per poco non fece cadere un pappagallo alla vista dell'uomo dai capelli scuri sulla soglia. "Come vedete, principe Antony, sette medici non sono nemmeno lontanamente sufficienti a smaltire la domanda. Per fortuna abbiamo oltre una dozzina di infermieri, che si sono assunti una varietà di compiti, compresi alcuni che di solito sono riservati ai medici. Due dei nostri infermieri parlano la lingua locale, per cui fungono anche da interpreti."

Il principe sembrava abbastanza colpito. "Il rasovaro è una lingua difficile. Io stesso la conosco molto poco. È una fortuna che siate riusciti a trovare parlanti competenti da impiegare qui."

Mentre lei annuiva, il principe gesticolò verso le brandine. "Devono esserci centinaia di pazienti in questa tenda. Da fuori non si direbbe."

"Sono circa trecentocinquanta. Il numero varia da un giorno all'altro."

I due giornalisti che Jennifer aveva incluso nella visita guidata li raggiunsero, dopodiché lei condusse il gruppo lungo la prima fila di brandine, presentando il principe ad alcuni dei pazienti. Dato che, il giorno prima, lei aveva detto ai rifugiati che il principe Antony non sarebbe venuto, loro rimasero a bocca aperta per lo stupore quando l'uomo li raggiunse, strinse loro la mano ed espresse i suoi migliori auguri per la loro salute e per una rapida conclusione delle violenze nel Paese.

Dopo che furono arrivati in fondo alla prima fila di brandine, Jennifer scostò la tenda che separava la sezione degli adulti da quella dei bambini. Era sempre un duro colpo vedere tutti quei bambini feriti e malati, molti dei quali erano troppo giovani per capire che cosa stesse accadendo. Ciononostante, il calore la travolse quando vide Josef, un ragazzino di undici anni il cui padre era disperso, giocare a ripiglino mentre se ne stava sdraiato sulla sua branda. Nonostante la preoccupazione per la sorte di suo padre e il dolore delle ferite riportate, Josef non mancava mai di rallegrare se stesso e coloro che lo circondavano. Appena due giorni prima, aveva realizzato l'origami di una colomba per la scrivania di Jennifer.

"Per te. Per la pace. Così andiamo tutti e due a casa presto." Il bambino le aveva rivolto un sorriso da scaldare il cuore mentre esprimeva il suo desiderio in inglese. In quell'istante, Jennifer si era perdutamente innamorata del piccolo ottimista.

"Ciao, Josef." Gli fece l'occhiolino mentre si avvicinava assieme al principe Antony. In un rasovaro stentato, chiese: "Come sta la gamba? Meglio?"

Josef lasciò cadere lo spago e annuì, ma il suo sguardo era fisso sull'uomo accanto a lei.

Jennifer passò all'inglese e disse: "Lui è il principe Antony. È venuto a far visita al campo per incontrare persone come te ed apprendere le vostre esperienze. Ti va di esercitare il tuo inglese con lui?"

Rivolta al principe Antony, disse: "Non va a scuola da mesi e gli manca poter fare pratica."

Josef annuì mentre cercava faticosamente di mettersi seduto, ma il principe allungò una mano per fermarlo. "Per favore, Josef, rilassati. Mi siedo io." Il principe afferrò una sedia che era stata spinta contro la parete vicino alla brandina di Josef e la avvicinò prima di prendere posto. "Da quanto tempo sei qui?"

"Due settimane," rispose Josef in un sussurro colmo di meraviglia. "Siete venuto per me? Per trovare me?"

"Sono venuto a trovare tutti ad Haffali." Il principe si sporse in avanti e abbassò la voce, assumendo un tono complice. "Ma sono molto felice di conoscerti."

Josef spalancò gli occhi. Uno dei giornalisti scattò una foto. Jennifer rimpianse di non avere a sua volta una macchina fotografica, in modo da poter catturare l'immagine per la madre di Josef.

Il principe guardò la gamba pesantemente bendata del ragazzino. "Sei venuto al campo con quella ferita?" Quando il ragazzo annuì, il principe Antony proseguì: "Deve essere stato difficile viaggiare. Sei un duro."

Il petto di Josef si gonfiò d'orgoglio. "Mia madre anche dice che sono molto duro."

Antony sorrise, quindi prese un libro malconcio dal pavimento accanto al letto di Josef. "È tuo? Mia madre me lo leggeva quando ero piccolo, anche se il mio era in italiano." Il principe aprì il libro e lesse le parole sulla prima pagina. "Vuoi che leggiamo insieme il primo capitolo? Così potremo esercitarci entrambi nell'inglese. Io lavoro sempre sul mio."

Josef si illuminò in viso, più sereno di quanto Jennifer l'avesse visto nelle due settimane da che lui viveva al campo. "Sì, leggere. Grazie!"

Mentre Antony si lanciava nella storia di un adolescente che era sfuggito dalle dipendenze di un locandiere violento, solo per ritrovarsi a bordo di una nave pirata, Jennifer si costrinse a tenere le ginocchia dritte. La ricca voce di baritono del principe scivolava sulle parole con un ritmo tanto vivace e allegro che gli altri bambini si rizzarono nelle loro brandine e ascoltarono con interesse. Antony imitò il ruggito del capitano pirata quando questi scoprì che il nuovo mozzo lo aveva spiato, poi ondeggiò nel descrivere il rollio della nave durante una tempesta. Si alternò nella lettura con Josef e il ragazzino, quando veniva il suo turno, imitava i versi e l'intonazione del principe. Quando finirono il capitolo, dai pazienti e dal personale si levò uno scroscio di applausi.

Se Jennifer non avesse saputo altrimenti, avrebbe creduto che il principe Antony avesse dato spettacolo solo a beneficio dei pazienti e non per i due giornalisti che puntavano le macchine fotografiche e i registratori. Quali che fossero le motivazioni del principe, il fatto che aveva reso così felice Josef fece sì che Jennifer fosse lieta che lui avesse scelto di fermarsi lì.

Il principe Antony rise ad alta voce dell'applauso, porse il libro a Josef e augurò al bambino una guarigione rapida. "Tra qualche mese, quando ti sentirai di nuovo bene, sarei onorato se tu potessi venire al palazzo di San Rimini e leggermi un capitolo."

Il principe Antony si voltò a guardare Jennifer, gli occhi illuminati da un entusiasmo che lei non si era aspettata. Il cuore le tonfò nel petto, nonostante i suoi sforzi di resistere al fascino del principe. "Le lascerò il contatto della mia assistente. La prego di contattarmi quando la gamba di Josef sarà guarita; organizzeremo una visita."

Il principe si sporse verso di lei e Jennifer avrebbe potuto giurare che ci fosse una sfida nel suo sguardo.

"Forse lei potrebbe accompagnarlo, signorina Allen."

CAPITOLO 2

Jennifer lo fissò. Il principe ereditario di San Rimini voleva che lei venisse a palazzo?

Non poteva essere un invito genuino, razionalizzò, ma solo un civettare innocuo da parte di un uomo abituato a farlo. Cercò di rispondere in maniera non impegnativa e alla fine mormorò: "Sembrerebbe bello."

Idiota, ma sincero.

"Per favore. Mia madre, lei dirà di sì." Lo sguardo di Josef la implorava quanto il suo tono di voce.

Lei rivolse al suo paziente preferito un sorriso rassicurante. Non poteva dire di no, non a un ragazzino la cui famiglia era stata lacerata da una guerra che non era colpa sua. Né poteva negare il desiderio di un uomo che aveva ammaliato l'intera sala. Ma non voleva che Josef riponesse le sue speranze in un principe che non avrebbe certo mantenuto un invito fatto sull'onda del momento. Alla fine, rispose: "Vedremo, Josef. Ti attende una guarigione lunga."

Il principe Antony si rivolse a Josef e arruffò i capelli scuri del bambino. "Devi convincerla, Josef. Obbedisci ai medici e alle infermiere e ci vedremo fra qualche mese." Lanciò un'occhiata a Jennifer. "Com'è che si dice? Affare sfatto?"

"Affare fatto."

"Sì, fatto!" Josef batté le mani mentre faceva quell'esclamazione.

"Non me lo dimenticherò."

Nell'alzarsi, il principe Antony stupì ancora una volta Jennifer prendendola per il braccio e incoraggiandola a proseguire; il calore della sua mano le alzò la temperatura di diversi gradi. "Andiamo avanti. Voglio incontrare quanti più pazienti possibile."

Proseguirono attraverso il resto dell'ospedale. Antony strinse la mano al personale, rivolse parole gentili a coloro che erano convalescenti da un'operazione e a coloro che cercavano parenti dispersi fra i feriti. Dedicò particolare attenzione ai bambini, incoraggiandoli a obbedire a coloro che si prendevano cura di loro così da tornare a scuola dopo la fine del conflitto.

Troppo presto, uscirono dall'ospedale e si diressero verso il miscuglio di rifugi improvvisati dove vivevano molti dei rifugiati. Sotto il sole splendente del Rasovo, il principe si asciugò con discrezione la fronte mentre i due giornalisti andarono avanti per scattare foto di un gruppo di bambini rasovari che giocavano a calcio in mezzo alla strada.

"Come fanno i feriti a sopravvivere al viaggio fino a qui con questo caldo? Il villaggio più vicino dista molti chilometri. Con le montagne in mezzo, per di più." Antony smise di camminare e il suo sguardo corse alle vette frastagliate a nord del campo, direzione dalla quale provenivano molti dei rifugiati. "Josef, ad esempio. Non è possibile che sia venuto qui a piedi da solo, come il gruppo che abbiamo oltrepassato questa mattina."

Jennifer esitò. I giornalisti si erano allontanati.

"Per alcuni è difficile arrivare fin qui con le proprie forze," spiegò, "ma non hanno scelta, per cui corrono il rischio. Fortunatamente, molti hanno la possibilità di fare parte del viaggio a bordo di carri o furgoni di proprietà di compatrioti che hanno dello spazio libero fra le loro cose. E la Croce Rossa ha qualche ambulanza e furgone in zona. Quando possono, offrono un passaggio."

"E Josef? Lei conosce la sua storia?" La voce di Antony conteneva un misto di curiosità e preoccupazione. Se era stato cresciuto affinché desse alla gente la sensazione che alla famiglia reale importasse di loro, la sua formazione era andata a buon fine.

"È stata un'operatrice della Croce Rossa sanriminese a portarlo qui. Josef, sua madre e le sue due sorelle erano in un fosso a bordo strada vicino al confine di San Rimini, a nascondersi dai guerriglieri. Josef era stato colpito dalla scheggia di un esplosivo mentre lasciavano il villaggio. Sua madre non ce la faceva più a trasportarlo, ma aveva paura a lasciarlo nascosto nel fosso mentre andava in cerca di aiuto. Era sveglia da oltre ventiquattro ore, in attesa che passasse un veicolo dall'aspetto abbastanza sicuro da poterlo fermare."

"E il padre?"

"Un sarto di successo e gestore di un lavasecco. Mentre la famiglia si preparava a fuggire, ha visto che il suo negozio era in fiamme. È andato indagare e ha detto alla famiglia di partire senza di lui, ma non li ha mai raggiunti. Stiamo cercando di rintracciarlo."

Il principe fece una smorfia. "Che cosa terribile. La madre di Josef si trova in una situazione molto difficile. Deve essere dura come il figlio."

"Lo è."

Ripresero a camminare, ma mentre si avvicinavano alla zona dove sorgevano le povere tende dei rifugiati, lui le mise una mano sul braccio, mandando ancora una volta una scarica di calore lungo le sue terminazioni nervose.

"Alla fine della visita, potrebbe cortesemente ricordarmi di menzionare Josef ai media? Con il permesso della madre, naturalmente," aggiunse il principe. "Vorrei che fossero presenti alla sua visita a palazzo. Questo darà al pubblico un esempio concreto di come il Progetto Soccorso ai Rifugiati aiuta le famiglie a riprendersi dalla guerra."

Le lasciò il braccio e tirò fuori dalla tasca un biglietto da visita, indicandole il numero da chiamare dopo la guarigione di Josef. Jennifer osservò per un momento la spessa carta goffrata e si chiese ancora una volta se il principe Antony fosse sincero. Possibile che volesse davvero mostrare il modo in cui le organizzazioni umanitarie come la sua aiutavano la gente e incoraggiare gli spettatori a contribuire attivamente?

Oppure il carismatico principe era bramoso di attenzioni e sfruttava ogni opportunità per attirare i giornalisti a palazzo? Jennifer non poteva saperlo per certo, ma la reputazione dell'uomo e il modo in cui aveva reagito quando lei lo aveva informato che i media non avrebbero potuto seguirlo durante tutta la visita la spingevano a credere che fosse disposto a tutto per corteggiare la stampa.

Si mise in tasca il biglietto da visita. Anche se il principe Antony fosse stato un cacciatore di pubblicità, qualcosa nella sua reazione a Josef le faceva venire voglia di dargli il beneficio del dubbio. Qualunque fosse il suo movente, aveva fatto sentire speciale il bambino. E ciò le accelerava ancora di più il cuore di quando lui si era chinato a parlarne nell'orecchio sulla piattaforma o di quando le aveva preso il braccio mentre attraversavano l'ospedale da campo.

Trasse un respiro profondo. Doveva soffocare l'attrazione e concentrarsi sul bene dei rifugiati. Stando ai titoli dei tabloid, Antony era un cercatore appassionato del piacere. Al contrario della vita sentimentale di Jennifer – che era praticamente inesistente da quando lei si era laureata e aveva inseguito il sogno di diventare volontaria come i suoi genitori – il principe frequentava numerose donne. Donne ricche ed eleganti. Antony viveva alla grande con il denaro di famiglia e, probabilmente, faceva visite come quella perché era suo dovere farlo. Aveva semplicemente imparato a fare buon viso a cattivo gioco.

Beh, se l'uomo voleva usare il campo di Jennifer per guadagnarsi una spunta nel suo elenco di impegni regali, buon per lui. Ma lei aveva intenzione di ricavarne qualcosa di più di trenta secondi di pubblicità e una scarica ormonale temporanea.

Un sogno per il piccolo Josef. Una donazione decente da parte della famiglia reale. Ma soprattutto, attenzione sul fatto che il campo Haffali aveva disperatamente bisogno di personale.

"Ma certo che ve lo ricorderò," promise. "Purché la madre di Josef sia d'accordo. Ma vorrei che anche voi faceste qualcosa per me."

Il principe angolò la testa in modo che lo sguardo dei suoi pallidi occhi azzurri si fissasse su di lei. "Di che si tratta?"

"Durante la sessione di domande e risposte, potreste dire ai giornalisti quanto è importante che vengano delle persone a lavorare in Rasovo?"

Tirò fuori dalla tasca un volantino sul Progetto Soccorso ai Rifugiati e lo porse al principe prima che questi potesse obiettare al suo modo di fare diretto. "Sul nostro sito c'è una pagina dedicata ad Haffali e, di recente, abbiamo aperto una linea telefonica per rispondere alle domande del pubblico sulla nostra organizzazione e per accettare candidature, ma finora c'è stato solo un silenzio spaventoso. Se voi poteste incoraggiare la gente a contattarci, ciò aiuterebbe molto le famiglie come quella di Josef a riprendersi dalla guerra."

"Tutto qui?" Lo sguardo del principe si fece perplesso. "Immaginavo che le vostre necessità più pressanti fossero di natura finanziaria."

"Le donazioni aiutano," ammise Jennifer. "Immensamente. Ma in questo momento, abbiamo un disperato bisogno di personale. Di gente disposta a dare entrambe le mani e sfamare gli affamati, mantenere le latrine e i bagni, oppure – se ha una formazione medica – occuparsi dei feriti. Un'università australiana ha sviluppato dei rifugi prefabbricati che forniranno un riparo migliore quando il tempo peggiorerà e ne ha donati diversi al campo, ma in questo momento non abbiamo la forza lavoro per assemblarli. Abbiamo solo le nostre due tende originali e – come potete vedere – esse sono inadeguate, considerato il numero di rifugiati che ora serviamo."

Jennifer deglutì, sperando che il principe capisse ciò che lei aveva bisogno di comunicare. "Suonerà male, Vostra Altezza, ma le donazioni hanno un'utilità limitata per organizzazioni come la nostra, almeno per quanto riguarda questo campo nello specifico. So che i donatori hanno buone intenzioni, ma tutto il denaro del mondo non può far sì che i nostri pazienti ricevano le medicine di cui hanno bisogno se non ci sono abbastanza persone in grado di somministrarle. Voi siete il primo visitatore istituzionale che abbiamo da quando il campo ha aperto. Se coloro che hanno una voce non si interessano alle condizioni dei nostri residenti abbastanza da venire qui e poi da condividere ciò che hanno appreso, convincere le persone a venire a lavorare qui è una battaglia persa."

Jennifer gesticolò verso la nuova latrina, che ora sorgeva sopra alla buca scavata da lei e da Pia. "Due di noi hanno trascorso tre ore, ieri pomeriggio, in quella terra, scavando più forte e più in fretta che potevamo. Ma a corto di personale come siamo, non siamo riusciti a rendere operativa la nostra latrina in tempo per prevenire uno sversamento da una di quelle più vecchie. Tutti i membri del personale, dai medici agli addetti alla mensa, potrebbero raccontarvi storie come questa. Non ci sono abbastanza braccia."

"È per questo che sono venuto." La bocca del principe si sollevò in un sorriso smagliante ed eroico. "Voglio fare personalmente tutto il possibile per aiutare i vicini di San Rimini." Infilò una mano in tasca e tirò fuori un foglio piegato.

Sollevata, Jennifer gli diede la penna perché si appuntasse il numero del servizio informazioni del Progetto. "Vi ringrazio,

Vostra Altezza. Abbiamo bisogno di tutto il personale possibile. A volte, ci sembra di ricevere solo donazioni da persone a cui non importa nulla, che vogliono solo una deduzione dalle tasse e che il problema svanisca prima che gli scontri o i rifugiati raggiungano i loro Paesi. Non si rendono conto che il denaro significa poco se... beh."

Jennifer serrò le labbra, sapendo che il suo desiderio di aiutare i rifugiati rasovari, a volte, la portava a esagerare e ad allontanare proprio coloro che voleva convincere.

Prese fiato, quindi proseguì in tono più positivo. "Prestando la vostra voce, potreste suscitare l'interesse di persone in tutto il mondo, aiutarle a capire perché la nostra missione è importante e mostrare loro che possono davvero fare la differenza. Le donazioni ci consentono di acquistare beni di prima necessità e di pagare il personale e per questo noi siamo grati, ma anche se paghiamo bene rispetto organizzazioni simili, paga non significa passione. Abbiamo bisogno di persone che vogliano essere qui."

La ruga fra le sopracciglia del principe si approfondì e Jennifer capì di aver insistito troppo. Meglio tacere e dargli il numero di telefono. Il principe prese la penna e scrisse mentre lei gli dettava i numeri delle linee americana ed europea, quindi si rimise il foglio in tasca.

"Farò il possibile," promise l'uomo. "Continuiamo la visita?"

"Certo. Il resto dei giornalisti attende di accompagnarci." Jennifer gesticolò oltre due fili stendibiancheria appesantiti dalle lenzuola dell'ospedale, a indicare i furgoni in attesa dove si trovavano i giornalisti, seduti sui paraurti o appoggiati alle paratie dei veicoli. Quando videro il principe, i giornalisti si affrettarono a muoversi, prendendo le loro cose ed entrando in modalità lavoro. Il principe salutò il gruppo, quindi Jennifer li condusse in un percorso circolare attraverso il campo, senza fare il minimo tentativo di evitare le zone più sporche e affollate. Voleva che il principe – e il mondo – cogliesse la vera disperazione dei rifugiati e vedesse le difficoltà che erano costretti a sopportare quando, appena un anno prima, andavano a scuola, crescevano figli o gestivano i loro negozi e le loro attività. Se qualcuno che guardava le notizie dalla comodità del salotto fosse riuscito a identificarsi con i rasovari, avrebbe capito che un po' di aiuto poteva fare una grande differenza. Magari avrebbe guardato tutto ciò che possedeva, si sarebbe reso conto dell'importanza dell'appello di Jennifer per attirare ulteriore personale e avrebbe fatto una telefonata.

Alla fine, il gruppo raggiunse la mensa. I bambini non erano ancora pronti per la presentazione, per cui il principe Antony si offrì di rispondere a delle domande. Mantenendo la parola data, usò la prima domanda come opportunità per parlare della necessità di personale addizionale al campo. Estrasse il foglio dalla tasca. "Voglio assicurarmi di darvi il numero corretto del nuovo servizio informazioni," disse loro. "Se vivete negli Stati Uniti, vi prego di chiamare–"

"Voi vi offrirete come volontario?" chiese uno dei giornalisti.

Il principe gli rivolse un sorriso amareggiato. "Vorrei poterlo fare. Sfortunatamente, al momento gli impegni non me lo consentono."

"E Bianca Caratelli?" chiese un altro, riferendosi a una donna che Pia aveva menzionato come una tra gli aristocratici più ricchi di San Rimini... e il cui nome era stato associato a quello del principe. Il gruppo scoppiò a ridere e persino il principe si unì.

"Frequentate ancora Bianca Caratelli?" chiese uno dei giornalisti più arditi, dal fondo del gruppo. "Oppure c'è un altro interesse romantico di cui dovremmo sapere? È stato ampiamente riferito che vostro padre vi ha incoraggiato a sposarvi il più presto possibile."

"Frida Heit, magari?" chiese una voce femminile dalla folla, anche se Jennifer non riuscì a identificare la giornalista in questione. Il principe usciva anche con la supermodella?

Evidentemente, il lavoro in Rasovo la lasciava all'oscuro degli eventi mondani.

Un giornalista americano in piedi vicino a Jennifer borbottò al suo cameramen, a voce abbastanza alta perché Jennifer potesse sentire: "Non so perché abbia sentito la necessità di venire fin qui. Questo posto è uno schifo. Non si riesce nemmeno a mangiare decentemente."

"Ho un panino nel furgone. Ne vuoi metà? Salame e pane di segale."

"Nah. Presto saremo oltreconfine. Il principe ha una cena, questa sera, per cui vorrà andarsene in fretta quanto noi."

"E scommetto che non ci andrà da solo."

Il giornalista sbuffò. "Peccato che non abbiano assegnato a me quel servizio. Questo andrà in onda per meno di cinque minuti."

La gola di Jennifer si strinse mentre la delusione la attraversava. Non perché il principe attirava tutte quelle attenzioni femminili, anche se ciò la turbava più di quanto avrebbe dovuto. Ma soprattutto perché ai giornalisti non avrebbe potuto importare di meno del campo. Volevano solo cogliere il principe alla sprovvista nella speranza di ottenere pettegolezzi reali.

Peggio ancora, nonostante Antony avesse detto al pubblico di essere lì per discutere del campo e non della sua vita personale, non aveva ancora dato il numero del Progetto. Tanti saluti alla speranza di Jennifer che il telefono venisse intasato dai candidati. Aveva sperato che il sito ricevesse più visite. Si voltò in modo che nessuno notasse la sua frustrazione. Probabilmente, avrebbero pensato che la sua espressione cupa fosse segno di gelosia nei confronti della donna di mondo o della supermodella.

Un'infermiera entrò dall'ingresso laterale della tenda, spingendo Josef su una sedia a rotelle. Lo sguardo del bambino si colmò di entusiasmo quando vide Jennifer e poi il principe. Tirò Jennifer per il braccio, quindi indicò la gamba bendata. "Guardi, signorina Jennifer." Alzò la voce in modo che lei lo udisse al di sopra del fracasso dei giornalisti che gridavano le loro domande. "Guarisco. Vado sulla sedia. Possiamo andare presto al castello del principe, sì?"

Il cuore di Jennifer precipitò fino al pavimento della mensa. Non poteva annientare i sogni di Josef, anche se quelli che lei aveva per il campo stavano venendo calpestati dalle ridicole domande dei giornalisti.

Proprio in quel momento, il principe le lanciò un'occhiata da sopra le teste dei giornalisti. L'uomo incrociò il suo sguardo e lei si chiese cosa lo avesse spinto a guardare nella sua direzione. L'uomo le ammiccò, un gesto così sorprendente che lei si domandò se lo avesse immaginato. Un principe ereditario che ammiccava a *lei*? Antony abbassò lo sguardo, sorridendo a Josef accanto a lei. Dopo aver dato un'occhiata eloquente alla gamba bendata del ragazzino, come per augurargli pronta guarigione, si concentrò sui giornalisti quanto bastava per dar loro il numero di telefono.

"Forse, Josef," rispose Jennifer, a cuore più leggero mentre il principe cominciava a parlare dell'importanza degli aiuti al Rasovo. "Forse sì."

LA MERCEDES del principe Antony oltrepassò i cancelli in ferro battuto della Rocca di Zaffiro, l'enorme palazzo di San Rimini, per poi fare il giro fino a un grande portone di quercia dove Harriet attendeva il suo arrivo.

Antony esalò il fiato mentre l'auto si fermava. Avrebbe voluto restare ancora per un po' sul morbido sedile posteriore. Cosa non avrebbe dato per trascorrere più tempo con Jennifer Allen. Non molto... quanto bastava per imparare un po' di più riguardo a ciò che faceva e al perché.

La donna era leggermente impetuosa nel modo di fare e

mostrava una passione per il suo lavoro e per la gente che serviva che lui non aveva mai vissuto, nonostante avesse trascorso la vita a contribuire a opere di beneficenza e a parlare per loro conto. Quel tratto suscitava la curiosità di Antony.

A lasciarlo ancor più perplesso era il fatto che Jennifer non sembrava volere o aspettarsi denaro da lui. Invece, gli aveva chiesto di informare i media della loro disperata necessità di braccia. Altri direttori di organizzazioni di beneficenza e presidenti di comitati di raccolta fondi si aspettavano di più da lui, di solito un evento sponsorizzato dal palazzo, preferibilmente con legioni di fotografi e copertura mediatica. Ogni tanto, mostravano in maniera non troppo sottile la loro delusione quando Antony faceva una donazione al di sotto dell'ammontare esorbitante che si sarebbero aspettati di ricevere.

Antony sapeva che avrebbe dovuto essere entusiasta del risultato della visita di quel giorno. L'assegno che aveva in tasca avrebbe potuto essere riscritto e offerto alla Croce Rossa, al Consiglio del Cancro di San Rimini o a un'altra degna causa, se il Progetto Soccorso ai Rifugiati non aveva bisogno immediato della donazione da esso rappresentata. Sarebbe potuto comunque servire a una buona causa.

Ma Antony non era entusiasta. Al contrario.

Attraversando il campo con Jennifer, ed evitando i solchi nella strada sterrata mentre lei cercava di trovare qualcosa di positivo nella costante minaccia di inondazioni ed epidemie, Antony aveva notato che i rifugiati la guardavano con occhi speranzosi e occasionali sorrisi dalle loro tende quasi inabitabili. Antony si era ritrovato desideroso di fare tutto il possibile per aiutare. Non solo per aiutare i rifugiati. Voleva rendere la situazione migliore per lei.

Perché, quando la donna sembrava non averlo nemmeno preso in simpatia, lui non riusciva a immaginarlo.

E ora pensava a lei come a *Jennifer*. Non la signorina Allen.

Durante il volo di ritorno, aveva ritirato il problema nella sua mente, cercando di trovare una soluzione. Doveva pur esserci un modo di sfruttare il suo nome e la sua posizione per migliorare la situazione della donna, per reclutare il personale medico necessario ad alleviare le rughe d'ansia che le avevano increspato la fronte quando aveva notato che un medico stava facendo un turno extra per via dell'influsso di rifugiati più alto rispetto al normale. Di certo, Antony avrebbe potuto trovare un modo per acquisire e distribuire il cibo, le coperte e i medicinali necessari in modo che lei non dovesse giustificare la loro mancanza ai rifugiati che guardavano a lei per tutto e migliorare gli standard di vita nel campo fino a quando la visione di Jennifer non si sarebbe avverata... e i rifugiati non avrebbero potuto smettere di preoccuparsi per la sopravvivenza abbastanza a lungo da sognare il futuro.

Affondò il palmo nel bracciolo. L'esperienza gli aveva insegnato che il denaro poteva comprare quasi tutto. Quel giorno, Antony aveva dovuto fare i conti con il fatto che ciò non era vero. Come aveva fatto notare Jennifer, prima le persone dovevano interessarsi.

Quando era atterrato a San Rimini, era già giunto alla conclusione che ciò che Jennifer intendeva dire – anche se non lo aveva detto esplicitamente – era che *lui* non si interessava abbastanza. Svolgere i suoi doveri reali significava più che offrire denaro: significava offrire il cuore.

Quella rivelazione sembrava apparentemente molto semplice, ma metterla in atto sarebbe stata una sfida. Ancora più allarmato, Antony si chiese come, dopo centinaia di incontri con volontari e organizzatori nel corso degli anni, fosse stata quella donna a riuscire a comunicare il messaggio.

Harriet gli rivolse un cordiale cenno del capo mentre lui scendeva dal veicolo e si avvicinava al portone della Rocca. Gli porse il calendario degli impegni. Nel suo italiano condito da un vivace accento inglese, disse: "Bentornato, Vostra Altezza. Sul programma troverete un nuovo punto per questa sera. Vostro padre ha richiesto che voi lo raggiungiate nella sua residenza privata non appena vi sarete rinfrescato dal volo.”

“In altre parole, immediatamente.”

Harriet non riuscì a nascondere del tutto l'ilarità. La fine assistente britannica di Antony, a volte, comprendeva la mente di re Eduardo meglio di lui. “Ha sottolineato che desidera vedervi prima del vostro impegno a cena. Tuttavia, sono sicura che capirà se avrete bisogno, diciamo, di mezz'ora?”

Antony lanciò un'occhiata al programma che aveva di fronte. Aveva completamente dimenticato la promessa di cenare con Bianca Caratelli. Doveva trovare un buon motivo per liberarsi. Dopo aver trascorso la giornata in Rasovo, non aveva alcun desiderio di ascoltare l'incessante chiacchiericcio di Bianca riguardo a chi andava a letto con chi nell'élite sociale di San Rimini. Forse, suo padre gli avrebbe fornito la scusa necessaria.

“Il re ha accennato allo scopo dell'incontro?”

“No, ma a giudicare dal suo atteggiamento, scommetto che si tratta dell'Argomento Numero Sei.”

Antony trattenne un gemito. Nel gergo che lui ed Harriet avevano sviluppato anni prima per descrivere le reprimende preferite da re Eduardo, l'Argomento Numero Sei significava che Antony avrebbe presto ricevuto una ramanzina incentrata sui motivi per cui il dovere reale superava i desideri personali. Proprio ciò di cui aveva bisogno dopo una giornata trascorsa a svolgere proprio quei doveri, oltre che a ignorare il suo desiderio di civettare con una certa rossa che non aveva nemmeno una goccia di sangue aristocratico in corpo.

Antony osservò il resto del calendario prima di chiedere: “Versione lunga o breve?”

“Non saprei proprio.”

“Mmm. Il principe Federico ha avuto udienza presso il re, oggi?” Gli incontri con il fratello minore quasi perfetto di Antony, che si era già sposato e aveva generato due eredi per la dinastia diTalora, generavano spesso in re Eduardo il desiderio di discutere dell'Argomento Numero Sei.

"Credo che abbiano pranzato insieme."

"Capisco. Sarà la versione lunga, allora. Ti ringrazio, Harriet. Ti sarei grato se potessi chiamare Bianca Caratelli per rinviare la cena. C'è il rischio che io faccia tardi e temo che non sarei di buona compagnia, dopo."

"Posso suggerire anche di farle recapitare dei fiori?"

"Sì, per favore."

Harriet annuì nettamente, quindi si voltò per rientrare nel suo ufficio.

"Oh, Harriet? Volevo aggiungere–"

La donna girò su se stessa. "Vostra Altezza?"

"Se dovessi ricevere ulteriori richieste di visitare il campo Haffali o di parlare a loro nome, potresti farmelo sapere prima di rispondere?"

Le labbra di Harriet si assottigliarono. "Mi pare di capire che la direttrice del campo non abbia saputo prima di ieri della vostra visita, a causa di un problema di comunicazione. C'è stato qualche problema, Vostra Altezza?"

"Assolutamente no."

"Due ore erano troppe. Chiedo scusa. Avrei dovuto consultarvi."

"Non c'è bisogno di scusarsi. Anzi, non sono riuscito a osservare tutto ciò che avrei voluto."

"Capisco." Harriet lo osservò in viso per un attimo, quindi le sue sopracciglia si sollevarono leggermente. "Chiamerò subito Bianca Caratelli."

CAPITOLO 3

VENTI MINUTI DOPO, Antony digitò il codice della porta sul pannello che dava accesso alla residenza privata di suo padre ed entrò. Trasse un respiro profondo, colpito dal contrasto fra la dimora opulenta della famiglia reale e gli alloggi che aveva visitato in Rasovo qualche ora prima, dopo aver concluso la sessione con i giornalisti. Suo padre amava ruotare le opere d'arte appese nel vestibolo. Al momento, esso conteneva un ritratto della defunta madre di Antony e un quadro di Tiziano dalla cornice dorata, una tra le dozzine di opere rinascimentali nella collezione d'arte reale che ruotavano fra il palazzo e diversi musei. Due dipinti moderni, opera di artisti sanriminesi, occupavano il resto dello spazio sulle pareti.

Il prezzo di una sola delle tele moderne avrebbe potuto sfamare i rifugiati rasovari per un mese.

D'altra parte, Antony immaginò che ci sarebbe anche stato bisogno di persone che trasportassero e preparassero il cibo e di ambienti dove fosse possibile conservare il tutto alle temperature adeguate.

Fissò uno dei quadri moderni, rimpiangendo di non aver

avuto un altro paio d'ore per setacciare il cervello di Jennifer, e meditando sulle sue mancanze.

Una voce profonda e autoritaria giunse dal salone, allontanando i pensieri di Antony dalla rossa volontaria. "Vieni a sederti, Antony."

Antony entrò nel salone, che era stato restaurato di recente. Era entrato solo un paio di volte dopo i restauri e i cambiamenti lo coglievano ancora alla sprovvista. I battiscopa e le cornici da soffitto erano stati levigati per rimuovere decenni di tintura pesante e cera, e una vernice perlacea copriva ora le pareti, in luogo della vecchia carta da parati di broccato. Ciò dava alla stanza un'aria di leggerezza che, al momento, suo padre non sembrava condividere.

Il re si incamminò verso Antony dalla direzione dello studio, seguito da Miroslav Vulin, che era il secondo in comando della sicurezza del palazzo e spesso viaggiava con re Eduardo. Miroslav si fermò a chiudere la porta a vetri dello studio, quindi si spostò di lato, come in attesa di ulteriori istruzioni. Il re attraversò con calma la stanza, quindi sedette dritto come un fuso sulla sua poltrona da lettura preferita, donatagli dai sovrani dei Paesi Bassi. Oltrepassata la sedia abbinata donatagli dalla sua defunta madre, la regina Aletta, Antony scelse invece di sedersi su un divano che si trovava dalla parte opposta del tavolino da caffè di antiquariato.

Considerate le rughe profonde che segnavano la fronte del re, assieme alla boccetta di un farmaco posata accanto al bicchiere di cristallo pieno d'acqua sul vassoio del tè di suo padre, Antony era sicuro di aver bisogno di tutto lo spazio possibile. Lo attendeva decisamente la versione lunga dell'Argomento Numero Sei.

"Ho saputo che il tuo viaggio in Cina è stato un successo. Spero che anche la visita in Rasovo di oggi sia andata bene." Il re guardò Antony da sopra gli occhiali da lettura. "Confido che il

Progetto Soccorso ai Rifugiati farà buon uso della nostra donazione."

Il senso di colpa attraversò Antony, che resistette all'impulso di passare una mano sulla tasca; essa conteneva ancora la donazione, solo che c'era scribacchiato sul retro il numero di telefono dell'organizzazione. Antony scelse attentamente le parole. "Ci sono diversi progetti adeguati in opera, pensati soprattutto per attirare ulteriore personale."

"Lieto di saperlo," disse il re, facendo una smorfia mentre cambiava posizione sulla sua poltrona.

Il campo Haffali e la sua direttrice, all'improvviso, non parvero così problematici per Antony. Era palese che durante l'assenza di Antony in Cina e poi in Rasovo, la salute di suo padre era peggiorata. Re Eduardo aveva un aspetto alquanto peggiore rispetto a un paio di settimane prima, quando aveva preferito non presentarsi ai festeggiamenti per il compleanno di Antony.

"Padre, vi sentite bene?" gli chiese a bassa voce.

Re Eduardo chiamò a sé Miroslav, gli chiese di informarsi su una questione che riguardava l'autorizzazione di un nuovo idraulico, quindi prese il bicchiere di cristallo e bevve un lento sorso mentre il muscoloso serbo lasciava la residenza. Una volta che padre e figlio rimasero soli, la postura rigida del re cedette il posto a una semicurva e la formalità del suo ruolo scivolò via di fronte agli occhi di Antony per rivelare un affaticamento profondo, nonostante suo padre avesse sempre preso sul serio l'alimentazione e avesse corso due maratone e innumerevoli mezze maratone nell'ultimo decennio.

Il re chiuse gli occhi per diversi lunghi istanti, poi disse: "Negli ultimi mesi ho preso tante di quelle pillole che temo che svuoterò tutte le farmacie del Paese. Non riuscirò a nascondere ancora a lungo l'affaticamento al personale, per non parlare del pubblico. Miroslav è discreto, ma... beh, questa settimana ho esaurito le mie riserve."

Dunque, non si trattava dell'Argomento Numero Sei. Invece, avrebbero parlato dell'Argomento Speciale. Quello di cui nemmeno Harriet era a conoscenza. La cardiopatia del re.

Antony avrebbe preferito l'Argomento Numero Sei. Il fatto che suo padre fosse ancora costantemente affaticato, nonostante lo stile di vita sano e la rigida aderenza all'assunzione dei farmaci, era preoccupante.

"Cosa dice il vostro cardiologo?"

"Che è normale stancarsi facilmente quando il cuore perde efficienza. Che due farmaci non sono 'troppe pillole,' considerata la mia diagnosi."

Il cardiologo aveva ragione, pensò Antony. Due farmaci erano probabilmente il minimo che ci si poteva aspettare. "Vi ha consigliato come procedere?"

"Ho bisogno della sostituzione della valvola. Non ci sono alternative." Il re lanciò un'occhiata nella direzione della porta, pur sapendo che nessuno poteva sentire. "Ne abbiamo discusso questa mattina e abbiamo concordato che l'operazione va eseguita il prima possibile, finché sono ancora in condizioni relativamente buone. Potrebbe essere programmata anche la settimana prossima, ma è probabile che lo sarà per quella dopo. Il cardiologo spera di riuscire a contattarmi in serata con la data e l'ora."

I loro sguardi si incrociarono sopra il tavolino da caffè e ciascuno lesse il messaggio silenzioso negli occhi dell'altro. A un'operazione si accompagnavano rischi che nessuno dei due voleva esprimere ad alta voce. Peggio ancora, i tabloid avrebbero di certo saputo in anticipo della malattia del re, per quanto loro si sforzassero di far passare sotto silenzio l'operazione, e avrebbero fatto suonare la situazione peggio ancora di quello che era. Il padre di Eduardo, re Alberto, era morto sulla cinquantina, ucciso dalla stessa malattia, e la cosa aveva sconvolto il mondo. Nessuno si aspettava che un uomo che sembrava al culmine della salute crollasse in ginocchio durante il varo di una nave. Quando si era scoperto che re Alberto aveva un difetto congenito e che era necessaria un'operazione, il re si era liberato dagli impegni per sottoporsi alla procedura.

Sfortunatamente, il sovrano era morto la notte prima dell'operazione.

"La mia condizione non è avanzata come quella di mio padre," disse re Eduardo, seguendo il ragionamento di Antony. "Sono sotto sorveglianza da anni, mentre lui aveva ignorato i primi sintomi. Non morirò all'improvviso fra qui e l'operazione. E ora che la chirurgia è più avanzata, i rischi sono minori e io dovrei riprendermi più in fretta di quanto avrebbe fatto lui. Se l'operazione e la riabilitazione andranno come previsto, è probabile che riesca addirittura a tornare al mio vecchio livello di forma fisica."

"Potreste riprendere a correre?"

"Potrei riprendere a correre. Ma c'è ancora parecchia strada da fare, se mi permetti l'espressione."

Antony non sapeva quanta fiducia riporre nella dichiarazione di suo padre, ma attese in silenzio mentre Eduardo si alzava e camminava avanti e indietro nella stanza, un passo misurato alla volta. Finalmente, il re si fermò e si voltò verso di lui, con l'espressione di un monarca stoico e orgoglioso piuttosto che quella di un uomo che si trovava di fronte a una crisi al di là del suo controllo. "Sin da quando eri molto giovane, ti ho inculcato l'idea che i tuoi doveri come membro della famiglia diTalora ed erede al trono devono soppiantare i tuoi desideri personali."

Alla fine, era davvero l'Argomento Numero Sei. "È vero."

"Il tuo dovere principale è fornire un erede legittimo al trono. Naturalmente, per farlo devi essere sposato."

"Me ne rendo conto, ma–"

Il re sollevò una mano. "Ti ho incoraggiato a prenderti il tempo necessario. A frequentare quante più potenziali spose possibili. Ho persino organizzato degli incontri tramite alcuni miei amici titolati. Ho tenuto a freno la lingua riguardo al fatto che Federico si è sposato e ha generato eredi, com'era suo dovere, mentre tu sostieni di non aver ancora trovato la donna giusta per diventare regina. Mi rendo conto che si tratta di un ruolo difficile. Essere regina, oggi, richiede una certa personalità. Sfortunatamente, non posso più tenere a freno la lingua."

Eduardo si passò una mano fra i folti capelli scuri, permettendo ad Antony di vedere le ciocche grigie che di recente erano apparse sulle tempie del re. Quando la mano del monarca ricadde sul fianco, Antony si accorse che tremava.

"Per quanto io sia ottimista riguardo alla mia prognosi, la dura verità è che potrei non sopravvivere per vedere la celebrazione del millesimo anniversario di questo Paese. Ho intenzione di farlo, naturalmente, ma devo interessarmi alla triste questione della mia successione, che lo desideri o meno."

Antony annuì. Nel corso degli anni, lui e suo padre avevano discusso molto di cosa significasse essere un buon amministratore del Paese. Mandare avanti la dinastia diTalora, con le sue orgogliose tradizioni, dava stabilità a San Rimini. Il parlamento poteva anche mettersi a litigare, con dibattiti furiosi su questioni che andavano dall'allocazione del budget ai rapporti con i partner commerciali, ma la monarchia rimaneva solida come le montagne che separavano il loro Paese affacciato sull'Adriatico dall'aspro entroterra del Rasovo.

"Comprendo la vostra urgenza, ma vi prego di rendervi conto che ho intenzione di generare eredi." Antony detestava sollevare l'argomento che lo preoccupava davvero, ma era giunto il momento. "Tutti gli incontri che avete organizzato – anche se so che avevate buoni propositi – hanno fatto sì che io guadagnassi una riputazione immeritata. Negli ultimi tempi, la stampa mi presenta come un uomo infedele, come se fossi il genere di persona la cui vista si arresta alla prossima festa e alla prossima donna. Lo detesto. Anzi, ora che ci penso, quando ho incontrato i volontari del campo in Rasovo, loro mi sono apparsi stupiti dalla mia presenza. Credo che la mia reputazione mi avesse preceduto."

Esalò il fiato, quindi spalancò un braccio, come per indicare il mondo intero fuori dalle mura del palazzo. "L'ultima cosa che desidero in questo momento è frequentare un'altra donna, una che non sarebbe mai una buona compagna per me, figuriamoci una buona regina, solo perché ha il curriculum adeguato."

"Un buon matrimonio può curare una cattiva reputazione, soprattutto se ti sposerai prima di salire al trono."

Il re tornò alla sua poltrona, si sporse in avanti e fissò lo sguardo nei suoi occhi. "Hai un anno a partire da oggi per trovare quella compagna e sposarla. Preferibilmente una donna di nobile nascita, che comprenda il suo futuro ruolo. Una persona che sosterrà i principi di libertà e compassione del nostro Paese, come fece la tua compianta madre. Una persona disposta ad avere dei figli il prima possibile dopo il matrimonio."

Parlare così a lungo dopo una lunga giornata trascorsa a occuparsi di faccende di Stato era uno sforzo. Il respiro del re si fece affannoso mentre l'uomo proseguiva: "Dovresti riprendere in considerazione Bianca Caratelli. Sospetto che tu non la stia corteggiando con intenzioni serie, ma credo che sarebbe un'ottima regina. Anche la figlia maggiore di Giovanni Sozzani potrebbe essere adeguata."

"La figlia del conte è più giovane di me di dodici anni. Non saremmo certo una coppia bene assortita."

"Forse no, anche se io la trovo più saggia dei suoi anni. Una persona pratica, come tua madre." Il re si strinse nelle spalle, ma la sua espressione rimase decisa. "C'è sempre Frida Heit. L'atmosfera che circonda l'industria della moda mi fa temere ciò che potrebbero riesumare i media più predatori, ma lei ha sangue reale e apprezza sinceramente la cultura sanriminese. Tuttavia, la mia prima scelta sarebbe Bianca. Fa donazioni generose alla Croce Rossa sanriminese. Inoltre, è presidentessa onoraria del Consiglio contro l'AIDS di San Rimini e fa apparizioni frequenti per suo conto. È abituata a molti dei compiti che spetterebbero a una regina."

Antony si distrasse mentre suo padre continuava a elencare i nomi delle donne papabili appartenenti alle famiglie più aristocratiche d'Europa. Per la maggior parte, si trattava di donne che suo padre aveva già suggerito, mentre altre, come la figlia di Giovanni Sozzani, erano idee un po' stiracchiate. Tuttavia, il tono del re non lasciava dubbi riguardo al fatto che era stato sincero quando aveva concesso a Antony un anno di tempo per sposarsi. Mentre il re parlava, lui si alzò dal divano e si recò dalla parte opposta del salone, pur dando mostra di riflettere sulle parole di suo padre. Comprendeva l'ansia paterna, ma i tempi erano assurdi. Come avrebbe potuto trovare una donna adatta al ruolo di regina, ma che lo amasse anche per quello che era? Non poteva trascorrere la vita in un matrimonio senza amore con una donna che non desiderava altro che il suo titolo o il denaro e il prestigio che esso le avrebbe conferito. Suo padre, fra tutti, avrebbe dovuto capirlo, dato che aveva sposato l'amore della sua vita, anche se Aletta, la madre di Antony, faceva parte della nobiltà ed era la compagna perfetta per suo padre tanto sulla carta quanto nella realtà.

Francamente, Antony trovava donne come Jennifer Allen – donne interessanti e che non temevano di esprimersi in sua presenza – molto più attraenti, anche se non erano il genere di persona che dava eleganti feste in giardino per raccogliere fondi per i canili e i centri ricreativi per bambini. Né il genere di persona da starsene in silenzio accanto a lui e sorridere durante le visite di Stato come quella che aveva fatto in Cina, dove si era ritrovato con una sfida dietro a ogni angolo.

Antony voleva una persona che discutesse con lui di complessi problemi politici. Che fosse la sua compagna. Che condividesse la vita con lui, piuttosto che vivere una vita parallela, come facevano spesso le coppie reali. Non voleva una vita già scritta, non più di quanto fosse assolutamente necessario.

Costringendosi a mantenere la calma, nonostante l'impulso a sferrare un pugno al muro mentre suo padre continuava a catalogare le donne single d'Europa, attese un momento di pausa e poi osservò: "Con tutto il rispetto, padre, come potete aspettarvi che io–"

"Se non lo farai, Antony, cederai il titolo di principe ereditario a Federico."

Antony si voltò di scatto e la tenue presa che aveva sul suo autocontrollo vacillò. Era stata una giornata lunga – no, erano state settimane lunghe – e lui non intendeva tollerare minacce, nemmeno da suo padre. "Non potete farlo."

"Posso e lo farò."

"Avreste bisogno dell'approvazione del parlamento. Lo scandalo–"

"Se la chiedessi, la avrei."

Il re si alzò e si incamminò nella direzione della sua camera da letto, le spalle curve come se il peso della discussione gravasse fisicamente su di lui. "La settimana scorsa, mentre tu eri in Cina, ho incontrato a cena il presidente della Commissione Successioni del parlamento. Lui mi ha specificamente chiesto se tu avessi intenzione di sposarti e, per usare le sue parole, 'assicurare la dinastia.' Quando gli ho detto che sarebbe stato il primo a sapere di eventuali nozze, lui ha messo in chiaro che Federico sarebbe un ottimo monarca. Non è stato esplicito, naturalmente, ma il messaggio è inconfondibile."

"Federico erediterebbe dopo di me anche se io non generassi eredi. E ha due figli. La dinastia è assicurata."

"Conoscere la linea di successione porta stabilità. Tu lasci interrogativi aperti."

Antony si accigliò. Due volte, nella millenaria storia della dinastia diTalora, un secondogenito era asceso al trono in luogo del fratello maggiore. Il fatto che il parlamento voleva Federico al posto di Antony non era completamente privo di precedenti nella giurisprudenza sanriminese, soprattutto dato che Antony non aveva figli, ma era comunque inusuale. Ed era un gesto ardito, da parte del presidente della commissione, insinuare al re che fossero in corso discussioni del genere. Di solito, la Commissione Successioni era solo nominalmente operativa; capitava di rado che avesse compiti da svolgere.

"La commissione ha per caso saputo del vostro cuore?" chiese Antony. "La mia incoronazione come principe ereditario si è svolta nove anni fa, con l'approvazione unanime della commissione. Perché discuterne adesso?"

"Non ho detto nulla riguardo al mio stato di salute, ma le voci circolano da mesi, da quando ho smesso di fare le mie corse mattutine. Nessuno crede che io abbia semplicemente cambiato orari. I tabloid hanno contribuito alle speculazioni quando non ho partecipato ai festeggiamenti per il tuo compleanno. È trascorso tempo sufficiente perché la commissione metta in discussione la tua posizione nella linea reale. Desiderano stabilità. Monarchi a lungo termine, non breve." Il re fece una breve pausa, come per riprendere fiato. "Quando la notizia della mia operazione diventerà di pubblico dominio, ti garantisco che le voci si intensificheranno. Federico ha due figli maschi e Lucrezia ha dichiarato in pubblico che lei e Federico vorrebbero avere altri figli. Sebbene io non dubiti che tu saresti un ottimo re, non puoi offrire simili rassicurazioni riguardo al futuro."

"Volete rassicurare i nostri compaesani impedendomi di ascendere al trono, anche se ho trascorso la vita lavorando a progetti economici che beneficiano San Rimini?" Antony si sforzò di tenere bassa la voce, nel caso ci fosse qualcuno con le orecchie tese fuori dalle stanze private del re. "Federico è intelligente. È un ottimo principe e un fratello ancora migliore. Ma non si è dedicato all'avanzamento di San Rimini come ho fatto io. E di certo non è pronto a occuparsi delle più delicate faccende di Stato, che spettano alla monarchia invece che al parlamento. Ha meno esperienza diplomatica."

Antony fissò suo padre. Faticava a credere alla tensione risoluta nella sua mascella. Si aggrappò allo schienale di una sedia e disse: "Perché io possa fare ciò per cui sono stato formato, voi mi costringereste a un matrimonio senza amore? Per voi non è stato così. Pensate a come è finita fra Charles e Diana. Credete che la Gran Bretagna ne abbia tratto giovamento? O che ne abbiano tratto le due parti di quella relazione?"

E poi c'era il matrimonio senza amore di Federico, i cui problemi erano tenuti segreti a coloro che non appartenevano alla famiglia reale. Antony avrebbe tanto voluto citarli, ma il re non sembrava essersene mai accorto. Federico non discuteva mai della sua vita privata, anche se la tensione fra Federico e Lucrezia era palese a Antony e ai suoi germani, Isabella e Marco, e lo era da anni.

"Sai quanto preferirei che tu sposassi una donna che ami, ma il mio dovere primario è assicurare che la dinastia diTalora prosegua dopo la mia morte. Non vederlo come un giudizio sul tuo lavoro o sulle tue capacità. È semplicemente il modo in cui vanno le cose, il modo in cui sono sempre andate. Senza un figlio tuo e con la mia salute a rischio, non ho molta scelta."

Il re si recò alla sua camera da letto e aprì la porta, un gesto semplice, ma carico di fatica. "Mi dispiace, Antony. Anche tu hai poca scelta. È il peso della tua nascita. Devi sposarti entro un anno. Nel frattempo, io farò del mio meglio per sopravvivere."

CAPITOLO 4

Harriet si schiarì la voce, attirando l'attenzione di Antony dalla brochure sul Progetto Soccorso ai Rifugiati che stava leggendo.

Antony si raddrizzò nella sedia della scrivania. "Mi dispiace, Harriet. Temo di essere distratto, questa mattina."

La donna spostò lo sguardo sul testo di legge posato sulla scrivania francese pluricentenaria di mogano di Antony, poi notò la casella di ricerca sullo schermo del computer, che per fortuna lui aveva svuotato. "È qualcosa su cui posso informarmi per conto vostro, Altezza?"

Antony si spinse lontano dalla scrivania, facendo scricchiolare la sedia antica, e si alzò per stiracchiarsi. "No, anche se apprezzo l'offerta."

Aveva trascorso quasi tutta la notte a leggere, ma tutte le sue fonti lo portavano alla stessa conclusione. La Commissione Successioni aveva il diritto di privarlo del titolo di principe ereditario e di cedere quell'onore a Federico. Anche se non sarebbe stato facile, se i membri della commissione fossero stati determinati, lui dubitava che persino Harriet avrebbe potuto trovare una scappatoia. Frustrato dalla legge sanriminese,

Antony si era messo a leggere il documento informativo del Progetto Soccorso ai rifugiati, che trovava molto più interessante.

Con riluttanza, lasciò cadere la brochure in un sacchetto della scrivania prima di abbottonarsi la giacca e sistemarsi i polsini d'argento. "È ora di rivedere il programma della giornata?"

"Certo." Harriet premette qualche pulsante sul telefono. "Il vostro barbiere verrà a tagliarvi i capelli fra trenta minuti. Il pranzo con la società storica è alle undici e dovrebbe finire all'una. Incontrerete il consiglio economico alle due e loro vi aggiorneranno sui risultati a breve termine dopo le modifiche al nostro accordo commerciale con l'Italia. L'incontro dovrebbe durare due ore."

"Perfetto." Antony aveva bisogno di una distrazione produttiva.

Harriet premette alcuni pulsanti sul telefono, quindi lo guardò come se fosse sconcertata. "Quasi dimenticavo, Vostra Altezza. Bianca Caratelli ha chiamato circa un'ora fa. Ha proposto alcune date a cui rimandare la vostra cena."

Lui inarcò un sopracciglio. "Ma?"

"Volevo parlarne prima con voi. Questa mattina, vostro padre mi ha lasciato un messaggio per chiedere se vi fosse spazio, nella vostra agenda, per una cena con la signorina Caratelli questo fine settimana. Non ho ancora risposto, ma lui è stato molto chiaro sulla necessità di trovarle posto. Venerdì sera c'è quella cena da voi sponsorizzata per avviare il fondo della nuova borsa di studi e lei è libera, per cui, se gradite, potrei–"

"Quell'uomo è davvero determinato."

Harriet spalancò gli occhi di fronte alla vampata di rabbia di Antony. Lui sollevò una mano per rassicurarla. "Va tutto bene, Harriet. È solo che..."

Un'idea lo colpì con tale forza che lui si lasciò cadere sulla sedia della scrivania. Forse avrebbe potuto prendere due piccioni con una fava. Guardò la sua assistente. "La cena è alle otto, giusto?"

"Sì, nella Sala da Ballo Imperiale. Circa quattrocento invitati hanno dato conferma. Il catering è organizzato e la disposizione dei posti a sedere dovrebbe essere pronta nel pomeriggio."

Antony passò distrattamente una mano sul piano della scrivania mentre i pezzi del piano prendevano posto. "I requisiti per ottenere la borsa di studio sono già stati resi pubblici?"

"No. Abbiamo solo diramato il comunicato stampa riguardo alla creazione del fondo."

"Ottimo, perché ho intenzione di aggiungere un requisito di volontariato."

Con un po' di fortuna, Antony sarebbe riuscito a dimostrare a se stesso e a Jennifer Allen che poteva fare ben più che firmare un assegno per contribuire a una causa. Le avrebbe dimostrato che gli importava della sua organizzazione e dell'operato di essa. Avrebbe fatto sì che il Progetto Soccorso ai Rifugiati avesse l'aiuto di cui aveva disperatamente bisogno.

E poi, la partecipazione di Bianca avrebbe potuto calmare le ansie di suo padre – e della commissione – riguardo al futuro di Antony. Lo avrebbero visto nel suo elemento, a parlare degli argomenti importanti dell'educazione e del volontariato, poi lo avrebbero visto ballare con Bianca e si sarebbero resi conto di aver agito frettolosamente.

"Per favore, fa' in modo che Bianca partecipi alla cena. Falla sedere in prima fila." Antony tirò fuori dalla scrivania la brochure del Progetto Soccorso ai Rifugiati e la diede a Harriet. "Poi, vedi se riesci a raggiungere Jennifer Allen al campo Haffali. È importante che io parli con lei il prima possibile."

Harriet osservò la brochure e la sua espressione assunse la stessa sfumatura di divertimento del giorno prima, quando lui le aveva parlato della visita in Rasovo. "Capisco, Vostra Altezza."

"Questo venerdì? Vostra Altezza, sono davvero onorata, ma non posso lasciare il campo in questo momento."

Jennifer avvertì un senso di irrealtà mentre si teneva il telefono all'orecchio. Era già abbastanza difficile credere che il principe Antony l'avesse chiamata in seguito alla visita, soprattutto dopo la figuraccia che lei aveva fatto. Più di una volta, in passato, l'impulso ad aiutare i bisognosi aveva preso il sopravvento su di lei e la sua veemenza aveva allontanato potenziali sostenitori. Era un difetto che lei stava cercando di correggere. A nessuno piaceva ricevere una lezione.

Che il principe l'avesse chiamata per invitarla a una cena di beneficenza privata era stupefacente.

Jennifer doveva ammettere che l'offerta era allettante. Chi non avrebbe voluto partecipare a un evento elegante in compagnia di un meraviglioso principe? Lei non partecipava a una serata formale da quando si era laureata e si era immersa nel volontariato. Le sue poche serate di socialità erano trascorse con gli amici a bar o ristoranti di poco conto vicino a dove lavorava, luoghi dove l'abbigliamento richiesto era decisamente poco formale. Ma recarsi a San Rimini sarebbe stato impossibile. Certo, era da tempo che le spettava una serata fuori, ma il tempismo era pessimo.

"E poi," aggiunse, cercando disperatamente un modo per alleggerire la conversazione, "ad Haffali non ho esattamente un armadio pieno di abiti formali."

Antony rise, un suono caldo e profondo. Una risata che ebbe effetti indicibili sullo stomaco di Jennifer.

Cosa c'era in quell'uomo che glielo faceva *bramare*?

"Prima che voi rifiutiate, permettetemi di spiegare perché necessito della vostra presenza. La cena è per il Fondo Universitario Sanriminese, che ho recentemente creato per aiutare gli studenti sanriminesi a finanziare i loro studi universitari. I candidati devono dare prova di necessità finanziarie e aver conseguito ottimi risultati accademici."

Jennifer si accigliò. Cosa c'entrava lei con una borsa di studio? "Sono certa che aiuterà molti studenti."

"Speriamo di finanziare quaranta studenti all'anno, se raggiungeremo i nostri obiettivi. Ma qualcosa che lei ha detto ieri mi ha spinto a riflettere. Ha sottolineato come il denaro, da solo, non possa risolvere i problemi del mondo."

Jennifer levò gli occhi verso il tettuccio della sua roulotte. Perché non riusciva a tenere la bocca chiusa? "Chiedo scusa per essere stata tanto brusca, Vostra Altezza."

"La prego di non scusarsi. Grazie a lei, mi sono reso conto che il programma di finanziamento potrebbe aiutare molte più persone degli studenti di cui verrà finanziata l'istruzione. Potrebbe essere usato per aiutare anche il suo campo."

Jennifer non aveva idea di come ciò fosse possibile. "Davvero?"

"Vorrei incorporare un requisito di volontariato. Chiunque riceva un finanziamento dovrà trascorrere almeno un'estate a lavorare per un'organizzazione benefica accreditata, come ad esempio il Progetto Soccorso ai Rifugiati."

Jennifer si raddrizzò nella sedia della scrivania. Il principe diceva sul serio? Se anche solo un quarto dei beneficiari delle borse di studio fosse venuto a lavorare per il Progetto Soccorso ai Rifugiati, ciò avrebbe avuto un enorme impatto sulla loro capacità di servire i residenti del campo.

"Signorina Allen?" La voce regale del principe si intromise nei suoi pensieri. "Spero che lei approvi."

"Ma certo," riuscì a rispondere Jennifer. "Del personale in più sarebbe un dono dal cielo. E anche per le altre organizzazioni di beneficenza. In particolar modo degli studenti con la testa sulle spalle. Non so come ringraziarvi."

"Venendo alla cena di beneficenza e parlando della sua organizzazione e delle necessità di essa. Trasmetta il suo messaggio a un ampio pubblico. Credo che gli invitati sarebbero molto interessati a ciò che lei ha da dire."

Jennifer guardò fuori dalla finestra della sua roulotte. Un membro del personale passò lì di fuori, trasportando una caraffa d'acqua vuota in ciascuna mano, e scambiò qualche parola con un rifugiato diretto nella direzione opposta con due caraffe piene. Se la presenza di Jennifer a quella cena avesse attirato tanta attenzione sui rifugiati quanta quella promessa dal principe, il resto del personale l'avrebbe certamente coperta per un paio di giorni. Forse, partecipare non era poi così impossibile.

"Non so come potrei arrivare."

"Manderò il mio elicottero. Venerdì a mezzogiorno sarebbe accettabile?"

"Sono certa che potrei organizzarmi, ma–"

"Magnifico."

"Ma, beh, c'è ancora il problema dell'abito da sera. Di questi tempi, i negozi del Rasovo non offrono esattamente indumenti formali."

"Non è un problema. Harriet, la mia assistente, prenderà nota delle sue misure e metterà a sua disposizione una selezione di abiti al suo arrivo. Potrà assisterla anche con le scarpe. Si ballerà, per cui avrà bisogno di un paio di calzature adeguate. Ci vediamo venerdì."

"Davvero, è troppo…" Jennifer lasciò la frase in sospeso quando un fruscio indicò che il principe aveva passato il telefono a Harriet. Con riluttanza, diede quelle che stimava fossero le sue misure all'assistente del principe, poi concluse la chiamata, stordita dalla conversazione.

Guardando nuovamente fuori dalla finestra della roulotte, notò nubi di tempesta formarsi sulle montagne. Una ragazza adolescente diretta verso la mensa sollevò il colletto quando si levò una folata di vento e anche il suo sguardo si spostò sul cielo che andava scoprendosi. L'indomani mattina, il campo sarebbe stato umido e pieno di insetti.

Jennifer guardò la porta della mensa ondeggiare al vento, poi un membro del personale apparve e la sollevò leggermente sui cardini per assicurarsi che la chiusura rimanesse ferma.

Jennifer chiuse gli occhi per un momento e pensò alla telefonata. Doveva mettere da parte la sua stupida e infantile attrazione nei confronti del principe. Venerdì sera avrebbe avuto l'opportunità di parlare al mondo della causa più cara al suo cuore. Se l'affascinante principe, per puro caso, le avesse prestato un abito da ballo e avesse cenato nella stessa stanza, così fosse. Lei sarebbe rimasta concentrata su quelle persone e sulle loro necessità. Non su un alto, scuro e attraente principe azzurro. Nemmeno se lui le avesse toccato di nuovo il braccio. Nemmeno se le avesse chiesto di ballare con quel suo accento sexy.

Tirato fuori un blocco dalla scrivania, si prese l'appunto di stringere le viti dei cardini della porta della mensa, quindi usò una pagina bianca per prendere appunti per il discorso che doveva scrivere. I suoi genitori avevano trascorso anni perorando la causa dei rifugiati politici e degli sfollati per cause naturali in Cambogia e in Vietnam, raccogliendo a malapena il sostegno finanziario sufficiente per far quadrare i conti ogni anno e per radunare il personale necessario a tenere il passo con coloro che lasciavano. Tuttavia, i politici con cui i suoi genitori avevano avuto a che fare non avevano mai offerto il genere di opportunità che le aveva dato il principe Antony.

"Forse," borbottò fra sé Jennifer, "forse lui è *davvero* diverso." In fin dei conti, aveva letto a Josef con il cuore, per poi sviluppare un piano per portare ulteriori lavoratori al campo, un piano che lei doveva ammettere era notevole.

Jennifer sorrise mentre appoggiava la penna sul foglio. Forse, la visita di Antony si sarebbe rivelata un colpo di fortuna, dopotutto.

JENNIFER SEDEVA DRITTA come un fuso, il posteriore appollaiato sul bordo del divano di jacquard del salotto. Per qualche motivo, mantenere una postura meno che perfetta mentre attendeva l'assistente del principe le sembrava sbagliato. Il contesto del palazzo lo esigeva.

La Rocca di Zaffiro, meglio nota come La Rocca, era uno dei palazzi più famosi del mondo. Jennifer capiva il perché, sulla base della lunga storia e dei famosi abitanti del luogo, ma esso avrebbe potuto facilmente conservare quella distinzione anche solo sulla base della sua architettura e delle decorazioni.

Jennifer controllò l'orologio per la terza volta da quando era entrata; poi, frustrata per il lento passare del tempo, rivolse la sua attenzione al soffitto. Il lampadario grondava cristalli. Sopra di esso, sul soffitto, era stata dipinta una scena decorativa che dava l'impressione che i cieli si fossero aperti per permettere a un gruppo di cherubini di reggere il lampadario.

Deglutendo, Jennifer abbassò lo sguardo sui suoi vestiti poco regali, quindi si passò una mano sui pantaloni. Per fortuna, sarebbe stata l'assistente del principe a incontrarla e non il principe in persona. Se Antony avesse visto in quali condizioni si era presentata a palazzo, forse avrebbe riconsiderato l'offerta.

E quello era l'abbigliamento migliore che lei aveva a disposizione ad Haffali.

"Signorina Allen?"

Jennifer sobbalzò. Il pesante portone di legno si era aperto così silenziosamente sul pavimento di legno lucido che lei non aveva udito l'ingresso dell'assistente. Il tailleur di tweed e il secco accento britannico della donna di mezza età l'avrebbero spinta alla fuga, se non fosse stato per il sorriso caldo e amichevole sul viso di lei.

"Sì?" squittì Jennifer una volta che i suoi nervi si furono calmati.

"Sono Harriet Hunt, l'assistente personale del principe Antony. La prego di sentirsi libera di chiamarmi Harriet." La donna attraversò la stanza e le tese la mano. "Spero che Emiliano le abbia reso piacevole il viaggio."

Jennifer si alzò e strinse la mano di Harriet. "Non ero mai stata su un elicottero. Ma lui mi ha messo molto a mio agio. È stato un viaggio facile."

Harriet sorrise. "Sono lieta di saperlo. Ora, se vuole seguirmi, mancano solo poche ore alla cena."

Jennifer seguì Harriet mentre costei le faceva strada fuori dal salotto e attraverso una serie di corridoi di marmo, i tacchi eleganti che ticchettavano sommessamente sui pavimenti lucidi. Specchi dalle cornici d'oro coprivano le pareti di un lungo corridoio e Jennifer si ritrovò a guardare più di una volta il suo riflesso, mentre la sua mente era ancora impegnata nella transizione dal fangoso e affollato campo profughi agli immacolati corridoi riflettenti del palazzo reale.

"Le ho riservato una stanza in modo che si prepari," disse Harriet, guardando il programma sul telefono. "La cena è programmata per le otto in punto nella Sala da Ballo Imperiale. Ho ordinato che una selezione di abiti da sera venga consegnata nella stanza alle cinque. Alle sei, una stilista sarà a sua disposizione per aiutarla, nel caso ci siano difficoltà a trovare l'indumento giusto o a scegliere le scarpe e la borsetta da abbinare. La truccatrice arriverà alle sei e mezza e la parrucchiera–"

Jennifer smise di camminare.

"C'è un problema?"

Sì che c'è un problema. Sono decisamente fuori dal mio ambiente.

"No, certo che no. È tutto molto generoso." Non riusciva a credere che il principe e la sua assistente si fossero presi tanti fastidi. Detestava che gli altri facessero sforzi per lei. I suoi genitori le avevano insegnato a vivere in maniera modesta e quel poco di extra che avevano era sempre stato impiegato principalmente per l'istruzione e la beneficenza, non per stilisti o altri lussi.

Un lusso, per Jennifer, era andare a vedere un film nella settimana dell'uscita, comprandosi una bibita e dei popcorn.

Faticando a trovare le parole giuste, Jennifer aggiunse: "Ma non ho bisogno di una truccatrice, una parrucchiera o cose del genere." Prendere a prestito l'abito da sera era già abbastanza imbarazzante.

Harriet la osservò. "Preferisce acconciarsi e truccarsi da sola?"

I trucchi che Jennifer aveva portato con sé consistevano in un fondotinta e un tubetto di mascara. Era tutto quello che teneva al campo. Forse aveva davvero bisogno di una truccatrice, anche se le sembrava strano. "Beh, ecco, è solo che–"

Il sorriso immediato di Harriet la rassicurò. "Il principe Antony ha detto che lei lavora molto duro. Vuole che si rilassi e si conceda di farsi coccolare. E poi, quando verrà il momento di fare il discorso, avrà già abbastanza pensieri per la testa. I capelli e il trucco dovrebbero essere l'ultima delle sue preoccupazioni."

Qualcosa, nel tono di voce di Harriet, spinse Jennifer ad annuire e a dire: "D'accordo."

Harriet aprì un altro pesante portone di legno, quindi guidò Jennifer lungo un corridoio ricoperto di pannelli di quercia. Le stanze alla sua sinistra e alla sua destra sembravano più piccole e più intime di quelle che si affacciavano sui grandi corridoi di marmo che avevano attraversato in precedenza. Ritratti a olio delle precedenti famiglie reali di San Rimini ornavano le pareti, ma il contesto delle scene era informale, a differenza dei rigidi ritratti in posa che Jennifer aveva visto altrove a palazzo. I vasi formali e gli arazzi complessi degli altri corridoi lasciavano il posto ad armadietti pieni di vasi d'argilla, la maggior parte dei quali era dipinta con motivi di zebre, giraffe ed elefanti. Sottilmente in mostra accanto ai vasi c'erano animali di legno intagliato, all'apparenza doni che la famiglia reale aveva ricevuto durante viaggi all'estero.

"Il principe Antony ha la passione per tutto ciò che è africano," spiegò Harriet, notando l'interesse di Jennifer mentre sbirciava nelle vetrine e ne osservava i contenuti. "Riceve centinaia di doni da tutto il mondo, ogni anno, ma questi sono gli oggetti che sceglie di mettere in mostra."

Jennifer si fermò a osservare un cesto intrecciato a mano. Quello che non sapeva riguardo al principe Antony avrebbe potuto riempire una biblioteca intera. Non avrebbe mai pensato che apprezzasse cose tanto… semplici. "Immagino che la maggior parte sia dono di dignitari stranieri."

"Alcune cose lo sono. Ma maggior parte le ha ricevute da donne e bambini quando ha visitato centri AIDS e orfanotrofi nell'Africa sub-sahariana. In seguito, ha organizzato una campagna biennale che ha contribuito a sviluppare programmi di scolarizzazione in tutta la zona. Era convinto che la prevenzione sarebbe stata il modo migliore per ridurre la necessità di istituzioni del genere. Da allora sono passati circa dieci anni. Il programma è stato molto efficace."

Jennifer scacciò lo stupore. "Interessante."

Forse, il principe Antony era stato davvero sincero quando aveva detto che gli importava della sorte dei rifugiati del campo Haffali. Era palese che aveva fatto diversi viaggi nelle regioni più povere del mondo, anche se in situazioni politiche diverse.

Harriet indicò una fotografia del principe con un bambino piccolo, montata in una teca dietro un delicato filo di biglie di legno. "Questa è stata scattata quando il principe Antony ha visitato lo Zimbabwe. Il giovanotto che porge le perline al principe aveva perso entrambi i genitori per colpa dell'AIDS. In quel periodo, una rivista americana pubblicò un servizio su un forte aumento dei casi di AIDS e usò questa foto per la copertina. Fu un'ottima pubblicità per la famiglia reale. I diTalora vogliono che il pubblico sappia che prendono molto sul serio i loro doveri di beneficenza."

L'entusiasmo di Jennifer per la filantropia del principe svanì. Ancora una volta, temette di essere giunta a conclusioni affrettate riguardo alle motivazioni di Antony. La famiglia reale – e il principe Antony in particolare – sembrava più concentrata sugli effetti che la beneficenza aveva sui propri affari piuttosto che su coloro che avevano bisogno di assistenza. Harriet non aveva accennato agli effetti che la copertina della rivista aveva avuto sulla consapevolezza dell'AIDS.

Beh, si disse Jennifer, andava bene così. L'aiuto del principe significava che le condizioni dei rifugiati rasovari sarebbero state portate all'attenzione di migliaia di persone. Il motivo dietro all'aiuto del principe non avrebbe dovuto avere la minima importanza per lei.

E nemmeno dovrebbe averne il suo aspetto. O il suo fascino.

Jennifer si scrollò quel pensiero di dosso, costringendo la sua attenzione a rimanere sugli oggetti esposti che Harriet le indicò mentre camminavano. Era più sicuro pensare alle giraffe intagliate che colmavano le vetrinette che all'uomo che le possedeva.

Presto, Harriet svoltò un angolo e aprì una doppia porta per rivelare una lussuosa camera da letto. Le pareti erano coperte da spesso damasco beige e un tessuto color cioccolato era stato usato per le lenzuola. Un baldacchino gigantesco sormontava il letto, elevandosi a un'altezza tale che Jennifer si chiese come si facesse a spolverarlo. Un paio di poltrone di cuoio color castagna affiancavano una finestra a parete alta due piani, che dava sui giardini reali. E, come Jennifer aveva ormai imparato ad aspettarsi a palazzo, un pesante lampadario illuminava l'intera stanza.

"Questa sarà la sua stanza," disse Harriet mentre Jennifer si costringeva a non rimanere a bocca aperta di fronte a quel ricco arredamento. "Ho dato per scontato, dato che la cena durerà almeno fino a mezzanotte, che abbia intenzione di trascorrere la notte qui."

"Non avevo un piano specifico quando ho lasciato il campo," ammise Jennifer. Aveva portato con sé un cambio di vestiti, dando per scontato che il pilota dell'elicottero non avrebbe voluto attraversare le montagne dopo il calare del sole, e aveva pensato di farsi consigliare un albergo al suo arrivo. Per prudenza, ne aveva ricercato qualcuno che si trovava vicino alla Rocca e aveva inserito i numeri di telefono nel cellulare.

Quale persona normale sana di mente si aspettava di dormire in un palazzo reale?

"Oltre quella porta troverà un bagno." Harriet indicò una maniglia sapientemente nascosta della parete, quindi si voltò a indicare una porta celata in maniera simile. "E laggiù c'è un camerino. Troverà tutti i comuni articoli da toeletta, assieme a una selezione di camicie da notte a sua disposizione, nel caso non ne abbia portata una con sé." La capace assistente si recò in fondo alla stanza, quindi aprì un'altra doppia porta. "Ho chiesto alla stilista e alla truccatrice di incontrarla qui, in salotto."

Harriet mosse una mano per accogliere Jennifer nella stanza, che conteneva un sontuoso divano di velluto marrone. Accanto al divano, un tavolino intarsiato era apparecchiato con una brocca d'acqua di cristallo, diversi bicchieri abbinati e una ciotola di frutta fresca. Sulla sinistra di Jennifer, un caminetto intagliato circondava un focolare che sembrava vecchio di secoli.

Lo sguardo di Jennifer passò sui mobili, per poi soffermarsi sul grande dipinto a olio appeso sopra il caminetto. Esso raffigurava un principe Antony adolescente, vestito con abiti formali. Jennifer non riuscì a non meravigliarsi di quanto sicuro di sé, posato e semplicemente attraente fosse stato il principe, anche da ragazzo.

Voltando le spalle al caminetto, notò un armadio molto ben dipinto che dominava la parete opposta. Un mobile da toeletta abbinato, con uno splendido specchio dorato, era posizionato accanto alla finestra a parete, per cogliere la luce naturale proveniente dall'esterno.

Quella stanza femminile sembrava degna di una regina e

Jennifer si chiese se la defunta regina Aletta, la madre del principe, avesse mai soggiornato lì, o se essa fosse stata usata dalla sorella di Antony, la principessa Isabella. Considerato il quadro, ne dubitava. Più probabilmente, era frequentata dalle ragazze del principe. Jennifer riusciva facilmente a immaginare Frida Heit spaparanzata sul divano in uno dei minuscoli abiti di alta moda che indossava sulle passerelle di Parigi e Milano.

Jennifer si scacciò quel pensiero dalla testa, contrariata anche solo per averci pensato. Cosa importava a lei se il principe riceveva donne laggiù?

"Ha circa trenta minuti prima che arrivino i vestiti, per cui si metta pure a suo agio," disse Harriet mentre scostava le tende, fornendo a Jennifer una veduta più ampia sui giardini. "Tornerò qualche minuto prima di cena per mostrarle la strada fino alla Sala da Ballo Imperiale."

Harriet si voltò per attraversare la camera da letto, ma si fermò prima di aprire la porta che dava sul corridoio.

"Ah, signorina Allen–"

"Per favore, mi chiami Jennifer."

"Jennifer, dunque," proseguì Harriet, l'espressione improvvisamente più calorosa, "se dovesse aver bisogno di qualunque cosa – qualcosa da mangiare, asciugamani freschi, altre coperte – suoni questo." La donna indicò un cordone di velluto sospeso dal soffitto vicino alla porta. "Zoran, il maggiordomo personale del principe Antony, sarà lieto di aiutarla."

"Il maggiordomo personale del principe Antony?"

Jennifer faticò a evitare che la mascella le precipitasse sul tappeto di seta. Non riusciva a credere di avere di fronte agli occhi un vero e proprio cordone per chiamare la servitù.

"Il principe ha ordinato al personale di trattarla come sua ospite personale e VIP. In quanto tale, ha fatto in modo che lei soggiornasse qui, nella sua ala privata del palazzo, invece che nei quartieri per gli ospiti. Zoran è il responsabile di zona. È molto alla mano, per cui non esiti a chiamarlo." Harriet fece per chiudersi la porta alle spalle, quindi si fermò e si sporse di nuovo verso l'interno. Squadrò Jennifer, quindi bisbigliò: "Qui lo dico e qui lo nego, ma se questa sera lei sarà convincente come deve esserlo stata al campo profughi, ciò potrebbe fare una gran differenza nella sua vita. E anche in quella del principe Antony."

Harriet scappò via prima che Jennifer potesse chiedere chiarimenti.

"Wow," bisbigliò fra sé Antony, scostando la tenda di velluto per vedere meglio. "Ha scelto quello azzurro."

Jennifer era ai piedi della doppia scalinata, in attesa del suo turno mentre gli ospiti venivano annunciati prima di entrare nella Sala da Ballo Imperiale. Nonostante si trovasse molto in alto rispetto a lei, su un balcone interno che dava sulla scalinata, Antony la riconobbe subito in mezzo alla folla. Nessun uomo che avesse una goccia di testosterone in corpo poteva evitare di notare la magnifica rossa nell'impalpabile abito azzurro cielo.

Mai, nelle sue fantasie più scatenate, la donna aveva avuto un aspetto così bello, ed Antony aveva fantasie scatenate riguardo a Jennifer Allen da quando lui ed Emiliano erano atterrati al campo profughi.

Certo, quelle fantasie li avevano visti in un contesto più ravvicinato, che forniva una prospettiva diversa.

Antony controllò il grande orologio a pendolo appoggiato alla parete alle sue spalle e desiderò che i minuti passassero più in fretta. Di solito, gli piaceva fare un ingresso reale, essere sempre l'ultimo – dopo suo padre – a entrare nella sala da ballo.

Non quella sera.

Quella sera, aveva bisogno di vedere Jennifer da vicino. Aveva bisogno di imparare di più su di lei, ciò che pensava, ciò in cui credeva. Aveva bisogno di ascoltare la sua voce, di sentire il fondo della sua schiena mentre ballavano, di studiare la consistenza di quei magnifici riccioli rossi e di sognare come avrebbe potuto essere la vita.

Quell'impulso fortissimo era dovuto tutto a suo padre, naturalmente. Quella sera avrebbe potuto essere l'ultima occasione, per Antony, di godere della compagnia di una donna normale, del genere di persona che sognava di poter sposare, prima di essere obbligato a prendere in moglie una delle aristocratiche considerate più adatte a una persona di nobile nascita.

Non voleva sprecare un singolo istante.

Quel pomeriggio, nei momenti fra un incontro e l'altro, la curiosità lo aveva spinto a tirar fuori il telefono e indagare sul passato di Jennifer, andando oltre ciò che Harriet gli aveva fornito negli appunti di preparazione alla visita al Progetto Soccorso ai Rifugiati. Si era stupito nello scoprire che anche i genitori di lei erano stati volontari – prima in Vietnam e poi in Cambogia – che avevano aiutato orfani sfollati a trovare i genitori o, se i genitori non erano individuabili, a trovare loro nuove case. Alla fine, i genitori della donna erano arrivati in Romania, aiutando a procurare cure mediche alle migliaia di persone le cui necessità erano state ignorate negli anni in cui il comunismo era crollato e durante l'inevitabile periodo di cambiamenti che era seguito.

Mentre meditava su quell'informazione, Antony era arrivato alla conclusione che Jennifer doveva essere stata educata in maniera molto simile a lui, nella convinzione che coloro che avevano ricevuto dei privilegi avevano il dovere di aiutare coloro che ne erano privi. Sfortunatamente, Antony negli ultimi tempi sarebbe voluto sfuggire ai suoi doveri, soprattutto a quello che gli era stato imposto da suo padre. Non riuscì a non chiedersi che approccio avrebbe scelto Jennifer se fosse stata al posto suo. Qualunque cosa avrebbe fatto, Antony sospettava che lo avrebbe fatto senza lamentarsi.

Il pensiero lo rese ancora più affascinato da lei.

"Non conosco quella giovane."

Antony lasciò cadere la tenda al suono della voce del re. Meno male che avrebbe voluto sfuggire ai suoi doveri. "Non mi avevano detto che sareste venuto questa sera, padre."

"Non verrò," rispose re Eduardo. "Non mi sento molto bene e temo che coloro che mi conoscono se ne accorgerebbero. Ho sentito dire che hai invitato Bianca e volevo vedere se fosse già arrivata." Il re scostò il bordo della pesante tenda di velluto per dare un'altra occhiata agli ospiti che attendevano di essere annunciati. "Ma quella giovane donna sembra promettente. È molto alta. E anche attraente. È per caso Francesca, la figlia della contessa Benedetta? Ho sentito dire che vive in Francia, dove studia storia dell'arte."

Antony cercò di non prendersela di fronte ai tentativi di suo padre di trovare la prossima regina diTalora. "No, quella è Jennifer Allen. Dirige il campo profughi Haffali. Terrà un discorso alla cena di questa sera." Spiegò rapidamente il requisito di volontariato che aveva aggiunto alla borsa di studio.

"Ottima idea," commentò il re. "Dovrebbe recare giovamento tanto alle associazioni quanto ai beneficiari della borsa di studio."

"È quello che spero."

L'attenzione del re tornò a spostarsi sulla scalinata. "Jennifer, hai detto? È americana?"

"Sì."

"Beh, spero che il suo discorso vada bene e che l'evento sia un successo." Re Eduardo fece una pausa, poi disse: "Quando ho visto che la guardavi, ho sperato che... Beh, non importa. Questa sera saranno presenti parecchie donne libere da impegni, compresa Bianca. Spero che approfitterai al massimo dell'occasione."

"Sì," promise Antony, costringendosi a non tornare a guardare Jennifer. "Ho intenzione di farlo."

CAPITOLO 5

Jennifer vagava per la folla, incerta sul da farsi. Tutto attorno a lei, uomini dai completi impeccabili e donne con abiti da cocktail e gioielli adatti alla notte degli Oscar si muovevano con la facilità di uccelli che planavano nell'aria. Lo champagne scorreva in abbondanza, la musica di un quartetto d'archi colmava la stanza e le discussioni sembravano riguardare esclusivamente argomenti che lei non era in grado di discutere nemmeno per un minuto.

Un gruppetto di donne si vantava vicendevolmente dei propri decoratori, un altro si scambiava pettegolezzi sull'acquisto di uno yacht da parte di non si sapeva chi. Gli uomini chiacchieravano dell'andamento del mercato azionario e delle quotazioni di alcune squadre in un torneo di polo. Tutti i partecipanti alla cena di beneficenza sembravano conoscersi a vicenda. Nessuno conosceva lei.

Facendosi coraggio, Jennifer avvicinò una donna alta con un abito rosso di seta aderente, che dimostrava più o meno la sua stessa età. La donna pallida e dai capelli d'ebano era appena entrata nella stanza e aveva afferrato un bicchiere di champagne dal vassoio di un cameriere di passaggio. Jennifer la imitò.

Finalmente, la donna la notò e sorrise. "Splendido vestito. Escada, giusto?" Offrendole la mano, aggiunse: "Non credo che ci conosciamo. Sono Bianca Caratelli. E ammiro qualunque opera di Escada."

La presunta ragazza del principe? Non c'era da stupirsene. Quella donna era alta quasi quanto Jennifer, ma aveva l'aspetto sottile e privilegiato di una donna che aveva appuntamento fisso con un personal trainer e una spa, e che non mangiava nulla di più sostanzioso dell'insalata.

Jennifer non avrebbe mai potuto avere un corpo come quello, nemmeno se avesse avuto il tempo e il desiderio di provarci. L'unico esercizio che faceva erano le camminate attraverso il campo e il trasporto di qualunque cosa andasse trasportata.

Strinse la mano della giovane donna, notando quanto sembrava piccola nella sua. "Piacere di conoscerla, Bianca. Io sono Jennifer. Jennifer Allen."

"Beh, signorina Allen, deve dirmi chi ha disegnato il suo abito. Se non è di Escada, potrei avere un nuovo stilista preferito."

Jennifer si sentì arrossire. Non aveva pensato di guardare l'etichetta del suo vestito. Ne aveva semplicemente scelto uno che aveva attirato la sua attenzione e che sembrava della misura giusta. "Per favore, mi chiami Jennifer. Devo ammettere che non ho idea di chi sia lo stilista. Non ho avuto tempo di procurarmi nulla di adatto alla serata, per cui ho preso a prestito il vestito. Ma non mancherò di riferire alla proprietaria i suoi complimenti."

Bianca permise al suo sguardo di passare sull'abito. Jennifer avrebbe voluto farsi piccola sotto lo scrutinio della donna di mondo. Ebbe la netta impressione che Bianca non stesse valutando l'abito, ma lei, come potenziale concorrente per l'attenzione del principe Antony. Probabilmente, sottoponeva allo stesso giudizio tutte le donne che incontrava in situazioni del genere.

"Le calza come se fosse suo," rispose infine Bianca, il volto aggraziato da un sorriso frutto dell'esperienza. A quanto pareva, era giunta alla conclusione che Jennifer – con la sua ignoranza di tutto ciò che era elegante – non era una minaccia e che di conseguenza era sicuro proseguire la conversazione. "Lei deve essere quella ragazza americana che Antony ha conosciuto durante il suo viaggio in Rasovo, la settimana scorsa. Mi avevano detto che l'aveva invitata a parlare della sua organizzazione per questa nuova borsa di studio."

"Sì, è vero," rispose Jennifer, stupendosi nel sentire Bianca che chiamava il principe con il nome di battesimo e in maniera tanto disinvolta. Suonava strano al suo orecchio, anche se, dando per scontato che Bianca fosse davvero la ragazza del principe, aveva il diritto di chiamarlo come voleva.

"Che meraviglia per lei." Il sorriso della donna di mondo si allargò fino a diventare qualcosa di plastico. "Antony è un uomo davvero generoso. Adora fare ciò che può per aiutare le persone meno fortunate di noi."

Persone come lei, riuscì quasi a sentire Jennifer nella voce della donna. Come se il principe Antony le stesse facendo un favore personale, invece che aiutare le centinaia di rifugiati che aveva visto durante la sua visita. Persone che erano suoi vicini.

Bianca salutò con un gesto un amico, quindi proseguì: "Non avevo mai sentito parlare della sua piccola organizzazione prima che Antony vi accennasse. Questa cena dovrebbe contribuire a creare attenzione, vero? Le auguro buona fortuna per il suo discorso."

Ciò detto, la bellezza dai capelli scuri si incamminò con disinvoltura verso un gruppetto di giovani uomini, tutti i quali sembravano aver preso nota del suo arrivo.

"Fantastico," borbottò sottovoce Jennifer. L'entusiasmo per

l'occasione di parlare dei residenti del campo e delle loro condizioni di vita la abbandonò repentinamente.

Bianca aveva reso chiaro che il Progetto Soccorso ai Rifugiati non era nel radar di nessuno e, se la situazione fosse rimasta identica dopo quella sera, sarebbe stato perché Jennifer non aveva fatto un discorso convincente. E sebbene loro due avessero più o meno la stessa età, Jennifer era solo una "ragazza americana," non una *donna*, e di conseguenza era palesemente in una categoria inferiore rispetto a quella di Bianca Caratelli. Si chiese quanti degli altri ospiti condividessero l'opinione della donna e se fossero lì solo per mangiare e bere con il principe e godersi una serata di pettegolezzi fra di loro.

Jennifer chiuse le mani a pugno, quindi le scrollò. Probabilmente, era un miracolo che il principe le avesse chiesto di venire a parlare.

Per quanto detestasse ammetterlo, il pensiero che Antony potesse non tenerci quanto lei aveva sperato le lacerava il cuore. Il principe era parso davvero entusiasta di ciò che avrebbe potuto fare per i rasovari e non le aveva dato alcuna indicazione – perlomeno al telefono – di desiderare soltanto pubblicità. Sembrava genuinamente interessato ad aiutarla e ad averla a palazzo come ospite. Jennifer si chiese se, nel profondo di sé, il principe Antony non preferisse cenare con donne come Bianca, ma usare donne – o *ragazze* – come Jennifer per darsi arie da eroe per aver sostenuto le loro "piccole organizzazioni."

"Va bene," borbottò fra sé. "Se è così, farò di lui un eroe." Dopo quella sera, Jennifer sarebbe potuta andare a casa, dimenticarsi del principe e incrociare le dita nella speranza di aver parlato con eloquenza sufficiente a suscitare consapevolezza nei confronti del campo profughi e incoraggiare candidature per la nuova borsa di studio del principe. Avrebbe ottenuto il personale di cui aveva un disperato bisogno e quella era la cosa più importante.

"Farà un eroe di chi?"

Il suono della voce regale di Antony, carica del suo seducente accento sanriminese, la fece quasi sobbalzare. Quanto a lungo era rimasto alle sue spalle? Quante altre cose lei aveva detto ad alta voce, senza rendersi conto che lui poteva udire ogni parola?

"Chiedo scusa, non volevo spaventarla," disse l'uomo, anche se sul suo volto c'era un sorriso mentre le circondava il gomito con una delle sue mani grandi e calde.

"N-non vi avevo visto." Jennifer si sbracciò alla ricerca delle parole mentre il tocco dell'uomo distruggeva la sua concentrazione. Come aveva fatto a non notare l'improvviso silenzio nella stanza? Era stata così immersa nei suoi pensieri da non aver notato l'annuncio dell'arrivo del principe?

"Mi sembra distratta, signorina Allen. Sta ripetendo il discorso della serata?"

"Certo." Beh, in fondo Jennifer stava pensando al discorso. Più o meno. E a come costringersi a concentrarsi su di esso piuttosto che sull'uomo. "Ma per favore, chiamatemi Jennifer," aggiunse, sperando di cambiare argomento. "Nessuno mi chiama 'signorina Allen.'"

"Va bene. Jennifer." Detto da lui, il suo nome suonava più simile a *Zhennifer*, ma il caloroso sorriso del principe compensava abbondantemente la sua pronuncia.

In fondo, essere chiamava *Zhennifer* non era poi così terribile.

"Ma dovrà parlarmi della fabbricazione di eroi in un altro momento," disse Antony, gesticolando dietro la spalla sinistra di Jennifer. "Vorrei presentarle mio fratello, il principe Federico, e sua moglie Lucrezia."

Jennifer si voltò, stupendosi di vedere la coppia reale proprio alle sue spalle. Si presentò, poi aggiunse: "Sono onorata. Non mi ero resa conto che avreste presenziato anche voi."

La moglie di Federico, un vero e proprio clone di Bianca,

non aveva evidentemente progettato di presenziare nemmeno lei, a giudicare dalla sua espressione gelida.

Il principe Federico, tuttavia, sembrava entusiasta. "Al contrario, signorina Allen," esordì il fratello minore di Antony, "siamo lieti che abbiate avuto modo di venire a parlare del Progetto Soccorso ai Rifugiati. Siamo lieti di fare ciò che possiamo per il Paese."

"Temo che nostra sorella, la principessa Isabella, e nostro fratello minore, il principe Marco, non abbiano potuto raggiungerci questa sera, anche se dovete sapere che sono stati invitati," spiegò Antony. "Isabella deve parlare a una raccolta fondi per un museo d'arte a New York e Marco—"

"Marco è a fare Marco chissà dove," interruppe Federico, scuotendo la testa con aria di disapprovazione.

"Per fortuna, nostro padre non lo sa, o Marco verrebbe fortemente rimproverato per la sua assenza ingiustificata," disse Antony, abbassando la voce nella parodia di un sussurro.

Lucrezia spostò lo sguardo da un fratello all'altro. Nei suoi occhi c'era un divertimento derivante da anni di familiarità, quanto bastava per ammorbidirla e dare a Jennifer la sensazione che non fosse fredda come Bianca. "Sì," disse, "ma re Eduardo lo scoprirà, come fa sempre. E voi coprirete Marco, come sempre."

"Immagino di sì," disse Antony. Ciò detto, lui e Federico cominciarono a ricordare degli scherzi che il principe Marco aveva fatto da ragazzino. A occhio e croce, Antony, Federico e Isabella avevano cavato Marco d'impiccio in numerose occasioni, compresa una volta in cui Marco si era nascosto in cucina nel tentativo di sostituire con delle palline di pongo verde i piselli per una cena di Stato.

Jennifer sorrise, sbalordita alla vista dell'amore condiviso dai germani reali. I discorsi del clan diTalora sembravano quelli di una famiglia normalissima, con tanto di fratello minore ribelle, una disciplinata e unica femmina, padre autoritario e fratelli maggiori protettivi. Se si poteva definire "normalissimi" gli eredi di una dinastia millenaria che vivevano in un palazzo con un personale pronto a soddisfare ogni loro desiderio.

Per un breve istante, Jennifer si chiese come sarebbe stato far parte della famiglia diTalora. Lucrezia sembrava stanca dell'ambiente circostante, nonostante rimanesse vicino al marito e occasionalmente gli toccasse il braccio. D'altra parte, poteva trattarsi di semplice fatica. La donna sembrava leggermente smunta e lei e Federico avevano due giovani figli che la tenevano molto impegnata.

Jennifer sorrise al principe Antony mentre questi approfondiva la storia del pongo. Come sarebbe stato svegliarsi accanto a quella risata tutte le mattine? Passare le mani nei folti capelli scuri dell'uomo e attirarlo a sé per condividere un bacio felice? Averlo vicino mentre continuava a seguire i propri sogni? Oppure – nella fantasia più grandiosa di tutte – vederlo leggere ai loro figli con l'amore e la cura che aveva usato a Josef?

Mentre gli uomini continuavano a discutere delle bravate di Marco, Lucrezia si rivolse a lei. "Mi dica, signorina Allen," esordì, "trova piacevole la sua visita a San Rimini?"

Jennifer strappò i propri pensieri da Antony, dicendosi che quella era una buona distrazione. "Molto. Ero già stata a San Rimini un paio di volte, ma mai nella Rocca, nemmeno per le visite guidate alle stanze pubbliche. È fantastico."

"Immagino sia molto diverso rispetto alla vita in un campo profughi."

Il tono piatto della voce di Lucrezia impedì a Jennifer di capire se la donna stesse chiacchierando automaticamente o se volesse suonare condiscendente. Jennifer scelse di darle il beneficio del dubbio.

"Decisamente. Noi siamo felici se abbiamo delle torce, figuriamoci dei lampadari," disse, sperando che la moglie di Federico si sarebbe illuminata.

Sfortunatamente, la donna non sorrise nemmeno. Cambiò posizione, di fatto usando il proprio corpo per impedire agli uomini di udire la loro conversazione. "Ha intenzione di fermarsi a lungo?"

"Trascorrerò la notte a San Rimini, quindi ripartirò di prima mattina. Come forse saprete, il campo soffre di carenza di personale."

Lucrezia inarcò le sopracciglia. "Non riesco a immaginare che molte persone vogliano lavorare in condizioni tanto terribili. Richiedere ai beneficiari della borsa di studio di lavorare in un luogo del genere è praticamente una punizione."

Jennifer doveva aver mostrato in maniera visibile lo sconvolgimento che provava nell'udire un'affermazione del genere, perché Lucrezia si affrettò ad aggiungere: "Ma è un buon piano. Più volontari avrete a disposizione, più facile sarà il compito. Per cui, non si tratta davvero di una punizione."

"Spero che nessuno la veda come una punizione," riuscì a rispondere Jennifer, mantenendo un tono cortese nonostante il punto di vista ignorante della donna. "Gli studenti daranno qualcosa di sé alla comunità internazionale e la comunità internazionale darà in cambio qualcosa di prezioso agli studenti: un'educazione di primo livello qui a San Rimini. Per non parlare dell'esperienza in sé. Si può imparare molto trascorrendo del tempo in una situazione al di fuori della nostra zona di comfort."

"Ne sono certa," disse Lucrezia. Nello stesso momento, un campanello suonò nella sala da ballo.

"È ora di andare a prendere posto," disse Antony, tornando al fianco di Jennifer. "Da questa parte."

Prese di nuovo il braccio di Jennifer, un gesto al tempo stesso incoraggiante e protettivo. Un'ondata di calore e di energia nervosa le attraversò il corpo. Quando Antony le parlava, era con una capacità unica di accoglierla nel suo mondo, di dare l'impressione che lei appartenesse a quel mondo elitario, nonostante gli altri – compresa la cognata stessa del principe – sembrassero tenerla a distanza.

"Siederà in prima fila, con me." Antony si chinò vicino al suo orecchio con lo stesso atteggiamento intimo che aveva usato quando le aveva parlato sull'elisuperficie in Rasovo. "Io la presenterò e a quel punto lei dovrebbe alzarsi e venire al podio. Poi – com'è che si dice? – li farà fuori tutti?" Antony si accigliò. "Non mi sembra l'espressione giusta."

"So cosa intendete," riuscì a dire Jennifer, nonostante le sfrigolassero i nervi tutte le volte che lui le parlava col suo accattivante accento sanriminese. Come avrebbe fatto a concentrarsi sul discorso con il principe che le bisbigliava all'orecchio di farli fuori tutti?

Presa la borsetta, cercò a tentoni gli appunti. Magari, un rapido ripasso dei punti che avrebbe voluto esporre avrebbe ridotto lo stress e l'avrebbe distratta dal fascino di Antony.

Si immobilizzò. Le sue dita sfiorarono il rossetto e la carta assorbente che le aveva dato la truccatrice, assieme a uno specchietto e a due forcine che erano nella borsetta già da prima. Niente foglietti. Li aveva lasciati nella stanza? Allargò la minuscola borsetta per guardare meglio, quindi si passò nuovamente la mano dentro.

Niente foglietti.

"Qualcosa non va?" Antony aggrottò la fronte con aria preoccupata.

Jennifer si guardò attorno, notando che quasi tutti gli ospiti si erano già seduti. Diversi la stavano osservando, probabilmente chiedendosi chi fosse quella donna bizzarra che tratteneva il principe. Per un attimo, si tormentò l'interno del labbro. Non c'era tempo per tornare alla stanza. Avrebbe dovuto parlare a braccio.

"Non è nulla," mentì lei, sperando che il principe non potesse vedere il panico che cresceva in lei. Costringendosi a sorridere, aggiunse: "È ora di farli fuori tutti."

"Splendido," mormorò Antony in risposta alla domanda di Bianca, senza davvero sapere cosa lei avesse chiesto. Qualcosa riguardo alla nuova acconciatura di Emanuela Masotti, una donna il cui padre era stato un cantante d'opera famoso in tutto il mondo e la cui madre aveva guidato un'importante casa di moda.

Antony sorseggiò lentamente il vino, cercando di concentrarsi sul blaterare incessante di Bianca. Come gli era venuto in mente di chiedere a Harriet di farla sedere sulla piattaforma accanto a lui?

Certo, ciò avrebbe spinto suo padre e i parlamentari presenti alla cena a credere che lui avesse un interesse sentimentale nei confronti della donna e ad alleviare le loro preoccupazioni che Antony non avrebbe mai prodotto un erede. E, certo, probabilmente alla fine lui avrebbe *davvero* sposato Bianca, Emanuela o un'altra donna delle loro cerchie prima della fine dell'anno. Se proprio doveva. Ma aveva sottovalutato la potenza della sua attrazione nei confronti di Jennifer. Averla seduta alla sua sinistra durante la cena rendeva quasi impossibile prestare attenzione a Bianca alla sua destra.

Bianca gli chiese del vino. Lui rispose che si trattava di un pinot noir, ma che era incerto sull'etichetta. Se lei desiderava saperlo, lui poteva sempre chiederlo al personale del catering. Bianca disse che lo avrebbe gradito e lui disse: "Se dovessi dimenticarmelo, ti prego di ricordarmelo."

Ecco fatto. Aveva mostrato attenzione.

E un attimo dopo quel pensiero, si sentì un pessimo individuo.

Sorrise a Bianca, quindi permise al suo sguardo di spazzare la stanza, affettando l'espressione interessata che aveva padroneggiato per quelle situazioni in cui non voleva che la sua attenzione si concentrasse su un singolo individuo, ma desiderava comunque mostrarsi coinvolto.

Percepì, piuttosto che vedere, Jennifer che beveva un prudente sorso di vino.

Quando aveva visitato il campo, aveva trovato Jennifer vagamente sfrontata. Tuttavia, in quel contesto, lei rappresentava tutto ciò che una regina diTalora avrebbe dovuto essere e tutto ciò che lui, personalmente, cercava in una partner sentimentale. Era elegante, attraente, intelligente. A differenza di altre partecipanti, non prendeva parte ai pettegolezzi. Antony dubitava che ciò fosse dovuto al fatto che lei non conosceva gli altri. Non sembrava il suo stile. Jennifer si concentrava su argomenti più concreti. Più importanti.

All'improvviso, invidiò l'energia e le convinzioni della donna. Certo, lui teneva alle sue cause filantropiche, proprio come lei. Ma se Antony avesse potuto fare liberamente le stesse scelte che aveva fatto lei, dubitava che avrebbe fatto lo stesso – faticare in luoghi pericolosi del mondo, trascorrere lunghe ore a lavorare manualmente – per assicurarsi che i bisognosi fossero vestiti, sfamati e assicuro. Jennifer gli pareva una donna che avrebbe potuto seguire qualunque sentiero nella vita. Dubitava che qualunque altra donna nella stanza avrebbe fatto le stesse scelte di lei, se avesse avuto l'opportunità, e ciò le faceva impallidire rispetto a Jennifer.

Antony esalò un lungo fiato. Il solo pensare a Jennifer gli faceva dolere le braccia per il desiderio di abbracciarla, di accarezzarla, di baciarla. Aveva sognato per tutta la vita di trovare una donna come lei, una donna che lo avrebbe sfidato e soddisfatto sotto tutti i punti di vista, intellettuali, spirituali e fisici.

Una donna che ammirava.

Semplicemente, Jennifer non aveva il lignaggio giusto.

E ciò rendeva un matrimonio con lei – una fantasia che, doveva ammetterlo, si era concesso qualche volta dalla dichiarazione di suo padre – nient'altro che quello. Pura fantasia.

Azzardò un'occhiata a destra, dove Jennifer inforcò un pomodoro dal bordo dell'insalata. I capelli rossi della donna brillavano sotto le luci intense della piattaforma e un boccolo sciolto all'altezza della tempia la faceva sembrare quasi angelica.

Pura fantasia.

"Antony, caro." Bianca gli diede un colpetto sul braccio, costringendolo a riportare l'attenzione su di lei. "Va tutto bene? Non credo che tu abbia sentito una parola di tutto ciò che ho detto questa sera."

Antony le rivolse un sorriso poco convinto. "Immagino di essere leggermente nervoso. Questa è una serata importante per la borsa di studio. Voglio che abbia successo."

Bianca gli si avvicinò più di quanto lui avrebbe gradito e bisbigliò: "Si tratta di lei, vero? Temi che farà un discorso scadente? Dubito che abbia mai parlato a un pubblico augusto come questo. Potrebbe sentirsi intimidita."

"Non è così," ribatté lui, tenendo la voce bassa in modo che Jennifer non sentisse.

"Beh, se il tuo problema è il nervosismo," e la voce di Bianca lasciava intendere che lei sospettasse contrario, "forse il pensiero di un lungo ballo lento con me sarà la cura perfetta."

Bianca gli passò la mano lungo il braccio ed Antony notò che un fotografo in un angolo si stava preparando a scattare.

Si costrinse a non fare una smorfia. *Te la sei cercata,* ricordò a se stesso. Se fosse stato colto in atteggiamenti più che amichevoli con Bianca, avrebbe sicuramente tranquillizzato l'animo di suo padre. Avrebbe anche potuto guadagnare un po' di spazio di manovra nei confronti di quel ridicolo ultimatum, se avesse convinto suo padre che stava quantomeno cercando di trovare moglie.

Strinse i denti. Dalla diagnosi, il re non era più lo stesso. Il cardiologo li aveva avvertiti che i cardiopatici potevano sperimentare sensazioni di ansia o persino un senso di sventura imminente. Antony sapeva che, se quello era il caso di suo padre, ciò avrebbe spiegato parecchio. Non dubitava che, se sua madre fosse stata ancora viva, Eduardo avrebbe affrontato la crisi attuale molto più equilibrato dal punto di vista emotivo. Il re si sarebbe confidato con la regina come non faceva mai con i suoi figli. E non avrebbe mai ordinato a Antony di sposarsi entro una scadenza. La regina sarebbe intervenuta.

Ma Antony doveva fare i conti con la realtà.

Nell'angolo, il fotografo scattò, cosa che diede una patina di ufficialità all'affiliazione di Antony con Bianca. L'indomani, ogni giornale e telegiornale europeo avrebbe mostrato una foto di loro che facevano comunella, apparentemente immersi in una conversazione profonda. Il pensiero gli pietrificò le viscere e gli raffreddò il sangue.

Cambiò posizione sulla sedia, rendendo difficile a Bianca tenere la mano sul suo braccio.

"In tal caso, il primo ballo dopo la cena sarà tuo," promise, anche se improvvisamente la slanciata e affettata Bianca Caratelli era l'ultima donna che lui volesse.

Voleva Jennifer.

La voleva ancora di più di quanto l'avesse voluta mentre la guardava da dietro la tenda del balcone. E non solo per una notte.

Incapace di continuare a fingere con Bianca, bisbigliò: "Devo fare la presentazione."

"Io sarò qui," mormorò di rimando lei.

Era quello che temeva.

CAPITOLO 6

Antony si alzò. Sebbene non fosse necessario, alcuni degli invitati picchiettarono sui bicchieri di champagne per zittire la sala. Antony lanciò un'occhiata a Jennifer, la cui sedia si trovava fra la sua e il podio. La donna aveva le mani rigidamente strette in grembo, le nocche sbiancate.

"Adesso si sballa?" chiese in un tono di voce che solo lei poteva udire mentre passava di fronte.

La bocca di Jennifer ebbe un guizzo, facendogli contrarre lo stomaco dal desiderio rinnovato. "Credo che abbiate bisogno di qualche altra lezione sul gergo e gli aforismi in inglese, Vostra Altezza."

"Sembrerebbe di sì, dato che non so cosa significhi *a-fo-ri-sma*." Antony pronunciò la parola lentamente, sperando di non fare la figura dell'idiota. "Che significa? Qualcosa di simile al gergo?"

La donna annuì leggermente e il suo sorriso si allargò, facendo comparire piccole rughe agli angoli dei suoi occhi. Chissà perché, Antony non riusciva a immaginare Bianca o una delle sue amiche che sorridevano in modo tanto genuino. Anche se qualche sua battuta faceva venire loro voglia di ridere, loro erano troppo preoccupate dalle rughe che un vero sorriso avrebbe potuto provocare.

"Avanti," bisbigliò Jennifer.

Sollevato lo sguardo, Antony si rese conto che sulla stanza era calato un silenzio assoluto. Tutti lo guardavano con interesse, in attesa paziente che cominciasse.

Tutti tranne Bianca Caratelli. La donna lo stava guardando storto da dietro la spalla di Jennifer.

Antony accese il microfono, quindi cominciò a parlare del Progetto Soccorso ai Rifugiati. Era stata sua intenzione di limitarsi a presentare brevemente Jennifer, ma mentre cominciava a raccontare al pubblico della sua visita in Rasovo, le parole si riversarono fuori dalla sua bocca senza la minima preparazione. Voleva che la sala afferrasse l'umanità dei rifugiati, l'ottimismo dei bambini come Josef e la gentilezza e la dedizione del personale che lavorava ad Haffali.

Ma soprattutto, voleva che i partecipanti si rendessero conto che non doveva andare per forza così. Il loro entusiasmo nel sostenere la borsa di studio da lui creata e, conseguentemente, organizzazioni come il Progetto Soccorso ai Rifugiati, poteva fare tutta la differenza. Non solo avrebbero promosso l'educazione degli studenti migliori di San Rimini, ma avrebbero dato ai loro vicini rasovari e a coloro che si trovavano in circostanze simili l'assistenza di cui avevano necessità per sopravvivere.

"Guardate alla vostra destra e alla vostra sinistra," disse al pubblico. "Coloro che vedete sono vostri vicini. Vi hanno offerto il loro sostegno nel momento del bisogno e hanno festeggiato con voi i momenti migliori. Immagino che voi fareste lo stesso per loro."

Mormorii di assenso colmarono la stanza.

"Nel mio ruolo di principe ereditario, guardo alla mia sinistra e vedo l'Italia come mia vicina. Guardo alla mia destra e vedo la Slovenia. Naturalmente, quando guardo verso la Slovenia, vedo anche il Rasovo, una nazione piccola ma bellissima, con una storia ricca quanto la nostra."

Antony scrutò i volti della folla, sperando di trasmettere il messaggio. "I rasovari ci hanno sostenuti nei momenti più difficili della nostra nazione e hanno festeggiato con noi i nostri successi. Quasi trecento anni fa, ci inviarono in dono del bestiame quando molti dei nostri capi rimasero uccisi dalle inondazioni. Durante la Seconda guerra mondiale, inviarono volontari per contribuire ai progetti di costruzione del nostro porto. E presto, quando festeggeremo i mille anni dell'indipendenza di San Rimini, spero che il Rasovo potrà festeggiare con noi. Sfortunatamente, ciò potrà accadere solo se continueremo a contribuire al processo di pace e li tratteremo come buoni vicini, dando loro l'assistenza umanitaria che loro hanno dato a noi."

Antony si schiarì la voce, poi guardò Jennifer. I teneri occhi azzurri della donna incrociarono i suoi e lui si ritrovò colmo di un misto di emozioni più profondo di quello che si aspettava. L'impulso ad aiutare e un desiderio assolutamente umano.

Un desiderio che era anche del tutto inappropriato.

Si costrinse a distogliere lo sguardo da Jennifer e guardò il pubblico, che sembrava pendere dalle sue labbra. "Da questo punto di vista, Jennifer Allen, un'americana, è andata ben oltre quanto richiesto dal dovere, trattando la gente del Rasovo come se fossero suoi vicini, non nostri."

Antony avrebbe voluto parlare ancora a lungo di lei, ma quella era la serata di Jennifer e lui doveva lasciarla parlare. "I beneficiari della borsa di studio che andranno a lavorare per il Progetto Soccorso ai Rifugiati e per simili organizzazioni benefiche impareranno sicuramente dal suo esempio, come dovremmo fare tutti. Ecco a voi la signorina Jennifer Allen."

La donna si alzò con l'espressione stupita. Palesemente, non si era aspettata una presentazione così lunga da parte sua.

"Grazie, Vostra Altezza," bisbigliò mentre si avvicinava al microfono.

Cercando di farsi sentire al di sopra degli applausi, Antony si sporse vicino al suo orecchio. "Chiedo scusa. Ho parlato troppo."

Gli angoli degli occhi della donna si ondularono in quel sorriso che lui stava cominciando a bramare. Tuttavia, questa volta luccicavano. Antony non era sicuro se avesse visto delle lacrime o soltanto il riflesso delle luci splendenti sopra il podio. "Assolutamente no. Avete parlato con il cuore."

Antony andò a sedersi, quindi la guardò prendere il microfono.

"Apprezzo che mi permettiate di parlare in inglese piuttosto che in italiano," esordì la donna. "In primo luogo, devo ringraziare il principe Antony per la sua presentazione. San Rimini è fortunata ad avere una persona tanto creativa. L'evento di questa sera promuove un progetto per aiutare tanto i bisognosi del mondo, come i residenti del campo Haffali, quanto gli studenti sanriminesi desiderosi di perseguire i loro scopi educativi. È questo genere di guida che assicura pace e prosperità alle generazioni future."

Un inaspettato senso di soddisfazione sbocciò in Antony mentre ascoltava. Esso non era dovuto tanto alle parole di Jennifer riguardo alle sue doti di guida – anche se, considerate le minacce di suo padre, Antony apprezzava – ma per il fatto che lui aveva sviluppato la soluzione a un problema difficile. Gli sembrava di fare la differenza.

Era esattamente ciò che Jennifer lo aveva sfidato a fare. Diventare più di una macchina che sfornava assegni e che si limitava a fare comparsate per attirare l'attenzione sui problemi.

Antony sorrise fra sé nel rendersene conto. Lei gli faceva venire voglia di affrontare altri problemi, di vedere quali reali cambiamenti lui avrebbe potuto apportare al mondo.

"Santo cielo, Antony," gli mormorò Bianca nell'orecchio,

proprio mentre la mano della donna risaliva di soppiatto sul suo braccio. "Non credo di averti mai sentito parlare così."

Antony si voltò verso Bianca, lieto che lei fosse riuscita a vedere il cambiamento che lui aveva provato internamente. "No, non credo di averlo mai fatto."

La donna, in risposta, non disse nulla. A quanto pareva, era concentrata sul discorso riguardo alla borsa di studio. Anche Antony dedicò la propria attenzione al podio. Jennifer parlava con una convinzione profonda che ipnotizzava il pubblico. Le donne erano paralizzate dalle storie dei rifugiati. Gli uomini la fissavano, meravigliati in parte dalle parole di Jennifer e, Antony ne era sicuro, in parte dalla sua bellezza.

Dal proprio posto, lui aveva il punto di osservazione perfetto per studiare la curva della vita e dei fianchi della donna, enfatizzata alla perfezione dallo squisito abito azzurro. Il suo sguardo incespicò nelle gambe di lei, che si estendevano lunghe e snelle da sotto il tessuto arioso del vestito.

Non gli sarebbe dispiaciuto vedere quelle gambe sporgere dalle sue lenzuola mentre lei dormiva.

Antony esitò, cercando di levarsi quell'immagine dal cervello e di recuperare la concentrazione. Palesemente, era da troppo tempo che non faceva sesso.

A dispetto di quanto insinuava la stampa, lui era sempre stato attento da quel punto di vista. Una volta, verso la fine degli anni dell'adolescenza, Antony si era ritrovato seduto accanto a un'importante stella del cinema, più anziana di lui, in occasione di un importante incontro di tennis. Uno dei concorrenti era nel bel mezzo di uno scandalo sessuale, di cui al torneo parlavano tutti. L'attore, noto protagonista di una serie di celebri film d'azione, aveva detto di essere dispiaciuto per il tennista, poi aveva detto a Antony che la sua stessa carriera sarebbe stata rovinata se fosse diventato adulto in un'epoca di intenso scrutinio da parte dei social media. "Di questi tempi, non sai mai chi abbia una macchina fotografica," aveva detto l'uomo. "Era già abbastanza brutto quando quelle con cui uscivi si vantavano con i loro amici di essere andate a letto con te, soprattutto se rivelavano i dettagli. Non si poteva mai sapere se quei dettagli sarebbero finiti su un tabloid. Ma ora, se la relazione finisce male, possono documentarlo fotograficamente. Anche se la donna in questione non è il genere di persona che condivide certe informazioni, se lei ha una foto incriminante sul telefono, chissà chi altri potrebbe avere accesso? Un hacker, un amico inaffidabile, un nuovo amore… È spaventoso. La gente non ha dignità."

Il fastidio nella voce dell'uomo si era fatto strada nella psiche di Antony come le ammonizioni dei suoi genitori non avevano mai fatto. Sebbene Antony avesse frequentato parecchie donne – spesso più di quelle che avrebbe voluto, per via dell'incoraggiamento di suo padre – era stato attento a portarsele a letto. Non voleva mai creare aspettative o lasciare una donna furiosa con il cuore spezzato, sia perché ciò non era gentile nei confronti della donna in questione, sia perché avrebbe potuto ritorcersi contro di lui in un modo che avrebbe potuto influenzare la sua intera famiglia.

Mentre prendeva il bicchiere dell'acqua, notò che Jennifer tamburellava nervosamente il piede per terra. Sollevò lo sguardo sul viso di lei, ma non vide nemmeno un grammo di trepidazione, nulla che permettesse al pubblico di notare la sua palese paura da palcoscenico.

"È spaventosamente nervosa," bisbigliò Bianca, che aveva notato quanto lui il battere del piede di Jennifer. "Per fortuna che hai parlato per lo più tu. Lei è fuori dal suo elemento."

Antony fece per voltarsi e zittirla, ma quando Bianca gli passò di nuovo la mano sul braccio e gli rivolse un sorriso intimo, lui ci ripensò. Metterla a tacere ora avrebbe ferito i suoi sentimenti. E lui non poteva permettersi di correre il rischio di alienarsela, per quanto in quel momento volesse liberarsi di lei.

Jennifer, ricordò a se stesso, nonostante tutte le cose positive che gli aveva insegnato, sarebbe rimasta solo temporaneamente. Nel giro di qualche ora, sarebbe tornata alla sua vita nel Rasovo, a lavorare con i rifugiati. Lui sarebbe rimasto lì, nel cuore delle potenti cerchie di San Rimini, con tutte le aspettative e i doveri che da ciò derivavano.

Sfiorò la mano di Bianca, quindi si raddrizzò sulla sedia. Eduardo diTalora non era il genere d'uomo che cambiava idea dopo aver preso una decisione. Era tanto il padre di Antony quanto il suo re.

"Sai," bisbigliò Bianca, "non appena avrà finito, noi avremo il nostro ballo."

Gli occhi di Antony non abbandonarono Jennifer mentre mormorava: "Non potrei mai dimenticarmene."

***

IL SORRISO appiccicato al viso di Jennifer, probabilmente, la etichettava come un sasso qualsiasi in una stanza piena di diamanti, ma non gliene importava nulla. Il parlamentare che aveva di fronte era corso a incontrarla. L'entusiasmo dell'uomo sembrava irreale.

Nonostante avesse dimenticato gli appunti, nonostante Antony l'avesse praticamente derubata del discorso che lei aveva improvvisato con quella lunga presentazione, Jennifer aveva parlato senza fallo. E dozzine di ricchi sanriminesi avevano promesso il loro sostegno alla causa.

"È stato d'ispirazione," disse l'anziano uomo occhialuto a Jennifer mentre le stringeva fortemente la mano. Sebbene il suo inglese avesse un pesante accento, la sua comprensione sembrava molto buona. "Sono onorato di contribuire alla borsa di studio, come lo saranno molti dei miei pari. È bello sapere che il denaro verrà usato con tanta efficienza. Più studenti riusciremo a finanziare, più bene faremo."

"Splendido, splendido discorso," esclamò la moglie dell'uomo, il cui accento era molto meno marcato di quello del marito. Di corporatura minuta, persino i suoi vaporosi capelli bianchi non arrivavano all'altezza della clavicola di Jennifer. "Noi partecipiamo agli eventi di beneficenza del palazzo almeno due o tre volte all'anno, ma non avevamo mai sentito nessuno parlare con tanta eloquenza. E il principe!" La donna lanciò un'occhiata attraverso la stanza, dove Antony era circondato da arrampicatori sociali, quindi fece finta di farsi aria, strappando una risata al marito. "Il principe Antony è sempre un oratore carismatico, ma non lo avevo mai sentito così ottimista e sincero come questa sera. Credo che il nostro principe ereditario sia diventato un altro uomo."

"Sono completamente d'accordo," disse il marito, per poi congedarsi cortesemente quando un conoscente attirò la sua attenzione.

Jennifer ringraziò la moglie dell'uomo per la sua gentilezza, ma trovò un po' esagerata l'insistenza, da parte sua, che Antony avesse attraversato chissà quale cambiamento. Jennifer avrebbe tanto voluto crederle. Avrebbe voluto avere la certezza che Antony non avesse parlato spinto solo dall'abitudine. Ma dubitava che una persona nella sua posizione potesse effettuare un tale cambiamento solo dopo aver fatto un giro in un campo profughi.

Jennifer sorrise quando un altro benintenzionato si avvicinò.

Non avrebbe dovuto avere importanza, ma voleva che la sua causa fosse qualcosa che Antony desiderava sostenere. Qualcosa che gli toccasse il cuore, proprio come aveva toccato quello di Jennifer.

L'anziano gentiluomo che le strinse la mano si presentò come Giovanni Sozzani. Harriet gliene aveva accennato mentre accompagnava Jennifer in sala da ballo, definendolo un caro amico del re. "Il suo lavoro è notevole e ha attirato l'attenzione del principe Antony," le disse l'uomo mentre le lasciava la mano, per poi sporgersi in modo da farsi sentire al di sopra del chiasso della folla. Le fece una serie di domande riguardo all'operato del Progetto Soccorso ai Rifugiati, ai suoi fondatori e a come erano stati usati i fondi sin dalla fondazione dell'organizzazione.

Mentre i due parlavano, una profonda e accentata voce maschile alle spalle di Jennifer commentò la natura sincera della presentazione di Antony. Sebbene Jennifer si fosse persa il resto della dichiarazione mentre parlava con l'amico del re, quello che udì bastò a farle balzare il cuore del petto dalla speranza. Se il principe Antony aveva convinto quel pubblico – un pubblico che frequentava sin da giovane – di essere un uomo cambiato, forse lo era davvero.

Dopo che l'amico di re Eduardo si fu congedato, Jennifer si voltò per vedere chi avesse fatto quel commento riguardo a Antony. Si immobilizzò nel ritrovarsi faccia a faccia con il principe Federico, che aveva appena lasciato un gruppo di uomini vicini alla sua età.

Federico le prese la mano e la baciò, quindi le offrì un sorriso caloroso. "Il vostro discorso è stato un successo. Congratulazioni."

"Grazie," disse titubante lei, credendo a stento che un principe le avesse appena baciato la mano.

"Mio fratello ha sempre fatto opere di bene," proseguì Federico, "ma non lo avevo mai visto tanto commosso. Credo che, se potesse, lavorerebbe come volontario nel vostro campo. Spero che i presenti stasera sosterranno la borsa di studio tanto dal punto di vista economico quanto parlandone con altri e incoraggiando i giovani a candidarsi."

"Sarebbe ideale," disse Jennifer. Al tempo stesso, cercò di immaginare Antony che lavorava al campo. Sebbene il principe fosse arrivato a fare la sua visita vestito in modo molto più sportivo rispetto al completo formale che indossava quella sera, lei non riusciva a immaginarlo che scavava latrine o stendeva lenzuola su una dozzina di lettini da campo.

Quando la banda cominciò a suonare, Federico diede una rapida occhiata alla stanza.

"Non vedo mia moglie," disse. "Sarà andata a rinfrescarsi. Tuttavia, come membro della famiglia reale, mi piace aprire le danze. Sarebbe così gentile da accompagnarmi?"

Un ballo con il fratello minore di Antony? Perché no? "Mi piacerebbe molto."

Jennifer prese il braccio offertole dal principe, quindi si lasciò condurre in pista. Intravide Antony dall'altra parte della sala da ballo, i capelli scuri che riflettevano le luci ora soffuse dai lampadari mentre si incamminava a sua volta attraverso la folla verso la pista da ballo.

Di nuovo, Jennifer avvertì una fitta di desiderio mentre guardava la sua camminata sicura ed elegante. C'era in lui una qualità che attirava l'attenzione, persino in una stanza piena di gente elegante e potente.

Perse di vista Antony quando Federico la fece volteggiare a tempo di musica, mantenendo una distanza di cortesia fra di loro. Era un ballerino abile, di quelli che avrebbero saputo far sì che qualunque partner facesse bella figura e al tempo stesso si sentisse a proprio agio.

Tuttavia, Jennifer si chiese come sarebbe stato fare coppia con Antony. I suoi movimenti sulla pista da ballo sarebbero stati aggraziati come la sua camminata? Dubitava che avrebbe avuto la possibilità di scoprirlo. D'altra parte, dato che lei era l'oratore principale della serata, forse il principe si sarebbe sentito in obbligo di ballare con lei. Le si serrò la gola al pensiero, anche se sapeva che sarebbe stato solo un ballo e niente di più. I principi non frequentavano le operatrici umanitarie. Soprattutto non le operatrici umanitarie americane cresciute in una famiglia nei cui armadi non c'era mai stato un singolo abito di Escada.

Federico le fece qualche domanda riguardo al modo in cui era finita a lavorare ad Haffali e sulla sua gioventù. Lei gli raccontò di essere cresciuta con dei genitori che traevano la loro soddisfazione dal lavoro che facevano per gli altri. Fu una distrazione bene accetta. Lasciarsi andare ai sogni a occhi aperti riguardo a Antony era un modo sicuro per rovinarsi la concentrazione mentre lei cercava di stabilire rapporti con coloro che avrebbero potuto fare molto bene ai rifugiati. Aveva quasi rovinato la serata fin dall'inizio, trascorrendo tanto tempo a pensare a Antony da dimenticare gli appunti nella stanza.

Federico si voltò e lei ebbe una visuale chiara sul principe ereditario. L'uomo si trovava vicino al bordo della pista da ballo, intento a parlare con il parlamentare che aveva salutato Jennifer subito dopo il discorso. L'uomo afferrò l'avambraccio di Antony in un gesto di amicizia, quindi si voltò per parlare a un altro ospite. Per un attimo, Jennifer espresse il desiderio che Antony prendesse il posto di Federico. Poi lo sguardo di Antony incrociò il suo e il principe deglutì così a fatica che lei riuscì a distinguerlo.

Le si strinse la gola così forte che faticò a parlare. Per fortuna, Federico le stava raccontando la storia di una visita che aveva fatto da ragazzino in Cambogia, risparmiandole lo sforzo.

Jennifer avrebbe voluto distogliere lo sguardo da Antony, ma non ci riusciva. Qualcosa nel vederlo sotto quelle luci soffuse, indifferente agli sguardi degli ammiratori che lo circondavano—

Poi Bianca Caratelli apparve al suo fianco.

Il fisico snello della donna di mondo era stato oscurato dalle altre persone raccolte attorno a Antony, ma quando il parlamentare si scostò, la bellezza dai capelli scuri emerse dalla folla, la mano piccola appoggiata con fermezza, ma delicatamente, sul braccio di Antony. Peggio ancora, Bianca non mancò di fissare le altre donne nei paraggi mentre sospingeva Antony verso la pista da ballo, come per dire *è mio*.

Jennifer distolse lo sguardo. Se i desideri fossero cavalli... beh.

"In che senso cavalli?" chiese Federico.

Jennifer aveva per caso parlato ad alta voce?

"A volte mi capita di fraintendere l'inglese, dato che non è la mia lingua madre. Tuttavia, se avete espresso il desiderio che Bianca diventi un cavallo, devo dirmi in disaccordo," aggiunse. Il suo accento sanriminese era marcato, ma il suo sorriso era di facile comprensione.

Jennifer avvampò nel rendersi conto che Federico sapeva che lei aveva osservato Antony e Bianca. "Non volevo dire questo."

"Credo che starebbe meglio come donnola," proseguì Federico, facendola volteggiare in modo da vedere suo fratello maggiore e la scintillante donna di mondo. Osservò i due per un attimo prima di rivolgere l'attenzione a di lei. "Sì, decisamente una donnola. Tuttavia, questo non è un commento ufficiale da palazzo. Se qualcuno dovesse chiedermelo, negherò tutto."

Jennifer trattenere una risata. "Non penserei mai che voi abbiate detto una cosa del genere. Soprattutto riguardo a una persona che un giorno potrebbe diventare vostra cognata."

"Un membro della famiglia reale non può esprimersi in questo modo, il che è la ragione per cui intendo negare. Tuttavia," aggiunse Federico, abbassando la voce, "lei si sbaglia riguardo a Bianca. Dubito che Antony la sposerà, anche se lei lo desidera."

Lo stupore attraversò in un lampo Jennifer. Non riusciva a immaginare che Federico condividesse spesso pensieri così personali, non con il ruolo che ricopriva. E poi c'era il contenuto della sua affermazione. Jennifer prese fiato per riprendersi, poi chiese: "Perché no? Lei è bella, elegante e di buona famiglia. Tutto ciò che un uomo nella posizione del principe Antony potrebbe desiderare, immagino."

"Sì." Federico annuì. "Da un certo punto di vista, Bianca è come mia moglie, Lucrezia. Lucrezia è una compagna adatta a me, ma per Antony, una donna deve..." Federico si accigliò, come se stesse ancora una volta cercando le parole giuste. "Deve far sì che il suo cuore... vada da qualche parte."

"Deve smuoverlo?"

"Sì, smuoverlo."

Mentre la banda si avvicinava alla fine della canzone, Jennifer ebbe una nuova opportunità di guardare Antony e Bianca. Tutto, in quella donna, trasudava perfezione: capelli perfetti, sorriso perfetto, lignaggio perfetto, persino amici perfetti. Era il genere di donna di cui le altre studiavano le fotografie quando decidevano come truccarsi o il cui abito mostravano ai commessi per procurarsi qualcosa di simile.

"Se una donna come Bianca Caratelli non lo smuove, non lo farà nessuna," osservò Jennifer.

"Ho il sospetto che un'altra donna lo abbia già fatto."

"Deve essere davvero speciale, allora. Spero che lo renderà felice."

La fantasia di Jennifer si infranse, nonostante Federico continuasse a farla piroettare come se non avessero una preoccupazione al mondo. Le cose che aveva immaginato riguardo a Antony non avevano il minimo fondamento, ma era stato piacevole sognare. Quando lui l'aveva chiamata al campo, entusiasta all'idea di attirare altri volontari, lei si era elettrizzata per la sua proposta e – a essere onesti, per la consapevolezza che l'uomo aveva trascorso del tempo a riflettere sul suo problema. Poi, Antony l'aveva invitata a palazzo, le aveva offerto una stanza nella sua ala privata e aveva fatto sì che la sua assistente personale si assicurasse che si prendessero buona cura di lei. Le aveva fornito una selezione di vestiti, scarpe e borse da sera degni di una regina.

Chi non avrebbe avuto un momento di debolezza emotiva?

Poi, quella sera, la presentazione di Antony l'aveva colpita più di qualunque altra cosa lui avesse mai fatto. Sentire Federico e gli altri dire che Antony era cambiato aveva dato alla sua fantasia gambe che non avrebbe mai dovuto avere.

A quanto pareva, lui amava un'altra donna. Ma chi, se non Bianca Caratelli?

"Antony, Bianca," esclamò Federico da sopra la sua spalla, stupendola.

Jennifer voltò la testa e scoprì che Federico li aveva condotti con perizia fino a farli ballare accanto a Antony e a Bianca.

"Buonasera, principe Federico," disse Bianca con un cortese cenno del mento, anche se era palese dalla sua espressione che non apprezzava l'interruzione. "E signorina Allen. Congratulazioni per il magnifico discorso. Voi ed Antony ve la siete cavata splendidamente." La donna avvicinò Antony un po' più a sé e gli sorrise radiosa, rendendo cristallino quale dei due riteneva se la fosse davvero cavata splendidamente.

"È gentile a dirlo," rispose Jennifer, anche se ogni fibra del suo corpo avrebbe voluto darle un cazzotto. Per tutto il discorso, aveva sentito bisbigliare qualcuno nei paraggi. Poi, quando aveva lanciato un'occhiata a Bianca per vedere se la fonte del rumore fosse lei, avrebbe potuto giurare di aver colto la donna nell'atto di levare gli occhi al cielo.

"Bianca, non ci parliamo da secoli. Non ti dispiace se prendo il tuo posto, vero, Antony?" Federico rivolse un sorriso di ringraziamento a Jennifer e si protese verso Bianca persino mentre chiedeva il permesso del fratello.

"Certo che no. Vai pure."

Antony ringraziò Bianca per il ballo, quindi si allontanò. Mentre Bianca si voltava verso Federico, un'espressione di sollievo attraversò il volto di Antony. Ma essa svanì nel momento in cui Jennifer prese atto della sua esistenza.

Doveva esserselo immaginato. Proprio come doveva aver immaginato che Antony l'avesse fissata mentre lei ballava con Federico. Probabilmente, il principe aveva guardato qualcuno alle spalle di Jennifer, qualche splendida nobile in mezzo alla folla. Forse, la persona a cui Federico aveva accennato, considerato il tempismo della sua osservazione.

"Sembrerebbe che siamo entrambi senza un compagno,"

disse Antony, rivolgendosi a lei e offrendole la mano. "Mi fareste l'onore?"

Jennifer trattenne a stento un rozzo *sì, certo, va bene* borbottato e, dopo aver preso fiato per ricomporsi, riuscì a dire con voce piuttosto calma: "Ne sarei felice, se vi sentite coraggioso. Credo che il principe Federico mi abbia abbandonata perché gli ho quasi pestato i piedi."

"Questo perché Federico non è un ballerino esperto quanto me." Una volta che Jennifer ebbe messo la mano nella sua, il principe la condusse al centro della pista, poi la fece volteggiare in modo da passarle il braccio libero attorno alla vita. "Le assicuro che non mi pesterà i piedi."

Jennifer non disse nulla; invece, mise una mano sulla spalla ferma e ampia di Antony e gli permise di condurla. La musica elegante che colmava la grande sala, combinata alla calda pressione della mano di Antony in fondo alla schiena, le fece venire voglia di chiudere gli occhi e lasciarsi trascinare dall'atmosfera. Le fece venire voglia di dimenticare il dolore, la sofferenza e le difficoltà che avrebbe affrontato nuovamente l'indomani.

"Visto?" disse l'uomo. "Sono molto più abile di Federico."

Jennifer non riuscì a trattenersi dal sorridergli. "Vi hanno mai detto che siete molto sicuro di voi?"

Lui sollevò una spalla. "È mio dovere mostrare sicurezza, che la provi realmente o meno. I cittadini di San Rimini se lo aspettano. Se non lo facessi, darei una brutta impressione del Paese." Le rivolse un sorriso malandrino. "Ho sempre pensato che gli americani mostrassero più sicurezza degli europei, soprattutto quando non la provano. Tranne lei."

"Io?"

Antony la avvicinò a sé mentre un'altra coppia passava loro molto vicino. Jennifer riuscì quasi a sentire il fiato di Antony contro la guancia mentre lui parlava. "Quando mi ha portato a visitare il suo campo, non si è fatta problemi a dirmi dove andare e cosa vedere. Aveva il controllo totale."

"Ma?"

"Ma qui, è nervosa."

Jennifer si costrinse a raddrizzarsi leggermente, nonostante stessero ballando. "Cosa ve lo fa pensare?"

"Non riusciva a stare ferma durante il discorso. Gli altri non se ne sono accorti, ma io sì."

L'aveva osservata. Per qualche motivo, ora che ballava così vicino a lui, la cosa non la stupiva. "Vi rivelerò un piccolo segreto, Altezza. Ricordate che ho esitato mentre ci recavamo ai nostri posti prima della cena?"

"Sì."

"Mi ero resa conto di aver dimenticato gli appunti del discorso nella mia stanza. Ho dovuto parlare a braccio."

"A braccio?" Il principe scosse la testa, come se non riuscisse a capire del tutto.

"Sì, a braccio. Ho dovuto improvvisare. Inventare il discorso mentre lo tenevo."

Un lato della bocca dell'uomo guizzò. "Tutto il discorso?"

"Sì. Anche se la vostra presentazione è stata lunghissima e avete detto quasi tutto quello che avrei voluto dire io–"

"Chiedo scusa–"

Jennifer scosse la testa. "Sto scherzando. Non avrei potuto chiedere una presentazione migliore. Siamo una bella squadra."

Non appena le parole le uscirono di bocca, lei si rese conto di cosa aveva detto. *Una squadra.*

Beh, erano davvero una bella squadra, dal punto di vista professionale. Il principe Antony aveva le risorse necessarie a fare del bene ai rasovari. Lei aveva la passione. Anche se, volendo giudicare Antony esclusivamente sulla base della performance di quella sera e ignorando il modo in cui, apparentemente, l'uomo aveva considerato la beneficenza in passato, anche lui nutriva una passione al riguardo.

La musica rallentò e la mano di Antony si spostò sulla schiena di Jennifer, diminuendo il ritmo. "Ha ragione, Jennifer," disse, a voce più bassa, come se anche lui fosse guidato dal cambiamento nella musica. "Siamo davvero una bella squadra."

Jennifer incrociò lo sguardo di Antony e ciò che vide riflesso nei suoi pallidi occhi azzurri non lasciò alcun dubbio su ciò che egli pensava.

CAPITOLO 7

ANTONY AVREBBE VOLUTO MORDERSI la lingua non appena le parole gli uscirono di bocca. Non aveva il diritto di dire a Jennifer che erano una bella squadra, non senza avere la certezza assoluta che ella avesse fatto quell'affermazione in tono professionale.

Soprattutto considerato che i suoi pensieri avevano preso una strada più intima.

Li indirizzò verso una zona diversa della pista da ballo, lontano da dove Bianca continuava a ballare con Federico. Non aveva idea di come avesse fatto suo fratello a capire che lui aveva bisogno di un salvataggio, ma gli era grato. Una relazione sentimentale con Jennifer poteva anche essere solo un sogno, ma apprezzava di avere la possibilità di prenderla fra le braccia, sebbene soltanto in circostanze pubbliche e decorose. Mentre una canzone si fondeva con l'altra, loro due parlarono del Rasovo e delle prospettive di pace. L'incontro previsto tre settimane dopo a Bruxelles fra i leader delle varie fazioni avrebbe potuto rivelarsi fruttuoso, disse la donna, e lui concordò. Il moderatore aveva già condotto trattative di successo, in passato.

Quello del Rasovo non sarebbe stato un caso facile, ma le situazioni in cui le emozioni scorrevano forti non lo erano mai.

Continuarono a parlare e lui la trovò sempre più affascinante a ogni momento che passava. Jennifer non temeva di dire come la pensava su una varietà di argomenti e ascoltava con attenzione ciò che lui aveva da dire.

Per tutta la vita, le donne lo avevano fissato, avevano civettato con lui, lo avevano inseguito e soprattutto avevano reso chiaro di essere disposte a modellarsi secondo qualunque immagine lui trovasse più desiderabile in una partner sentimentale. Ma non Jennifer. Solo Jennifer gli lasciava vedere la sua vera personalità. Non sembrava intimidita da lui – dalla Rocca e dai suoi ammennicoli, forse, ma non dalla sua persona – e non era il genere di persona disposta a cambiare le proprie opinioni semplicemente per far colpo su di lui.

Antony gradiva quel cambio di passo, trascorrere del tempo con lei e ascoltare le sue opinioni invece di quelle della cerchia ristretta di donne che solitamente frequentava quegli eventi. Avrebbe solo voluto che potesse durare.

Abbassando lo sguardo su di lei durante una pausa nella conversazione, Antony disse: "Nel caso non lo avessi già detto, è meravigliosa con quel vestito."

Avrebbe voluto intrattenere una conversazione più sostanziosa con lei, chiedere il suo parere su possibili modi per aiutare altri gruppi in stato di necessità, come il Consiglio del Cancro di San Rimini. E invece, chissà come, gli era venuto fuori un commento sull'abito.

Gli angoli della bocca di Jennifer si curvarono in un sorriso titubante. "Vi ringrazio. Quando avevate detto che mi avreste messo a disposizione una selezione di abiti, non immaginavo che ce ne sarebbero stati tanti. Che sarebbero stati così belli."

Insomma, Antony aveva esagerato. D'altra parte, quale uomo non lo avrebbe fatto, se ne avesse avuto l'occasione?

"Cosa l'ha spinta a scegliere questo?"

"Volete dire fra i trentadue abiti che sono stati portati nella mia stanza?" Jennifer rise mentre lo diceva e quella leggerezza fece spuntare un sorriso sul volto di Antony. C'erano giorni in cui le fredde sale del palazzo avrebbero avuto bisogno di una dose di risate come quella per vivacizzarle, per dare al posto la sensazione che fosse una casa e non un museo. Persino Miroslav, il severo addetto alla sicurezza di suo padre, avrebbe riso di fronte a un suono tanto vivace.

"Il colore, penso," rispose infine la donna. "Era l'unico azzurro e," aggiunse, abbassando il mento quanto bastava per osservare il vestito, "aveva un taglio più semplice degli altri e non aveva nulla di scintillante. Io preferisco le cose semplici. Perché me lo avete chiesto?"

Gli occhi che incrociarono lo sguardo di quelli di Antony erano di un azzurro ancora più bello di quello del vestito.

"Dei – trentadue, ha detto? – questo era il mio preferito."

"Avete visto i vestiti?" Una fossetta apparve sulla fronte della donna. "Quando?"

"Ieri. Li ho selezionati io."

Jennifer spalancò stupita gli occhi. "Pensavo che aveste del personale addetto a questo genere di cose."

"Pensava anche che io girassi sempre accompagnato da guardie del corpo."

"Avete ragione. Immagino di avere molte cose da imparare su di voi."

A quelle parole, Antony non riuscì a trattenere un sorriso. "Beh, ora sapete che mi piace l'azzurro. E che anch'io apprezzo uno stile semplice."

"D'accordo. Qual è il vostro cibo preferito?"

"Facile. Le lasagne."

"Le lasagne non sono semplici," osservò lei.

"Rispetto a ciò che mi viene spesso servito, sono molto semplici. È più un cibo da invito a casa di qualcuno che da evento." Antony fece un ampio gesto per indicare la sala. "Sfortunatamente, non ho spesso l'occasione di godermi le cose semplici. È un rischio professionale."

Ciò suscitò un altro sorriso. "Beh, spero che un giorno troverete una compagna semplice a cui piaccia a vestirsi di azzurro e che prepari delle lasagne che spaccano."

Antony la lasciò e la fece volteggiare lentamente, non volendo guardarla negli occhi per un attimo. Aveva trovato una donna che corrispondeva a quei criteri; beh, non era certo delle sue doti culinarie, ma considerata l'efficienza dimostrata da Jennifer ad Haffali, doveva essere il tipo che faceva meraviglie con la ricetta giusta... peccato che lui non potesse sposarla. Non poteva nemmeno pensare a sposarla, non con l'ultimatum di suo padre. Qualunque donna considerabile adatta a lui sarebbe stata ben altro che semplice. Avrebbe somigliato più a Bianca o a una delle sue amiche.

Jennifer tornò con grazia fra le sue braccia, quindi inclinò la testa. "Ciò che ho detto era inappropriato. Capisco dalla vostra–"

"No, è che... Lasagne che spaccano?" chiese lui, compiaciuto per aver recuperato in fretta. "Come possono delle lasagne 'spaccare?'"

Jennifer non si prese la briga di nascondere il sollievo. "Ah. Giusto. In America, dire che una cosa 'spacca' significa che è buona. E non solo per quanto riguarda il cibo. Per esempio..." La donna lanciò un'occhiata attraverso la pista da ballo. "Vostro fratello Federico spacca come ballerino."

"Capisco." Antony sorrise da un orecchio all'altro mentre seguiva lo sguardo di Jennifer nella direzione di suo fratello. "Spacca proprio."

Lei fece per ribattere, ma la canzone si interruppe ed ebbe inizio un valzer, zittendola.

Le coppie invasero la pista. Federico si congedò per andare a parlare con un importante membro del parlamento – nonché della Commissione Successioni, notò Antony – lasciando Bianca di nuovo libera. E diretta nella sua direzione.

"Dovrei circolare fra gli ospiti," disse Antony mentre la lasciava andare con riluttanza. "Grazie per la vivace conversazione."

"E grazie a voi per la serata meravigliosa. I rasovari saranno commossi dalla vostra generosità."

Lui le passò una mano sulla guancia, incapace di trattenersi. "Voglio aiutarli. E aiutare lei." Costringendosi a togliere la mano dal viso di Jennifer, si incamminò verso una Bianca dall'aria contrariata.

***

CHIUSA NEL BAGNO DELLE DONNE, Jennifer appoggiò la fronte all'interno della grande porta decorata a intaglio del gabinetto, non volendo permettere a nessuno di vedere quanto l'aveva sconvolta il ballo con Antony.

Non aveva immaginato lo sguardo che aveva visto negli occhi dell'uomo. Forse non era uscita spesso, negli ultimi tempi, ma certe emozioni erano palesi. Antony aveva voluto ballare con lei. Aveva voluto tenerla come un uomo teneva un'amata nel bel mezzo della notte scura e sacra, non come un principe teneva l'invitata a una funzione di Stato, come Federico aveva fatto durante il loro ballo.

Jennifer si abbracciò ed esalò il fiato, attendendo che il suo cuore tornasse a battere un ritmo ragionevole. Mentre passava le mani sul fresco tessuto del vestito, ripensò che Antony lo aveva scelto personalmente.

Antony era molto più sensibile di quanto lo facesse sembrare la sua immagine pubblica. E, sulla base della loro conversazione, era molto più informato di quanto suggerissero i tabloid. Nessun assistente lo aveva imboccato mentre lui e Jennifer parlavano del negoziatore belga che avrebbe guidato l'incontro fra le fazioni in guerra in Rasovo. Antony conosceva i protagonisti e conosceva la storia del negoziatore in altri conflitti.

Antony era molto più complesso di quanto lei avesse creduto quando lo aveva avvicinato sull'elisuperficie. Era affabile e a lei piaceva ascoltare tanto le sue opinioni quanto le sue battute. L'aveva colta alla sprovvista con lo scherzo sulle lasagne che spaccava. Trasse un altro respiro profondo. Per quanto detestasse ammetterlo, lo trovava ancora più attraente ora di quando lo aveva sentito leggere a Josef. Sebbene non avrebbe mai potuto avere una vera relazione con Antony – a parte il fatto che lui era un principe, lei teneva troppo ai rasovari per lasciare il campo – Jennifer scoprì che voleva comunque che lui la desiderasse.

Chiuse gli occhi mentre l'immagine degli occhi chiari e divertiti del principe colmava i suoi pensieri. Ballare di nuovo con lui, sentire la sua mano che la guidava sulla pista, sperimentare la forza contenuta di quei muscoli snelli mentre lei appoggiava la mano sulla sua spalla, magari persino baciarlo... era tutto una splendida fantasia. Non era difficile immaginare come sarebbe stato–

Poi le tornarono in mente le parole di Federico, che aveva detto che un'altra donna aveva già smosso il cuore del principe, e lei sapeva di non essere quella donna. Né, apparentemente, lo era Bianca Caratelli. Se una donna bella e bene educata come lei non poteva attirare il principe, che speranza aveva Jennifer?

Si raddrizzò, quindi controllò il vestito per assicurarsi che tutto fosse al suo posto. Quanto aveva ribaltato Antony le sue emozioni per farla arrivare a quel punto, con la testa appoggiata alla porta di un gabinetto? Si chinò per sistemare le cinghie delle scarpe, decisa a tornare alla sala da ballo e a concentrarsi sul creare una rete di supporto per i rasovari, piuttosto che sulla sua inesplicabile attrazione nei confronti di Antony.

Stava per aprire la porta quando una voce familiare giunse dalla direzione dei lavandini. La donna parlava in italiano con accento sanriminese, ma Jennifer aveva una comprensione della lingua sufficiente a seguire la conversazione.

E la conversazione non era amichevole.

"È saltata addosso al povero Antony," si lamentò Bianca. "Pare che, quando lui ha visitato il suo campo, lei non abbia mai smesso di parlare del personale di cui ha bisogno. Cosa poteva fare lui, se non accontentarla?"

Una sconosciuta voce femminile rispose: "D'accordo, ma è il suo lavoro. Comunque, lui non avrebbe dovuto parlare con lei. Avrebbe dovuto ballare con te."

"O con te, Emanuela. Antony e io siamo legati, naturalmente, ma io non voglio monopolizzarlo durante gli eventi pubblici. Non sarebbe decoroso. A ogni modo, quando lui balla con altre donne, dovrebbe essere selettivo. Che differenza fra ballare più canzoni con lei – una popolana americana – e con una persona più adatta alla sua posizione, come te."

"Hai assolutamente ragione," disse l'altra donna. Doveva trattarsi di Emanuela Masotti, una donna che Harriet aveva definito come la figlia di un famoso cantante d'opera. Il nome era rimasto impresso a Jennifer perché l'artista era uno dei preferiti dai suoi genitori.

"Conosco Antony da tempo sufficiente da sapere che non intratterrebbe mai quella donna, a meno di sentirsi in trappola," proseguì Bianca. "Lei deve avergli detto qualcosa mentre ballavano. Gli ha impedito di congedarsi cortesemente. Che coraggio a metterlo in una posizione del genere."

"A quanto pare, non conosce nemmeno le basi dell'etichetta." O almeno, Jennifer pensava che la parola fosse "etichetta." Il suo italiano aveva qualche lacuna.

Il senso era quello, comunque.

Sentì scorrere dell'acqua. Quando il rubinetto fu chiuso, Bianca riprese a parlare. "Parlerò con Antony di come dovrà comportarsi quando lei cercherà di–"

Un'altra parola su come Jennifer doveva essere "saltata

addosso" a Antony e lei sapeva che la rabbia avrebbe avuto il sopravvento. Non era mai saltata addosso a un uomo in vita sua, per nessun motivo.

Aprì la porta del gabinetto e si recò a grandi passi ai lavandini di marmo, infilandosi nello spazio dove Emanuela Masotti faceva il muso allo specchio per controllare il rossetto e quello in cui Bianca Caratelli frugava nella borsa coperta di lustrini.

"Jennifer!" cinguettò Bianca in inglese. "Non sapevo che fosse qui. Appena un attimo fa, stavo spiegando a Emanuela quale ottima influenza ha esercitato su Antony."

"Sì." Jennifer tenne lo sguardo fisso sullo specchio di fronte a lei mentre si lavava le mani, poi prese uno degli asciugamani arrotolati in un cesto accanto al lavandino. "Ho una comprensione sufficiente dell'italiano da capire ciò che aveva spiegato."

"Prego?"

Sentendosi improvvisamente ringalluzzita, Jennifer proseguì. "Temo che non fosse molto cortese. O magari lei ignora le basi dell'etichetta. Io non sono saltata addosso al principe Antony, né a nessun altro. E poi, anche se lo avessi fatto, se lei crede che io possa costringerlo a trascorrere un singolo istante a fare qualcosa che non desidera fare, lo sottovaluta."

Emanuela si immobilizzò, poi incrociò lo sguardo di Jennifer nello specchio. In tono altezzoso, disse: "Credo che lei si sbagli. Bianca non direbbe mai–"

"Credo," si intromise Bianca, "che la mia amica le stia *cortesemente* suggerendo di consultare un dizionario di italiano. Era palese che ci ha frainteso."

"No, non credo. E sa una cosa?" Jennifer si asciugò lentamente le mani, per poi lasciar cadere la salvietta nel bidone sotto il lavandino prima di incrociare lo sguardo gelido di lady Bianca con il proprio. "Ha assolutamente ragione riguardo al fatto che io sono americana e popolana. Ma sono messa molto meglio di lei. Con tutto il suo denaro e il suo lignaggio aristocratico, lei è solo una donnola."

"Una... cosa?" Le sopracciglia di Bianca si inarcarono in un'espressione interrogativa.

"Le suggerisco di consultare un dizionario di inglese."

Jennifer si voltò e uscì dal bagno delle donne, mantenendo una postura perfetta quanto quella di Bianca. Quando la porta si chiuse alle sue spalle, si morse il labbro. Poi sorrise.

ANTONY SI COSTRINSE A SFODERARE un'espressione amichevole quando Bianca gli si avvicinò. Le puntate della donna alla ritirata delle signore non sembravano mai durare quanto lui avrebbe voluto. Aveva sperato di trascorrere i pochi momenti rubati fra un ballo e l'altro a discutere con la rettrice dell'Università di San Rimini. La docente veterana aveva idee molto chiare riguardo ai finanziamenti per l'educazione superiore ed Antony voleva ascoltare le sue idee per aumentare la consapevolezza della borsa di studio fra i potenziali candidati e conoscere il suo parere riguardo all'aggiunta del requisito di volontariato.

Sfortunatamente, non sempre Bianca apprezzava la sua necessità di condurre discussioni serie. Prima che Antony potesse individuare la rettrice dell'università, Bianca gli sfiorò rapidamente il braccio con la punta delle dita, quindi lo guardò con aria di aspettativa. "Vostra Altezza, mi pare di sentire l'inizio di un valzer sanriminese. Avete chiesto voi che venisse suonato?"

La donna stava sfiorando i confini dell'etichetta. Normalmente, nessuno poteva chiedere a un membro della famiglia reale di ballare, ma doveva invece attendere di essere invitato. E tuttavia, Bianca sapeva che Antony aveva l'obbligo di ballare durante la canzone e che non poteva ignorarla, con tanti occhi che li seguivano. La rettrice dell'Università avrebbe dovuto aspettare. Per fortuna, lui aveva già indicato a Jennifer la donna dai capelli grigi. Con un po' di fortuna, Jennifer aveva già iniziato a conversare con lei.

Antony avrebbe verificato dopo che lui e Bianca avrebbero concluso. Se Jennifer non avesse avuto modo di incontrare la rettrice, avrebbe pensato lui a presentarle.

Con la gradita prospettiva di parlare con Jennifer nella mente, Antony condusse Bianca in pista per il valzer sanriminese.

Mentre ballavano, Antony lanciò qualche occhiata oltre le spalle di Bianca, osservando con prudenza la stanza. Gli invitati che non ballavano né erano impegnati a conversare guardavano lui o Federico, il che non era nulla di nuovo. Lui e i suoi germani, nel corso degli anni, si erano abituati all'attenzione e ai sussurri costanti. Notò due fotografi, uno ciascuno per ognuno dei due organi di informazione principali di San Rimini, che fotografavano lui e Bianca. Probabilmente, le foto sarebbero apparse on-line e sul giornale del mattino, sempre che non decidessero di usare le foto già scattate durante la cena.

Antony aveva raggiunto l'obiettivo della serata. Suo padre avrebbe visto le foto e si sarebbe rilassato, se non altro fino a quando avrebbe subito l'operazione ed Antony avrebbe potuto introdurre in sicurezza l'argomento dell'ultimatum. E poi, la stampa avrebbe potuto dedicare attenzione sufficiente alle attività della serata a fornire una copertura decente al Fondo Universitario Sanriminese.

Infine, e soprattutto, grazie a Federico, Antony aveva avuto la possibilità di ballare con Jennifer. I ricordi della loro serata – il profumo leggero dei capelli di lei, la sensazione della sua vita sotto il palmo, la facilità con cui avevano parlato – lo avrebbero sostenuto a lungo. Se avesse finito con lo sposarsi per il bene del Paese, avrebbe avuto se non altro quell'incontro, per quanto breve.

Avrebbe dovuto bastargli. Quando si sarebbe sposato –

persino se avesse sposato Bianca – sarebbe stato fedele. Non era da lui fare diversamente.

Guardò al di là della folla di fotografi e ammiratori, cercando Jennifer.

"Cosa cerchi, Antony?" chiese Bianca, che lo aveva colto sul fatto.

Lui fece spallucce, costringendosi a ostentare indifferenza. "La signorina Allen, immagino. Voglio assicurarmi che conosca la nuova rettrice dell'università, se non lo ha già fatto. E in quanto padrone di casa, dovrei farle i miei auguri prima che lasci la serata."

"È molto premuroso da parte tua," disse Bianca, con voce sorprendentemente dolce. "Tuttavia, credo che si sia già allontanata. L'ho vista nella stanza delle signore e… beh, come dire… ha rivolto delle affermazioni scortesi a Emanuela." Bianca badò a tenere la voce bassa, in modo che le altre coppie non potessero sentirla. "Non lo ha fatto di proposito, naturalmente, ma il suo non è stato un comportamento decoroso. Ho la sensazione che non conosca le basi dell'etichetta. Ad esempio, dovrebbe sapere che non è il caso di lasciare la sala da ballo prima della famiglia reale."

Antony osservò Bianca. "Che cosa ha detto a Emanuela, esattamente?"

Bianca esalò il fiato, come se detestasse trovarsi al centro dell'attenzione. "Affermazioni piuttosto offensive nei confronti di San Rimini, temo. Qualcosa riguardo al fatto che i nostri accenti sarebbero bizzarri e difficili da decifrare, anche per coloro che parlano l'italiano. Sai quanto può essere patriottica Emanuela. È orgogliosa del nostro retaggio."

"E la signorina Allen si è semplicemente congedata dopo aver fatto queste osservazioni?"

"Non ne sono certa. Tuttavia, non l'ho più vista. Sono sicura che, una volta resasi conto di aver recato offesa, abbia lasciato la sala da ballo. Io lo avrei fatto, anche se prima mi sarei congedata. È molto scortese, soprattutto per l'oratore della cena. Naturalmente," aggiunse Bianca, strizzandogli la mano come per sottolineare il concetto, "tu sai quanto sono devota a San Rimini. Non farei mai nulla per sminuire la famiglia reale o le nostre tradizioni nazionali, compresa la lingua."

"Sono certo che non lo faresti mai." Ma non lo avrebbe fatto nemmeno Jennifer. Antony non riusciva a immaginarlo.

"Sai," proseguì lei, "se posso permettermi, la famiglia diTalora mi è cara quanto la mia. C'è un certo conforto in–"

"Bianca," la interruppe Antony, lanciandole un'occhiata alle spalle come se qualcuno gli avesse fatto un cenno, per poi guardarla con aria di scuse. "Un invitato necessita della mia attenzione. È un peccato interrompere il nostro ballo, ma ho il sospetto che si tratti di un'urgenza. Sono certo che capisci."

"Naturalmente," rispose lei, anche se un'espressione di disappunto attraversò il suo viso prima che lei scrutasse la stanza per vedere quale membro del personale avesse allertato Antony.

"Grazie. Matteo Carozzo sta cercando una compagna di danza. Ti dispiace?"

"Per nulla. I nostri genitori sono buoni amici e io lo conosco da anni," disse Bianca, anche se Antony la stava già guidando al fianco del giovanotto. Disse a Matteo che doveva occuparsi di una faccenda importante, ma che non poteva abbandonare la sua partner. Una volta che Matteo ebbe preso il suo posto, Antony lasciò la pista da ballo il più velocemente possibile. Aveva la sensazione che Bianca gli avesse raccontato solo metà della storia e aveva tutta l'intenzione di apprendere il resto.

Vagò tra la folla, fermandosi a salutare gli ospiti solo il minimo necessario prima di dirigersi verso le porte, il tutto senza smettere di cercare Jennifer con lo sguardo. Qualche minuto dopo, giunse alla conclusione che la donna aveva effettivamente lasciato la sala da ballo.

"Federico," mormorò, prendendo suo fratello per il gomito e

attirandolo lontano da una folla di dignitari per scambiare due parole. "Hai visto Jennifer Allen?"

Federico tenne la voce bassa. "Circa cinque minuti fa si è diretta verso la scalinata dell'ala est."

"Sai dove stesse andando?"

"No," rispose Federico, che aveva l'espressione di uno che avrebbe voluto sapere cosa stava succedendo.

"Non ti sembrava turbata? Non ha detto che aveva deciso di andarsene in anticipo?"

"Non le ho rivolto la parola, ma non ho avuto quell'impressione." Federico esitò, poi chiese: "Conosce la strada?"

Quel pensiero non era venuto in mente Antony. "È per questo che speravo di trovarla," improvvisò. "Era previsto che Harriet la accompagnasse al termine dell'evento, a mezzanotte. Forse aveva semplicemente bisogno di qualcosa dalla sua stanza, ma se fosse stanca e avesse deciso di ritirarsi per la notte, devo informare Harriet."

Federico inarcò un sopracciglio. "Mi hai allontanato dal presidente del Consiglio Sanriminese per le Arti per non turbare Harriet?"

"No. Come non detto." Antony congedò con un gesto suo fratello minore, quindi uscì dalla sala da ballo, passando dalle porte vicino alla scalinata dell'ala est. Per fortuna, nessuno degli ospiti cercò di fermarlo.

Una volta libero dalla folla, scese i gradini due alla volta, poi percorse tre corridoi a passo di corsa leggera fino alla sua ala privata del palazzo. Bussò alla porta di Jennifer e attese.

Nessuna risposta.

Bussò di nuovo, ma dalla stanza non giunse alcun suono. Esalò bruscamente il fiato.

Forse, la donna non aveva lasciato la cena, dopotutto. D'altra parte, forse non conosceva la strada per tornare alla sua stanza.

Antony tornò sui suoi passi, guardando uno alla volta nei corridoi secondari. Niente.

Era quasi tornato alla sala da ballo quando, finalmente, la vide.

La donna era in piedi in cima alle scale orientali, come se stesse cercando di decidere dove andare. Non lo vide avvicinarsi. Invece, si voltò e si incamminò verso un corridoio che l'avrebbe condotta oltre diversi uffici del personale e alla biblioteca del palazzo, fino a raggiungere una scalinata che conduceva alla residenza privata di Isabella e di Marco.

"Meglio evitare di andare da quella parte," chiamò Antony.

"Perché?"

"Perché verrebbe intercettata da mezza dozzina di guardie."

In quel momento, la donna si voltò verso di lui ed Antony si stupì di vedere le sue guance striate di rosso. Jennifer teneva le mani chiuse a pugno ai fianchi, ma le rilassò mentre lui la guardava, palesemente consapevole di essere osservata. Gli venne un groppo alla gola. Dubitava che quella donna si lasciasse turbare tanto facilmente.

Qualunque cosa fosse accaduta nella stanza delle signore, lui voleva riparare al danno. Probabilmente, a eventi del genere capitavano spesso dei piccoli screzi e lui non avrebbe dovuto lasciarsi disturbare. Ma in quel caso, non riusciva a trattenersi. Jennifer, fra tutti, meritava l'occasione di uscire e godersi una festa, ogni tanto.

"In tal caso, mi pare di capire che quella non è la strada per la mia stanza, Vostra Altezza."

"No."

"Vi dispiacerebbe darmi indicazioni?"

Antony le rivolse quello che sperava essere un sorriso rassicurante. "Dipende. Le dispiacerebbe dirmi cos'è accaduto nel bagno delle signore?"

Jennifer esitò, quindi inarcò un sopracciglio. "Bianca e la sua amica Emanuela non vi hanno raccontato lo scambio di colpi?"

"Preferisco sentire la sua versione dei fatti." Antony si avvicinò, cosicché fossero fuori dalla portata visiva di chiunque si trovasse in fondo alle scale, poi le prese la mano. La tensione accumulata nelle dita snelle della donna era inconfondibile.

Antony finse per un attimo di osservare le dita di Jennifer, poi incrociò il suo sguardo. Le lentiggini risaltavano sul naso della donna. Era lieto che lei non avesse permesso alla truccatrice di coprirle. "Non vedo lividi, per cui immagino che lo 'scambio di colpi' sia solo una metafora."

"Sì." La calma nella voce della donna suonava forzata. "Non è andata così male."

"Allora com'è andata?"

"Principe Antony, non posso. Non mi sembra giusto. Sono certa che capiate."

Antony la aiutò. "Occasionalmente, Bianca Caratelli e le sue amiche possono essere piuttosto… socialmente aggressive, per così dire. Non mi offenderà dicendo la verità, Jennifer."

"Se voi le trovate socialmente aggressive," disse Jennifer, un lato della bocca sollevata in un sorriso, "definizione che la maggior parte delle persone prenderebbe per un modo cortese di dire che sono maleducate, perché sono vostre amiche?"

Antony dovete pensarci su. Non gli era mai venuto in mente di *non* essere loro amico, dato che le loro famiglie si conoscevano da molte generazioni. Si strinse nelle spalle. "Non approvo sempre le loro azioni. Ma a volte, in quanto principe creditario, ho l'obbligo di trascorrere del tempo con persone che, in circostanze diverse, potrei non avere in amicizia."

Jennifer contrasse la mano nella sua, quindi abbassò lo sguardo sulle loro dita congiunte. Senza staccarsi, mormorò: "Abbiamo tutti delle scelte."

"Purtroppo, io non ne ho. Non per quanto riguarda dove mi reco, dove vivo, le persone con cui mi associo, persino – fino a un certo punto – la persona che sposerò. Sarò anche un adulto, ma sono soggetto all'autorità di mio padre, che è anche il mio re. E persino quando diventerò re, sarò soggetto alla volontà del popolo di San Rimini."

Jennifer sollevò lo sguardo su di lui, più spavalda ora, con una luce di sfida negli occhi. "Voi *avete* delle scelte, che lo crediate o meno. Semplicemente, non siete disposto ad affrontare le conseguenze."

Antony la fissò per un istante, non volendo interrompere la connessione che si stava formando fra di loro. In passato, non aveva mai pensato a nessuna conseguenza. Con l'eccezione della resistenza che aveva opposto al matrimonio, per tutta la vita aveva fatto quello che gli avevano detto di fare, senza domande. Aveva partecipato a tutte le funzioni giuste, accettato tutte le interviste giuste, scelto tutti gli amici giusti. Ma non aveva sempre fatto quelle cose perché voleva farle. E di sicuro non aveva soppesato le conseguenze del *non* farle. Erano semplicemente ciò che doveva fare l'erede al trono.

"Avete ragione," disse. "Io ho delle scelte. Devo solo affrontare le conseguenze."

C'era una scelta che lui moriva dalla voglia di fare da tutta la sera.

Portò la mano alla mascella di Jennifer, quindi le accarezzò la guancia con la punta delle dita. Attese che lei si staccasse, che inventasse una scusa cortese, ma non lo fece. Lo sguardo della donna rimase fisso nel suo. Poi, inclinandole il mento, Antony la baciò, dapprima con titubanza e poi con più urgenza quando lei portò le mani alle sue spalle e poi, con grande lentezza, si aprì a lui.

Sì. *Quella* era la sua scelta.

Voleva, anche se solo per quella sera, assaporare l'esperienza di abbracciare una donna che non lo voleva per la sua posizione e per il patrimonio della sua famiglia. A cui non importava del suo titolo, ma che aveva la forza d'animo per mettere in discussione le idee personali e i sogni di Antony e per fare di lui un uomo migliore.

Le passò una mano fra i capelli, quindi la strinse a sé mentre assaporava il suo gusto. Quando le dita di Jennifer affondarono nelle sue spalle in reazione, lui rimase sconvolto dall'ondata di desiderio che lo attraversò. In tutti i suoi anni, nessun primo bacio era mai arrivato vicino a quello.

Mentre muoveva la bocca sulla guancia della donna, voglioso di baciare il punto di fronte all'orecchio, e poi la sua gola, un rumore attirò la sua attenzione. Cercò di ignorarlo, ma poi, quando il rumore di uno scatto lo raggiunse, si rese conto di cosa doveva essere.

Macchine fotografiche.

Antony si ritrasse di scatto da Jennifer come se qualcuno lo avesse colpito. Abbassando lo sguardo lungo la scalinata, vide che gli ospiti stavano correndo fuori dalla sala da ballo per vedere perché un fotografo fosse salito in punta di piedi in cima scalinata. L'uomo si trova sul pianerottolo, puntando la macchina fotografica alla ricerca di uno scatto pulito di Antony e Jennifer.

Antony si voltò di nuovo verso Jennifer, che si era allontanata da lui come frastornata. La sua bocca era lucida e gonfia dal loro bacio, il rossetto applicato con cura quasi del tutto svanito.

"Antony?" Le si crepò la voce quando il suo sguardo si spostò dal fotografo a lui e poi di nuovo sul fotografo e la folla sempre più grande.

"No, Jennifer. Non volevo–"

Ma le sue parole giunsero troppo tardi. Jennifer guardò alle sue spalle, individuando Harriet proprio mentre l'assistente emergeva dal corridoio opposto, quello che conduceva alla residenza di Antony e alla stanza per gli ospiti di Jennifer. Harriet aprì la bocca sconvolta di fronte a quella scena, ma si riprese subito e spinse Jennifer nella direzione da cui era venuta.

Senza incrociare il suo sguardo, Jennifer oltrepassò Antony e svanì attraverso il lungo corridoio.

CAPITOLO 8

"Jennifer Allen! Perché diamine non me lo hai detto?" Pia sventolò un giornale sanriminese mentre entrava nella roulotte. "È già abbastanza brutto che il nostro Internet vada a pedali, ma quando lo scoop dell'anno è seduto di fronte a me, mi aspetto che lei me lo dica."

Jennifer si fece interiormente piccola e mise da parte il rapporto d'inventario che stava preparando per il quartier generale del Progetto Soccorso ai Rifugiati. Nelle quarantotto ore da quando era tornata al campo, aveva cercato di levarsi dalla testa Antony e il ricordo di ciò che era successo fra loro. Seppellirsi nei rapporti non le era stato d'aiuto. Palesemente, non lo sarebbe stato nemmeno nascondersi nel suo ufficio.

Jennifer prese il giornale dalle mani di Pia e per poco la sua mandibola non precipitò sul pavimento polveroso della roulotte. Lì, spiaccicata in prima pagina, c'era una grande foto di lei fra le braccia del principe Antony. La bocca dell'uomo era a un soffio dal suo zigomo.

L'angolazione della foto permetteva di capire chiaramente che quello non era certo un bacio amichevole. Peggio ancora, il titolo strombazzava:

ANTONY ALZA L'ATTENZIONE E ABBASSA LA GUARDIA
Il principe ereditario di San Rimini abbraccia con passione la causa dell'operatrice americana

JENNIFER SI PORTÒ una mano allo stomaco quando esso sobbalzò. Come poteva essere accaduto?

"Questo è male," borbottò, ancora incredula per quel titolo. Si costrinse a continuare a leggere. Il giornale, che era del giorno prima, la presentava come una gatta morta e un'arrampicatrice.

I suoi genitori non l'avevano forse messa in guardia da aristocratici e politici? *Una ne dicono e un'altra ne fanno.* Riusciva quasi a sentire la voce delusa di sua madre quando l'ennesima promessa di fondi si era rivelata vana, come quella volta in cui un plurimilionario aveva offerto un grosso finanziamento al progetto scolastico dei suoi genitori in Cambogia, a condizione che loro facessero una serie di apparizioni per parlare a sostegno della sua campagna di rielezione al Senato. Loro avevano mantenuto l'impegno, descrivendo con eloquenza il desiderio del politico di assicurare che tutti i bambini ricevessero un'istruzione di base e che tali progetti erano la strada ideale verso società internazionali più forti e stabilità economica. Una volta eletto, il politico si era rimangiato tutto.

"Non è una foto taroccata? Il principe Antony ti ha baciata sul serio?" Pia spalancò gli occhi. "A me non sembra così male."

"Hai letto l'articolo?"

"La foto non basta? L'ho vista e sono corsa qui il più in fretta possibile."

Jennifer gemette rumorosamente mentre passava lo sguardo sul testo. "Dicono che l'ho praticamente costretto a baciarmi. A quanto pare, 'fonti vicine al principe' sostengono che io mi sia buttata ai suoi piedi per tutta la serata, cercando di ottenere pubblicità per il Progetto Soccorso ai Rifugiati e, a quanto pare, anche qualcosa per me."

"Non è vero," protestò Pia. "Tutti sanno che non lo faresti mai. Ma ha davvero importanza? Quando sei tornata da San Rimini, mi hai detto che l'evento ha raccolto molto denaro per la borsa di studio e che l'Università di San Rimini aveva intenzione di dare la notizia nella newsletter per gli studenti e di aggiungere una pagina informativa al suo sito per incoraggiare le candidature. È quella la cosa importante."

"Ma se danneggerà la reputazione della nostra organizzazione–"

"Non succederà, Jennifer," le assicurò Pia. Poi, illuminandosi in viso, disse: "Voglio sapere del bacio! Come è successo?"

Jennifer deglutì. Il bacio. Non riusciva nemmeno a pensarci.

"Non era nulla. Il principe era solo gentile," rispose. Scrollando il giornale, aggiunse: "Ma *questo*, questa foto e il modo in cui sono presentati gli eventi, è molto importante." Jennifer chiuse gli occhi per un momento, quindi li aprì per guardare fuori dalla finestra dell'ufficio, verso il campo che ormai considerava una casa.

Un gruppo di rifugiati uscì dalla mensa, assaporando pagnotte di pane caldo – una leccornia, considerati il tempo e gli sforzi necessari a preparare pane fresco per tutto il campo. Quella gente aveva cose più importanti che i pettegolezzi reali. Cose come trovare i loro parenti dispersi. Avere un luogo caldo e sicuro dove dormire. Sapere che, a fine giornata, avrebbe avuto un pasto e la possibilità di dissetarsi. E, alla fine, la pace e l'opportunità di ricostruire.

Jennifer esalò il fiato, quindi guardò Pia. "Sai, alla fine, sarà questa foto la cosa più importante per loro. Non avranno fiducia nella mia capacità di aiutarli se credono che trascorra il tempo prendendo l'elicottero per partecipare a cene eleganti e civettare invece di lottare per il loro bene. La loro fiducia si basa sul modo in cui io presento la loro situazione al resto del mondo. Vedere questo li renderà dubbiosi."

Pia liquidò l'obiezione persino mentre Jennifer la formulava. "Ti conoscono troppo bene. Hanno visto quello che fai tutti i giorni al campo. E poi, se può consolarti, non credo che abbiano visto il giornale. Questa copia me l'ha prestata un'operatrice della Croce Rossa e non ho sentito volare una mosca al campo. Se qualcuno lo sapesse, ne parlerebbe."

"Beh, immagino di doverne essere grata."

Jennifer posò il giornale sulla scrivania e si chiese quante delle persone che avevano partecipato alla cena e promesso denaro avessero visto la foto. O peggio ancora, quante avessero letto l'articolo e vi avessero creduto. Condivise la preoccupazione con Pia, quindi disse: "Quei donatori potrebbero pensare che non prenda sul serio questo campo e la sua missione. In tal caso, non lo faranno neanche loro. Il mio viaggio – il tempo, lo sforzo di preparare il discorso, tutto – sarà stato vano."

Pia si passò una mano fra i corti capelli biondi, con un'aria frustrata quanto si sentiva Jennifer. "Magari, qualcuno del consiglio di amministrazione potrebbe chiamare il giornale e chiedere che stampino una smentita. Chiamerò mio cugino, il visconte Renati, e gli dirò quello che è successo davvero. Lui potrebbe essere in grado di sedare parte dei pettegolezzi e potrebbe parlare della borsa di studio ai suoi amici. In passato, mi ha già chiesto cosa potrebbe fare per essere più utile."

Jennifer rilesse veloce l'articolo. Non aveva dubbi sull'identità delle "fonti vicine al principe." Palesemente, aveva provocato le cosiddette fonti durante il confronto in bagno, quanto bastava perché loro rendessero pubblico il proprio vetriolo. Dubitava che il cugino di Pia avesse la minima possibilità contro le lingue biforcute di Bianca Caratelli ed Emanuela Masotti.

"No," disse infine a Pia. "Se qualcuno della nostra organizzazione parlasse con il giornale, la situazione potrebbe venire distorta. E io non voglio mettere tuo cugino nella posizione di dovermi difendere. Il meglio che posso fare è restare nell'ombra e lasciare che ci pensi il palazzo."

Non che loro lo avrebbero fatto. Sentiva ancora le parole di Antony dopo che i fotografi avevano iniziato a scattare. *No, Jennifer,* aveva detto. *Non volevo...*

Non voleva essere colto sul fatto, si chiese lei, o non voleva baciarla? Federico aveva detto che un'altra donna aveva attirato l'interesse di Antony. Per quello che ne sapeva Jennifer, il palazzo aveva corroborato la storia prima che essa venisse stampata. E perché non avrebbe dovuto? Il principe Antony veniva presentato come il buono della storia, anche se un po' ingenuo, mentre lei come una cospiratrice. E poi, se Antony provava davvero qualcosa per un'altra donna, come sospettava Federico, quella versione degli eventi gli avrebbe levato le castagne dal fuoco.

Jennifer fece una smorfia, contrariata dal suo eccesso di fiducia. Gli amici di Antony potevano anche essere stati convinti della sua dedizione ad aiutare il campo in maniera significativa, ma ora che lei aveva avuto un paio di giorni per cuocere nel suo brodo e quel bacio ad annebbiarle i pensieri, non era tanto sicura.

Notò un lampo di movimento fuori dalla finestra e cambiò posizione per guardare meglio. Poi, due bambini corsero lì di fronte, gridando e ridendo. Jennifer inclinò la testa. "Era un pallone da calcio quello?"

Pia si finse confusa. "Oh, volevi dire un pallone da *fùtbol*?"

"Sì, sì. Sono americana, lo sappiamo tutti.[1]"

Pia sorrise da un orecchio all'altro. "Una delle infermiere è tornata a casa in Svizzera, lo scorso fine settimana. È tornata con una rete da pallavolo, due palloni da pallavolo e un'attrezzatura da *fùtbol* completa. Alcuni ragazzi le hanno chiesto il permesso di creare un campo di pallavolo. Lei ha detto loro che, se lo faranno, stabilirà degli orari per utilizzarlo. Magari organizzerà persino un torneo. Le ho dato il nastro per misurare questa mattina. Le porte per il *fùtbol* sono di quelle che si aprono e si chiudono."

"È fantastico." Dello sport all'aperto avrebbe aiutato i ragazzi a sentirsi di nuovo normali, dando loro proprio quel genere di ottimismo e di speranza nel futuro di cui avevano bisogno.

La qual cosa riportò Jennifer all'articolo.

Si chinò per indossare gli stivali da lavoro, che aveva calciato sotto alla scrivania quando aveva iniziato a lavorare sui rapporti. All'improvviso, bramava un po' di aria fresca. Aveva bisogno di avere la sensazione di fare qualcosa di produttivo, non semplicemente di lasciare che la sorte avesse il controllo su di lei.

"Usciamo," suggerì. "Vorrei raccogliere qualche campione dal fiume e dalle vasche di purificazione. Assicurarmi che sia tutto a posto. Poi, potremo dare un'occhiata al campo da pallavolo."

"Ho esaminato l'acqua ieri. Andava tutto bene," disse Pia, riportando lo sguardo sul giornale. "Sei sicura di voler gestire le cose così con il principe Antony? Lui probabilmente ha già visto l'articolo. Potrebbe volere–"

"Cosa devo gestire?" Jennifer fece spallucce mentre finiva di allacciare gli stivali. "Non lo rivedrò mai più. Purché l'articolo non abbia conseguenze sulla borsa di studio o sulla reputazione dell'organizzazione, andrà tutto bene, proprio come dicevi tu. E se non dovesse andare così, ci penseremo." Girò il giornale in modo che la foto e l'articolo rimanessero nascosti fino a quando Pia non avrebbe potuto restituirlo all'operatrice della Croce Rossa. "Raccogliamo quei campioni, tanto per stare sicure. Poi daremo qualche calcio al pallone."

"ME LO SAREI ASPETTATO da Marco, ma non da te," sibilò Federico di fronte al bacon, alle omelette e al pane tostato e imburrato che formavano la tradizionale colazione della domenica. "Mi stupisce che tu abbia avuto il coraggio di presentarti questa mattina, dopo che ieri hai evitato nostro padre per tutto il giorno."

"Qui c'è caffè. Dunque, ci sono anch'io."

Federico scosse la testa. "Non capisco. Come hai potuto permetterlo? Sapevi che c'erano dei fotografi. Quando hai lasciato la sala da ballo, dovevi per forza sapere che se ne sarebbero accorti. Non hai pensato che ti avrebbero seguito? O che Bianca avrebbe rilasciato dichiarazioni anonime? Sappiamo entrambi che è stata lei. Aveva il diritto di essere furiosa, anche se questo non giustifica le sue azioni."

Antony ignorò suo fratello. I due principi erano soli nella cavernosa sala da pranzo del palazzo, ma sapevano entrambi che re Eduardo li avrebbe raggiunti a breve.

"Antony, non ignorarmi. Il tuo comportamento si ripercuote anche su di me."

Antony lanciò a suo fratello un'occhiata furibonda. Da quando la fotografia incriminata era apparsa nelle edicole, lui aveva messo in dubbio le sue azioni più di quanto Federico avrebbe mai potuto fare. Sentirsi biasimare da Federico, soprattutto dopo averle già sentite su da lady Bianca, non era d'aiuto.

"Va bene," bisbigliò Federico, timoroso quanto Antony che il personale – o peggio ancora, il re – potesse sentirli. "Ammetto che Jennifer è attraente e intelligente. Ha uno splendido senso dell'umorismo. E credo che abbia colpito il tuo cuore come nessuna donna aveva mai fatto prima. Mi piace immensamente. Ma la situazione è insostenibile."

Antony si pulì la bocca con il fazzoletto, desiderando che Federico lasciasse perdere la questione di Jennifer. Sfortunatamente, sapeva che suo padre avrebbe avuto ancora di più da dire e che lo avrebbe fatto in maniera molto meno democratica di suo fratello.

Federico continuò a mangiare; chiunque avesse osservato dalla soglia avrebbe detto che si stava godendo un tranquillo pasto mattutino. Ma non volendo abbandonare l'argomento, bisbigliò: "Io voglio più di tutti che tu sia felice, Antony, ma non sempre ci è permesso. Non è come nei film. Sai che prima o poi dovrai sposare una persona come Bianca, appartenente a una famiglia importante, e avere dei figli. Una volta che lo avrai fatto, troverai la felicità, anche se in questo momento sei infatuato di un'altra persona."

"Scelgo di non farlo."

Federico rimase di stucco. Un attimo dopo, ripresosi dalla sorpresa disse: "*Scegli* di non farlo? Il nome sul tuo certificato di nascita significa che non ti è permesso scegliere. Non fino a questo punto. Io non ero sicuro di Lucrezia quando ci siamo conosciuti, ma alla fine è andato tutto per il meglio. Abbiamo un matrimonio solido. Abbiamo Arturo e Paolo. L'unione è buona per San Rimini."

Antony posò il tovagliolo, quindi si spinse via dal tavolo. "Ma è buona per te, Federico?" chiese sottovoce. "So che ami i ragazzi con tutto il tuo cuore, ma sei felice?"

Si alzò, non disposto ad ascoltare quella che di certo sarebbe stata una risposta di circostanza, e cominciò a camminare avanti e indietro. Di fronte al silenzio offeso di Federico, gesticolò a indicare le preziose opere d'arte che colmavano le pareti. "Hai mai pensato che la vita potrebbe essere più di questo? O questo?" Allargò le dita, indicando un anello che da generazioni veniva trasmesso da un principe ereditario all'altro.

"Antony–"

"So che è nostro dovere operare in servizio dei nostri compatrioti. Sono consapevole di ogni nostro risultato economico e sociale e di quando invece dovremmo migliorare. È un privilegio e lo so benissimo. Ma a te basta vivere una buona vita pubblica? Non desideri altro per te stesso?"

La mascella di Federico si serrò, quindi si rilassò. Un attimo dopo, lui scosse la testa e sospirò. "È quello che sto cercando di spiegarti. Il ruolo in cui siamo nati è un ruolo pubblico e tu devi accettarlo. Ma devi anche trarne il meglio. Per quanto tu voglia frequentare Jennifer Allen o una persona come lei e per quanto io vorrei che fosse possibile, non lo è. Accettalo e trova un modo per fare buon viso a cattivo gioco, per trovare soddisfazione per quanto è concesso a un principe ereditario. È più di quanto pensi. Altrimenti, è probabile che nostro padre–"

"Beh, io voglio di più. Voglio essere una persona migliore qui," disse, battendosi sul petto. "Quali che siano i risultati pubblici. Ho conosciuto molte donne e, con l'eccezione di nostra madre, Jennifer è l'unica che fa di me una persona migliore."

Federico passò il pollice sul manico della tazzina da caffè. "Me ne rendo conto, Antony. E lo stesso vale per chiunque ti abbia sentito parlare quella sera a cena. Ma credo che tu stia rinunciando troppo presto. Deve pur esserci qualcuna–"

La porta della sala da pranzo si spalancò ed entrò re Eduardo. Il sovrano si rivolse al giovanotto che aveva aperto la porta e disse: "Questa mattina mi servirò da solo. Grazie."

Il giovanotto chinò la testa. Mentre il re si avvicinava al tavolo, la porta si chiuse silenziosamente come si era aperta.

"Vi trovo bene questa mattina," disse Federico al loro padre. "Avete dormito bene?"

"Sì." Eduardo si recò alla credenza, prese un filtro a reticella e vi versò il suo tè preferito. "L'acqua è calda?"

"Sì," rispose Antony e Federico.

Il re toccò comunque la teiera, quindi la sollevò per versare l'acqua sul tè. Mentre il vapore si sollevava dalla sua tazza, voltò la testa verso Federico. "Se hai finito di mangiare, mi faresti la cortesia di permettere che io parli in privato con tuo fratello?"

Federico lanciò un'occhiata a Antony, quindi si alzò. Entrambi i fratelli sapevano che quella di re Eduardo non era una richiesta, ma un ordine. "Stavo giusto per uscire. Ho notato che la vostra agenda è libera per questa sera. Se gradite, potreste raggiungere me e Lucrezia per cena."

"Ti farò sapere."

Federico uscì dalla stanza, lasciando Antony solo con suo padre per la prima volta dal disastro nella sala da ballo.

Le rughe sulla fronte del re si approfondirono mentre alternava il riempirsi il piatto di frutta e pane bianco tostato all'osservare Antony. "Mi stai evitando. Stando a Harriet, sei sempre stato indisposto quando avrei voluto parlarti."

"Chiedo scusa. Ora sono qui."

Il re si voltò lentamente, sembrava stanco, quindi posò il piatto sul tavolo prima di voltarsi verso la credenza a prendere il tè. Si sedette, e poi fece cenno a Antony di fare lo stesso.

"Non sono più felice di ciò che è accaduto di quando ieri mi sono svegliato e ho ricevuto la notizia della copertura mediatica. Tuttavia, ho avuto tempo di radunare le idee e ho un piano."

Antony annuì, non volendo dire nulla che potesse peggiorare la situazione. Da quando aveva ricevuto la diagnosi, suo padre, dignitoso tanto in pubblico quanto in privato, aveva perso quel calore e quel buonumore che lo rendevano amato tanto dalla sua famiglia quanto dal popolo di San Rimini. Ma Antony non era pronto a rischiare di provocargli un attacco cardiaco discutendo di quel cosiddetto piano.

Eduardo si passò una mano fra i capelli folti, che mostravano i primi segni di grigio. "Hai controllato il programma di questa settimana, Antony?"

"Ci ho dato un'occhiata questa mattina. Harriet e io lo consulteremo nel dettaglio oggi pomeriggio."

"Sei impegnato mercoledì?"

Antony aveva sperato di andare ad Haffali e scusarsi con

Jennifer durante la settimana, se Emiliano fosse stato disponibile. Mercoledì gli era parso l'opportunità più promettente di allontanarsi senza che nessuno notasse la sua assenza, ma non intendeva ammetterlo con suo padre. "Sono disponibile, se il motivo è importante. Perché?"

"Immagino che, considerato il tuo comportamento alla raccolta fondi di venerdì sera, Bianca Caratelli sia contrariata da te?" Il re bevve un sorso di tè, inarcando un sopracciglio mentre attendeva conferma.

"Immaginate bene." Non che gliene importasse qualcosa, pur sapendo che avrebbe dovuto. Per quasi un anno aveva fatto del proprio meglio per trovare qualcosa da amare in Bianca. Suo fratello non aveva torto: un matrimonio con Bianca Caratelli avrebbe fatto il bene di San Rimini. E tuttavia, nel profondo del suo cuore, Antony aveva trovato sempre meno da apprezzare in lei, figurarsi da amare. Il matrimonio di Federico poteva essere o meno ideale, ma se non altro Antony sapeva che Federico apprezzava la moglie.

Con prudenza, Antony disse: "Non sono certo che Bianca, arrivati a questo punto, accetterà delle scuse, se è questo ciò che avete in mente."

"Al contrario. Ho invitato la contessa Benedetta e sua figlia Francesca a cenare a palazzo nella sala da pranzo formale, mercoledì sera. In seguito, mentre io parlerò con la contessa, ti prego di mostrare il giardino a Francesca. Parlale. Conoscila."

Ecco cosa aveva calmato la mente di suo padre. Combinare un matrimonio. Ma Antony non volle palesare i suoi sospetti. "Di cosa dovete discutere con la contessa?"

"Lo sai benissimo." Il re si sporse sul tavolo, costringendolo a incrociare il suo sguardo. "È palese che tu e Bianca non siete una buona coppia. Tuttavia, a meno che tu non abbia una migliore candidata in mente, voglio che tu sposi Francesca. Farete una serie di apparizioni in pubblico. Confermeremo alla stampa che lei e sua madre hanno cenato qui. Al momento giusto, annunceremo il fidanzamento."

"Starete scherzando. Non avete mai conosciuto Francesca. Io l'ho vista solo qualche volta. Due, forse tre."

"Sei stato fotografato con lei l'anno scorso."

"Stavamo parlando ai margini di una partita di tennis."

"Esattamente. Sorridevate entrambi. Sembravate molto amichevoli."

"Era solo una conversazione cortese riguardo al torneo." Antony non sapeva nulla di quella donna, se non il suo retaggio e il fatto che studiava storia dell'arte a Parigi. Per quanto ne sapeva, lavorava in una galleria d'arte. O in un museo. Non era certo. Di sicuro, ciò non bastava a gettare le basi di un matrimonio.

Poi vide l'espressione di suo padre e la colazione gli si pietrificò nello stomaco. "Non state scherzando."

"No, non sto scherzando. Non mi lasci altra scelta, Antony."

CAPITOLO 9

"Non vi lascio altra scelta." Antony strinse i denti, costringendosi a non turbare suo padre. Non era proprio da lui.

E perché tutti sembravano credere che non ci fossero scelte nella vita?

A parte Jennifer. Lei gli aveva detto che aveva una scelta.

Antony si chiese cosa pensasse della sua scelta di baciarla – e delle conseguenze – ora. Probabilmente, nulla di piacevole. Avrebbe pensato cose ancora peggiori se avesse visto l'annuncio che lui frequentava Francesca Benedetta.

"E se lei non fosse interessata?"

"Ho indagato. È single." Re Eduardo gesticolò a liquidare la questione mentre parlava, come se lo stato sentimentale di Francesca fosse l'unico criterio per valutare il suo interesse, quindi allontanò la sedia dal tavolo. "La mia operazione è programmata fra due settimane a partire da domani. Mi aspetto che il fidanzamento venga annunciato e che questa – questa faccenda – venga sistemata prima di allora. È di importanza fondamentale. Sono stato chiaro?"

Antony esitò, poi disse: "Chiarissimo. E inoppugnabile."

"Magnifico."

Antony esalò un lungo respiro. Alla faccia delle scelte. E delle conseguenze. Aveva fatto del proprio meglio per sfuggire all'ultimatum, ma era riuscito soltanto a peggiorare le cose.

Molto.

Avrebbe dovuto trovare un modo per guadagnare tempo. Due settimane erano una scadenza del tutto irragionevole per un fidanzamento.

Il re si alzò, prese una fetta di pane mangiata a metà dal piatto e si incamminò verso la porta. Diede un morso mentre camminava, cosa che Antony non gli aveva mai visto fare. Il re rallentò, masticò e si mise l'ultimo boccone in bocca mentre si avvicinava alla porta. Inghiottì, quindi gli lanciò un'occhiata di avvertimento. "Non ti è permesso avere alcun contatto personale con Jennifer Allen. Se dovessi avvertire la necessità di visitare il Rasovo, manda Federico al tuo posto. Magari Marco, se sarà disponibile. Non devi creare alcuna situazione che possa permettere a un fotografo o un giornalista di collegarti nuovamente in modo sentimentale alla signorina Allen."

La furia attraversò le viscere di Antony, abbastanza da farlo balzare in piedi pronto a discutere, nonostante la cattiva salute di suo padre. Come osava suo padre proibirgli di vedere Jennifer? Antony era un uomo adulto e godeva di certe libertà, anche se suo padre era il re di San Rimini. Quella era la sua borsa di studio. La sua beneficenza. La sua vita.

Lottò per mantenere la calma, ma non riuscì a trattenere la rabbia. "Con tutto il rispetto, considerati i pericoli per la vostra salute e lo stress da essi causati, non credo che siate in voi. La borsa di studio è un mio progetto e—"

Il re sollevò una mano col palmo rivolto verso l'esterno e la sua espressione fu molto eloquente. "Sappiamo entrambi che non si tratta del Fondo Universitario Sanriminese. Attieniti strettamente ai tuoi impegni programmati fino a quando il tuo

fidanzamento con Francesca non verrà annunciato ufficial-
mente. La cosa non è in discussione."

ANTONY CHIUSE il volume rilegato in cuoio che stava leggendo,
quindi fissò fuori dalla finestra del suo appartamento privato,
verso l'ampio giardino del palazzo. I raggi del primo sole mattutino tingevano d'oro i fiori e gli alberi, annunciando l'arrivo di
un'altra giornata. Gli uccelli saltellavano fra i cespugli,
cantando, e uno scoiattolo schizzò attraverso il prato.

Agli occhi di Antony sembravano tutti incredibilmente
liberi.

Si alzò e tirò le tende. Non aveva voglia di pensare agli
animali e alla loro libertà per l'ennesima alba.

Si voltò verso il letto vuoto. Per la terza mattina di fila, era
identico a come il personale lo aveva preparato la sera prima. Le
lenzuola erano state rivoltate con cura, i cuscini sprimacciati, e
un bicchiere di cristallo e una nuova bottiglia d'acqua erano
stati appoggiati al comodino.

A chiunque altro, il lussuoso copriletto e le morbide lenzuola
avrebbero potuto sembrare invitanti. Tuttavia, Antony aveva
preferito sedersi su una delle sue poltrone e trascorrere la notte
a leggere, i piedi appoggiati a un'ottomana, sperando di distrarsi
dalla cena che suo padre aveva organizzato con la contessa
Benedetta e con Francesca.

E dal pensiero di Jennifer.

Se si fosse permesso di sdraiarsi a letto, sarebbe riuscito a
pensare soltanto a cosa sarebbe accaduto se lo avesse condiviso
con Francesca. Ciò che voleva davvero era condividerlo con
Jennifer. Voleva la gioia di restare sveglio fino a tardi, parlando
dei fatti della giornata e discutendo dei loro piani futuri. Poi
svegliarsi insieme in un intrico di lenzuola, sazio e in pace.

Il suo piano di distrarsi rileggendo un classico di Jack

London, però, non aveva funzionato. Gli stessi pensieri gli avevano invaso la mente anche mentre se ne stava seduto in poltrona cercando di seguire la storia del tentativo di un cane di sopravvivere nelle brutali terre selvagge. Come avrebbe potuto essere altrimenti, dopo ciò che era accaduto fra di loro?

"Sensuale" non cominciava nemmeno a descriverlo. Quel singolo bacio aveva qualcosa di più profondo e più potente del desiderio.

Esasperato, Antony lanciò il libro sul letto ben rifatto. Tre notti ed era arrivato solo a pagina cinquanta.

Passandosi la mano sul mento ruvido di barba, Antony si recò all'armadio nell'angolo. Magari le notizie del mattino avrebbero rimesso in carreggiata la sua mente. Poi si sarebbe rasato, avrebbe fatto la doccia e sarebbe andato incontro alla giornata rinfrancato. Se fosse riuscito a schiarirsi la testa, magari avrebbe trovato un modo per posticipare l'annuncio del fidanzamento fino a dopo l'operazione di suo padre, quando forse sarebbe riuscito a convincerlo a fermarsi e a prendere in considerazione altre possibilità.

Inoltre, doveva pensare a ciò che avrebbe detto quando avrebbe parlato con Francesca. La giovane si era ritrovata trascinata in una situazione ingiusta e potenzialmente dolorosa. Lui voleva che ne uscisse il più illesa possibile.

Dopo aver aperto le ante dell'antico armadio a rivelare una piccola televisione, Antony prese il telecomando e tornò alla sua poltrona di cuoio. Trovato un canale di notizie, attese i cinque minuti di pubblicità prima che l'immensa pendola accanto alla porta battesse l'ora, segnalando l'inizio del telegiornale del mattino.

Antony superò sbadigliando i servizi su un matrimonio fra celebrità e un incendio presso un monumento turco. Quando giunsero le notizie dall'estero, tuttavia, Antony cominciò finalmente a rianimarsi e si ritrovò a prestare molta attenzione alle storie di conflitti interni in Russia, di riforme parlamentari in Gran Bretagna e delle elezioni presidenziali statunitensi.

Poi, sullo schermo apparve un'immagine che gli mozzò di colpo il fiato. Il Rasovo.

L'annunciatrice disse: "Ieri notte, alcune bombe vaganti da una schermaglia fra forze governative e ribelli nel Rasovo hanno provocato una serie di valanghe nelle remote zone montuose che separano il Rasovo da San Rimini. Come possiamo vedere da queste immagini aeree, è diventato difficile raggiungere diversi villaggi montuosi. Le strade sono sepolte sotto macigni e altri detriti e gli aiuti sono stati interrotti–"

"Jennifer," bisbigliò Antony fra sé.

La giornalista proseguì ipotizzando che, una volta che i ribelli si fossero allontanati dalla zona – come sembrava stessero facendo – i mezzi pesanti sarebbero potuti intervenire per ripulire le strade e ripristinare gli aiuti ai campi profughi nella zona. Concluse dicendo: "Al momento, sebbene la quiete regni fra le montagne, la perdita di vite umane e i danni restano incerti."

Il telegiornale passò a un altro argomento ed Antony premette rapidamente i pulsanti del telecomando, controllando le reti estere fino a quando non trovò un altro servizio sui combattimenti. Come nel primo caso, anche quel servizio era stato registrato dall'aria. In maniera simile, il telegiornale diceva soltanto che c'erano rapporti non confermati di perdite fra i civili, ma che sarebbe stato impossibile dare un numero fino a quando i soccorsi non avrebbero raggiunto la zona.

Disperatamente bisognoso di ulteriori informazioni, Antony continuò a cercare, ma i telegiornali si stavano ormai concludendo. Dubitava che avrebbe trovato più informazioni on-line: quella storia non era abbastanza importante per essere aggiornata in tempo reale. E comunque, considerato quanto era difficile raggiungere Haffali, non credeva che ci fossero informazioni specifiche sul campo di Jennifer.

Doveva sapere se Jennifer stava bene. Se era viva. E il resto dei rifugiati? I ripari che lui aveva visto sul fianco della collina non sarebbero sopravvissuti a una valanga.

Come avrebbe potuto suo padre impedirgli di visitare il campo, ora? Antony aveva un elicottero. I combattimenti si stavano allontanando.

No, ricordò a se stesso. Non poteva sollevare l'argomento con suo padre. Lui non gli avrebbe dato retta, non in quel momento. Non con la salute a rischio e preoccupato com'era per la linea di successione.

Antony imprecò ad alta voce. Non si era mai sentito così impotente.

Spense la televisione e si voltò verso il giardino, le mani sui fianchi. Il sole, ora, illuminava tutto l'ambiente. In alto, il cielo aveva assunto un brillante colorito azzurro e una singola, grande nube bianca galleggiava in alto. Era una splendida giornata d'autunno.

"E io sono il principe ereditario di San Rimini," borbottò Antony. Doveva fare qualcosa, ordine reale o meno. Avrebbe pensato più tardi alle conseguenze.

Gli bussarono alla porta, ma Antony lo ignorò. Non era necessario che Harriet sapesse dei suoi progetti. Non avrebbe fatto altro che metterla in una situazione difficile, nel caso il re le avesse chiesto dove lui fosse.

Si recò nel suo camerino e prese un borsone di Louis Vuitton dallo scaffale più in alto. Voltandosi, fissò i contenuti stirati di fresco del suo armadio. Cosa bisognava portare con sé quando ci si recava in una missione di salvataggio in un territorio pericoloso? Prese una delle poche magliette a maniche lunghe che possedeva e la ficcò nel borsone, seguita da un paio di robusti pantaloni cargo che aveva indossato nei suoi viaggi in Africa, quindi cominciò a cercare gli stivali da escursione.

"Dovrai essere più discreto di così."

La voce familiare proveniente dalle sue spalle lo sconvolse quasi al punto da fargli cadere il borsone.

"Dove sei stato da giovedì?" Antony riuscì a riprendersi e si voltò verso Marco, sapendo che suo fratello minore aveva semplicemente inserito il codice di sicurezza ed era entrato nell'appartamento quando Antony si era rifiutato di rispondere alla bussata. "E cosa ti fa credere di poter invadere la mia intimità? E se avessi avuto un'ospite?"

Marco gli lanciò un'occhiata sdegnosa a quell'obiezione. "Ho deciso di fare un viaggio in Calabria. Un mio amico aveva preso in affitto una casa su una scogliera che dava sulla spiaggia di Tropea e io non volevo perdermi l'occasione. Dato che non ho informato la mia assistente né le mie guardie del corpo di dove mi trovavo, sono certo che le sentirò una volta che Miroslav avrà informato nostro padre del mio ritorno." Marco lasciò cadere il corpo dal fisico atletico su una sedia nell'angolo del camerino. "Nel frattempo, pensavo che tu potresti aver bisogno dei miei consigli di esperto."

Antony sbuffò. "Consigli da parte tua? E su che argomento?"

"Se vuoi fuggire non visto dal palazzo, non ricaverai nulla chiedendo a Federico o a Isabella."

Antony guardò il borsone mezzo vuoto aperto sul pavimento. E così, anche Marco aveva guardato il telegiornale. E probabilmente aveva saputo della foto sul giornale.

"Non dirmi che il tuo primo pensiero questa mattina non è stato: 'Devo andare in Rasovo. Emiliano può portarmi avanti e indietro in fretta.' Perché è quello che avrei pensato io."

"Ovviamente."

Antony si voltò verso i cassetti del camerino e buttò qualche paio di mutande nel borsone, sperando che Marco si arrendesse. Ma suo fratello si limitò a incrociare le braccia e a mettersi comodo sulla sedia, rifiutando di allontanarsi.

Dopo aver preso un paio di calzini spessi dal primo cassetto,

Antony borbottò: "D'accordo. Quali sarebbero i tuoi cosiddetti consigli di esperto?"

"In primo luogo, non puoi attraversare il palazzo con un borsone di marca pieno. Fidati: nostro padre lo saprà prima ancora che tu arrivi in fondo al corridoio."

"Vorresti dire che non dovrei portare dei vestiti? Degli articoli da toeletta?"

"Come direbbero gli americani, bingo."

"Non posso certo partire a mani vuote." Ma persino mentre lo diceva, Antony si rese conto che Marco aveva ragione. Probabilmente, suo fratello aveva imparato qualcosa durante la breve militanza nell'esercito sanriminese.

"Non stai andando a una festa in giardino, Antony. Stai per entrare in una zona di guerra. Chiama Emiliano in anticipo. Digli di caricare sull'elicottero tutto il cibo, l'acqua, la corda e l'attrezzatura da pronto soccorso che riesce a trovare. E digli di farlo con discrezione."

Antony guardò sconvolto suo fratello. "Ti prego, dimmi che non coinvolgi Emiliano nei tuoi piani. Lui non farebbe mai –"

"Palesemente, non conosci il tuo stesso pilota, perché lo farebbe, eccome. Secondo te, come sono arrivato in Calabria? Non certo con l'autobus numero quattro."

Antony si appoggiò alla parete del camerino. Era tipico di suo fratello trascorrere un fine settimana lungo nel sud dell'Italia, crogiolandosi sotto la luce del sole mentre il personale della sicurezza si strappava i capelli per l'ennesima volta.

"Emiliano perderà il lavoro."

"No, invece. È il pilota migliore e più affidabile che potremmo mai assumere. Mi sono fatto dare il passaggio quando lui non era in servizio e l'ho pagato con il mio denaro. Se avesse dovuto essere reperibile, avrebbe rifiutato."

Antony ci pensò su. Era semplicemente entrato nel suo camerino e si era messo a fare i bagagli. Non aveva pensato ad altro, a parte chiamare Emiliano. Ma era disposto a scommettere sull'esperienza di Marco, se ciò avrebbe aiutato Jennifer e il resto degli abitanti del campo.

"Pensavi di prendere l'elicottero?" chiese Marco.

"Sì."

"E di seguire la procedura consueta?"

Antony non rispose. Era esattamente ciò che aveva pensato di fare. E la sicurezza avrebbe insistito per valutare il viaggio, il che avrebbe fatto sì che suo padre lo vietasse prima ancora che Emiliano raggiungesse l'elisuperficie.

Antony lasciò cadere il borsone sul pavimento, quindi lo ficcò con un calcio sotto a un appendiabiti pieno di camicie. Disse a suo fratello: "In questa rara occasione, forse il tuo consiglio di esperto è corretto."

Marco sorrise e balzò dalla sedia. I due uomini si recarono in camera da letto, dove Antony prese il telefono per chiamare Emiliano.

Marco spalancò gli occhi nello stesso istante in cui Antony si rese conto di cosa stava facendo e lasciò ricadere il telefono sul tavolo. "Giusto. Non attraverso la linea interna."

"Ben fatto, vecchio mio. Sei ancora capace di imparare."

Antony prese il suo cellulare privato e compose il numero del pilota dell'elicottero. "Ho trentaquattro anni. Non sono vecchio."

Marco stava per ribattere, ma Antony sollevò una mano quando udì la voce di Emiliano. Spiegò il suo dilemma al pilota e, con suo stupore, scoprì che Emiliano era fin troppo disposto ad assisterlo.

"Più tardi dovremo discutere di questa faccenda, Emiliano," minacciò Antony. "Esaudire i desideri dei figli di re Eduardo a sua insaputa è una faccenda rischiosa. Mi pare di capire che questa non è la prima volta."

Emiliano rise. "Possiamo parlarne quanto volete, Vostra Altezza, ma prima dobbiamo entrare e uscire dal Rasovo tutti interi." La sua voce si fece seria. "Vi metto in guardia: se gli scontri si fossero spostati o se l'elisuperficie fosse stata danneggiata, potrei non essere in grado di atterrare. Sarò lieto di provarci, ma se la situazione dovesse sembrare pericolosa, torneremo indietro."

"D'accordo. Non metterò a rischio te o nessun altro, ma i rasovari sono nostri vicini e sono amici di San Rimini da secoli. Se possiamo aiutarli, è giusto farlo."

E aiutare Jennifer era un suo dovere personale. Era in debito con lei, dopo il disastro che aveva combinato alla cena di beneficenza. Federico, da quel punto di vista, aveva ragione. Antony avrebbe dovuto sapere che i fotografi lo avrebbero seguito. Avrebbe potuto trattenersi per una trentina di secondi, il tempo necessario ad accompagnare Jennifer lungo il corridoio, e baciarla laggiù.

A parte ciò che era accaduto alla cena, Antony non avrebbe potuto sopportare che Jennifer potesse essere ferita, o peggio, quando poteva fare qualcosa per aiutarla. Che fosse decoroso o meno, nonostante l'avesse vista solo due volte, nonostante avesse condiviso con lei un singolo bacio, si stava innamorando di lei.

Quella consapevolezza lo travolse mentre attendeva la risposta di Emiliano. Antony frequentava Bianca da tutta una vita e aveva cercato motivi di amarla per quasi un anno. Aveva incontrato Francesca in qualche occasione, aveva parlato di arte con lei e non aveva provato nulla. Eppure, con Jennifer, c'era stata una connessione istantanea. Una connessione *diversa*.

Doveva trovare un modo per far capire a suo padre che il regno non avrebbe corso rischi se lui avesse rifiutato di sposare Francesca.

Trattenne un'imprecazione. La cena era quella sera. Sarebbe dovuto tornare in tempo. In anticipo, se possibile, per parlare con suo padre. Anche se non aveva ancora trovato un modo preciso per convincere l'uomo a sentir ragione.

Mise da parte quel pensiero quando la voce di Emiliano tornò a risuonare nel telefono.

"Fatevi trovare all'elisuperficie fra un'ora," spiegò il pilota. "Nel frattempo, io preparerò l'acqua e altri beni di prima necessità."

"Ci sarò," rispose Antony, per poi far cenno a Marco che tutto era organizzato.

Sperava solo che non fosse troppo tardi.

CAPITOLO 10

JENNIFER USÒ il dorso della mano per pulirsi la fronte dal terriccio e dal sudore mentre si preparava al terzo tentativo di scalzare un macigno dal muro dell'ospedale.

O meglio, da quello che era stato il muro dell'ospedale.

Esalò bruscamente il fiato, quindi tirò la leva con tutto il suo peso.

Dopo che la bomba si era abbattuta su una delle vicine montagne, l'eco dell'esplosione era rimasta sospesa nell'aria più a lungo di quanto Jennifer avrebbe creduto possibile. Tanto i rifugiati quanto il personale erano corsi ai ripari. Poi era calato un silenzio sinistro. Persino i normali suoni del vento e dello scorrere del fiume erano svaniti. Tutti avevano atteso, ingobbiti nelle tende e nei lettini di ospedale. Un'ora dopo, quando non erano cadute altre bombe, gli abitanti di Haffali erano tornati alle loro faccende, continuando a preparare la cena, a fare il bucato e a giocare a carte, anche se con meno serenità.

Quando era calata l'oscurità e tutto era rimasto tranquillo, Jennifer aveva pensato che fossero al sicuro. Si era sbagliata.

L'indomani mattina presto, mentre il campo dormiva e le prime luci dell'alba accarezzavano le vette dei pendii, un masso smosso da qualche parte sulla montagna era precipitato. Incerta su cosa l'avesse svegliata, Jennifer era emersa nel gelo mattutino per investigare proprio mentre la frana precipitava nel campo con la velocità e il frastuono di un treno merci fuori controllo. Il suo grido di avvertimento si era disperso nella pioggia di rocce e detriti, ma non aveva importanza. Era arrivata in ritardo. La maggior parte dei detriti si era assestata lungo l'argine del fiume e nel fiume in sé, ma una parte aveva travolto l'ospedale, facendo sì che le sottili mura di legno dell'edificio temporaneo si sfondassero e che il tetto di tela collassasse, intrappolando pazienti e personale della sezione per i bambini.

Le grida di paura e dolore che erano seguite erano i suoni più orribili che lei avesse mai udito in vita sua.

Jennifer si scrollò le braccia, cercando di alleviare l'indolenzimento dei muscoli. Nonostante stesse usando una leva di legno ricavata dal palo rotto di una tenda, il macigno si era smosso a malapena. Come avrebbe potuto entrare nella sezione collassata dell'ospedale quando quello stupido sasso pesava così tanto? Magari, cambiare angolazione sarebbe servito a qualcosa.

"Pia," chiamò mentre sistemava il palo. "Tu hai avuto fortuna?"

"Vieni qui!" La voce esausta di Pia proveniva da vicino, dietro l'angolo della tenda crollata. "Ho trovato della tela esposta fra due dei massi più grossi. Credo di poterla tagliare per far uscire il resto dei bambini da lì. Sento la voce di Dora. È con i bambini e dice che nessuno è ferito gravemente. Hanno solo bisogno di uscire."

Jennifer esalò il fiato, il respiro che le usciva con un sibilo mentre mollava la presa sul palo e si incamminava verso Pia. Nell'ultima mezz'ora, il suo unico pensiero era stato sperare che tutti i bambini fossero sopravvissuti alla valanga. Quando non aveva udito nulla provenire dall'interno della tenda, se non rumori soffocati, aveva temuto il peggio. Considerate le dimensioni della frana, era grata che essa avesse mancato la maggior parte del reparto e che il grosso dell'impatto fosse stato subito da una zona lontana dai letti.

I pazienti adulti e la maggior parte dei bambini erano stati evacuati in sicurezza dalle uscite della zona degli adulti subito dopo la valanga. Stando alla conta delle teste, tuttavia, otto bambini e un'infermiera, Dora, erano rimasti intrappolati nel reparto dei bambini. I pazienti liberati avrebbero voluto restare a dare una mano, ma Jennifer aveva temuto che si sarebbero fatti nuovamente del male per lo sforzo di spostare il legno spaccato e i pesanti macigni. Quando quelli avevano insistito, sostenendo che delle ferite non importava loro nulla, lei aveva osservato che troppe persone che scavavano in troppi punti attorno ai bambini in trappola avrebbero potuto provocare un crollo ancora peggiore. Con riluttanza, i pazienti avevano raggiunto gli altri sfollati nella tenda della mensa, anche se un gruppo di sei dei rifugiati più forti – nessuno dei quali era paziente dell'ospedale – era presto giunto sul posto per dare una mano. Due di loro avevano recuperato delle barelle dalla zona intatta dell'ospedale, nel caso ci fosse bisogno di trasportare qualche bambino.

Jennifer si inginocchiò di fronte al buco che Pia aveva aperto nel tetto di tela. L'apertura era stretta, per cui lei collaborò con Pia e i rifugiati per smuovere uno dei due massi quanto bastava perché vi passasse un adulto. Diversi minuti dopo, Dora in parte sollevò e in parte spinse una bambina attraverso il taglio. Jennifer tirò fuori la piccola, quindi Pia la aiutò ad attraversare le macerie fino a dove attendevano le barelle. Presto arrivarono altri bambini, graffiati e spaventati. Un ragazzo adolescente aveva una ferita alla testa che gli aveva impastato i capelli di sangue, ma sorrideva ed era lucido mentre emergeva alla luce e un altro era stato sbalzato dal letto ed era atterrato su un braccio che si era già rotto e che, a quanto pareva, gli faceva ancora male. Non appena ciascun bambino usciva, i volontari lo portavano alla tenda della mensa, dove il piccolo poteva essere visitato dal personale medico e restituito ai genitori preoccupati.

Jennifer spolverò una bambina che era stata ricoverata in ospedale il giorno prima, per una leggera disidratazione. Trovandola illesa, Jennifer la incoraggiò a camminare al fianco del ragazzo con la testa ferita, che lei aveva insistito per mandare in barella. Gli ultimi rifugiati che erano venuti ad aiutare dissero che ci avrebbero pensato di loro, palesemente incerti che Jennifer o Pia fossero in grado di reggere il peso del ragazzo.

Jennifer stava per voltarsi e chiamare Dora attraverso l'apertura quando, senza preavviso, il terreno tremò e un suono come quello di un tuono rimbombò nel cielo illuminato.

Persino mentre si appoggiava al macigno e si chinava, Jennifer si rese conto che la bomba era caduta dall'altra parte della vallata, lontano dalla loro posizione, nella direzione nella quale si riteneva si stessero ritirando i ribelli. Ciononostante, il rumore aveva spaventato tutti. La bambina che lei aveva appena aiutato corse nella stessa direzione degli uomini che trasportavano la barella, raggiungendo la porta della mensa ben prima di loro. Jennifer gattonò fino all'apertura nella tenda e chiamò l'infermiera, gridando per farsi udire al di sopra del pianto dei bambini. "Ce ne sono ancora due, giusto?"

"Sì, due."

"Cerca di tenerli calmi, ma sbrigati." La bomba poteva anche essere caduta lontano, ma il fatto che cadevano bombe la turbava.

Un attimo dopo, emerse una bambina, quindi la minuta infermiera fece capolino dall'apertura. Schermandosi gli occhi dalla polvere, disse: "Ho ancora Josef qui dentro. Il suo letto si è rovesciato all'inizio della frana e ci sono dei massi che lo bloccano, per cui ha i piedi intrappolati. Dice che sta bene, ma io non sono abbastanza forte per sollevare il lettino. L'angolazione impedisce di fare leva."

Dopo aver discusso la disposizione dello spazio attorno al letto, Jennifer gesticolò a Pia. "Corri a dove stavo lavorando prima e prendi quel palo rotto. Potrebbe servire."

Quando si rivolse a Dora, vide che l'infermiera stava strizzando un occhio. Lacrime scorrevano da sotto le ciglia polverose. Jennifer le chiese come stava e Dora disse che un corpo estraneo, probabilmente del terriccio, le irritava l'occhio, ma che se la sarebbe cavata benissimo.

"Vieni fuori," le disse Jennifer. "Fatti lavare l'occhio e aiuta i medici alla mensa. Pia e io libereremo Josef e ti raggiungeremo presto."

Jennifer le tese la mano, aiutando Dora ad attraversare il buco nella tela e i detriti.

"Era strettissimo," disse Dora, gesticolando verso l'apertura. "Per fortuna sono rimasta bloccata io invece di uno degli uomini. Non credo che molti di loro ci sarebbero passati."

"Persino io potrei fare fatica," ammise Jennifer, prendendo la torcia che si era ficcata dietro i pantaloni e puntandola verso il varco.

"Vuoi che ti aspetti?"

"Nah, vai pure. Mi aiuterà Pia."

L'infermiera sembrò grata mentre Pia svoltava l'angolo della tenda crollata, il palo in mano. "Stai attenta, Jennifer," ammonì Dora. "L'aria è piena di polvere e di sabbia. Avrai la tela del tetto contro la testa e i mobili e le pareti rotti sono taglienti e difficili da vedere, anche con la torcia. Inoltre, vicino al letto di Josef c'è del vetro rotto. Si è rovesciato l'armadietto."

Jennifer esalò il fiato. "Starò attenta. Di' alla madre e alle sorelle di Josef che andrà tutto bene. Ho faticato a convincerle ad aspettarci alla mensa. Se tua madre ti vede senza di lui, crederà al peggio."

"Ho capito." L'infermiera rivolse un cenno a Pia, quindi si incamminò verso la tenda della mensa.

Pia si accovacciò accanto all'apertura mentre Jennifer gattonava dentro. Una volta superato il buco, le spalle di Jennifer sfiorarono i massi coperti di tela su entrambi i lati della stretta apertura. Fu costretta ad allungare le braccia di fronte a sé per afferrare le pieghe e i rigonfiamenti della tela e trascinarsi nella zona principale della tenda crollata. Dopo un lungo minuto trascorso a dimenarsi nello spazio ristretto, raggiunse finalmente la sezione principale della tenda.

"Josef!" chiamò, cercando di orientarsi.

"Sono qui!" La voce del ragazzino suonava spaventata, ma forte. Poi giunse una risata che lei sapeva essere a suo beneficio prima che il bambino dicesse: "Voglio che vanno gli altri per primi, sì?"

Jennifer si voltò per afferrare la leva che Pia fece passare attraverso il buco. Una volta che ebbe il palo in mano, lo usò per sollevare la tela in modo da farsi passare la torcia attorno. Si costrinse a inghiottire il groppo alla gola. Mesi di lavoro all'ospedale erano andati a scatafascio. In quella zona restava poco che valesse la pena salvare. Si consolò con il pensiero che, nonostante i danni, almeno nessuno era morto in seguito al bombardamento o alle frane.

Puntata la torcia verso la zona dove si trovava una volta il letto di Josef, lo chiamò di nuovo.

"Sono qui!" rispose il ragazzino.

Jennifer si voltò verso la sua voce, quindi si fece largo attraverso la tenda crollata fino a trovare Josef. Come le aveva spiegato Dora, il letto si rovesciato durante la valanga. Diversi massi lo tenevano incuneato contro una grande sezione del muro della tenda e il vetro dello sportello di un armadietto vicino giaceva in frantumi sul pavimento. Josef fece capolino da sotto il letto – la guancia pericolosamente vicina ai vetri rotti – e le sorrise dal pavimento.

"I miei piedi sono incastrati. Ma riesco a muovere un braccio. Vedi?" Una mano emerse vicino al viso di Josef. "C'è vetro, per cui stai attenta. È un disastro, sì?"

Jennifer non riuscì a trattenere un sorriso. Le parole ottimistiche di Josef erano le prime parole allegre che udiva in tutta la giornata.

"Sì, è un disastro." Jennifer afferrò una coperta e la usò per coprire alcuni dei vetri, ammonendo Josef a tenere lontani viso e braccio mentre lavorava. Dopo aver studiato la posizione del letto, appoggiò la torcia in modo che facesse quanta più luce possibile, quindi infilò la leva vicino ai piedi del bambino. Mentre la sistemava, chiese: "Come va la gamba?"

"Fa molto male. Ma io sono molto duro. Il principe Antony ha detto che sono duro."

Il ricordo di Antony seduto accanto al lettino di Josef a leggere storie per bambini le lampeggiò nella mente. Le era sembrato tanto onesto e generoso, allora, mentre si preoccupava per la gamba di Josef ed esprimeva preoccupazione per il fatto che la famiglia di Josef aveva dovuto nascondersi fra i cespugli fino a quando non aveva trovato un passaggio fino al campo.

Josef fece una smorfia mentre Jennifer spostava il letto. "Tutto bene?" chiese lei.

"Tutto bene. Il letto, sento che si muove."

"Ottimo. Stai fermo."

Il letto scricchiolò, poi i sassi si spostarono. Non c'era spazio sufficiente per rovesciare il letto. Tenendo la leva con entrambe le mani per tenere sollevata la struttura, Jennifer angolò la testa per accennare al vicino armadietto dei medicinali. "Josef, vedi quell'armadietto?"

Il bambino contorse il collo per guardare, quindi annuì. "Vuoi che tiro?"

"Sì. Allunga le braccia e cerca di sfruttare la sommità dell'armadietto per tirarti fuori. Ma stai molto attento ai vetri rotti. Se non ce la fai, proveremo un altro modo."

Josef sorrise, l'espressione orgogliosa di un bambino che si vantava della sua forza. "Ce la faccio. Nessun problema."

Jennifer guardò Josef sforzarsi di muovere il corpo malridotto fuori dal letto, incoraggiandolo mentre questi scivolava sul pavimento. Una volta che i piedi del bambino furono liberi dall'intelaiatura, Jennifer mollò la presa sul palo, lasciando cadere il letto, e lo raggiunse.

"Andiamo?" bisbigliò il piccolo, la voce colorata di paura nonostante facesse il coraggioso. "Mia madre si preoccupa."

"Meglio di no. Ti porto subito da lei." Jennifer controllò velocemente la ferita di Josef, quindi gli porse la torcia e lo prese fra le braccia meglio che poteva nello spazio ristretto.

Continuò a parlare a Josef mentre si faceva largo fra la tenda. La gamba del bambino sanguinava, ma non sembrava ridotta troppo male. Non appena lei lo avesse portato alla mensa, i medici avrebbero avuto modo di pulire e bendare le ferite. Nel frattempo, lei non voleva che il bambino si spaventasse alla vista del sangue.

"Signorina Jennifer?" Josef la guardò, assicurandosi di aver la sua attenzione. "Il principe Antony mi ha chiesto di andare a palazzo quando starò meglio. Ma, e se adesso non sto meglio?"

"Josef." Jennifer aggiustò la presa sul corpicino del bambino e lo guardò dritto negli occhi. "Tu *starai* meglio. Te lo prometto."

Lo sguardo di Josef si illuminò leggermente. "Allora andrò a palazzo?"

Jennifer si costrinse ad assumere un'espressione neutra. Come avrebbe potuto dirgli di no? Che aveva stupidamente baciato il principe e rovinato qualunque speranza di realizzare il sogno di Josef?

Calciò via un pezzo di legno rotto mentre si incamminava verso l'uscita. "Una cosa alla volta, d'accordo, Josef? Penseremo più tardi ad andare a San Rimini."

Josef le passò le braccia attorno al collo, dandole una botta in testa con la torcia, e mormorò il suo assenso.

Finalmente, Jennifer trovò il piccolo buco nella tela e chiamò Pia. "Ce l'ho!"

"Lo tiro fuori," rispose la donna. Poi, all'improvviso, Pia esclamò: "A terra!" nello stesso istante in cui Jennifer udì il ronzio di un aereo in avvicinamento. Meglio che poteva, Jennifer posò Josef a terra e coprì il suo corpo con il proprio.

"Signorina Jennifer?"

"Sembra un aereo governativo," gridò Pia. "Dovrebbero sapere che siamo qui."

"Stai giù!" gridò Jennifer a Pia. A seconda di dove si trovavano i ribelli in ritirata, era del tutto possibile che il governo vedesse un'occasione di contenerli e fosse disposto a correre il rischio.

"Tieni duro," disse Jennifer a Josef, per poi trattenere il respiro mentre l'aereo passava sopra le loro teste.

L'ultima cosa che udì fu un'esplosione che fece tremare la terra.

Antony tenne una mano stretta sul bordo del sedile mentre Emiliano volava in cerchio sopra le montagne, scrutando la zona attorno al campo Haffali per assicurarsi che potesse atterrare. Si erano allontanati quando un grosso aereo militare aveva oltrepassato la zona, quindi avevano udito un boato alle loro spalle quando l'aereo aveva utilizzato un'arma di qualche tipo verso il confine dell'area. Ora, dopo che avevano tracciato due ampi cerchi, l'aereo se n'era andato e loro non vedevano tracce di presenza militare a terra. Tuttavia, il danno provocato dall'esercito rasovaro nello sforzo di contenere le forze ribelli in ritirata era evidente.

Le strade di montagna attorno al campo erano punteggiate di buche provocate da armi e ingombre di macerie. Una macchia d'alberi in alto al di sopra del campo bruciava e una densa mistura di fumo e polvere si sollevava sotto la luce splendente del sole.

"Non è proprio come l'ultima volta, eh, Vostra Altezza?" chiese Emiliano mentre il campo Haffali appariva alla vista. "E noi che pensavamo fosse brutta allora."

Antony non rispose quando lo shock della vista del campo lo colpì a piena forza. Non sembrava che le bombe avessero colpito direttamente il campo, ma sul fianco della montagna al di sopra dell'ospedale si apriva un grosso cratere. L'ospedale era parzialmente crollato, coperto da massi e da terra che sembravano provenire da una frana originata nei pressi del cratere. Antony poteva solo immaginare quanti pazienti fossero rimasti feriti.

Nei paraggi, anche alcune delle tende improvvisate dei rifugiati erano danneggiate. Dei vestiti, caduti dai sottili cavi stendibiancheria, erano sparpagliati in strada. In mezzo al disastro correva un mulo. Un uomo lo seguì zoppicando, ignorando i vestiti, per poi dirigersi verso la mensa.

Il serbatoio che conteneva l'acqua purificata del campo era rovesciato e alcuni rifugiati si erano radunati nelle vicinanze, cercando di raddrizzarlo. Un altro gruppo di rifugiati corse verso l'elisuperficie, agitando le braccia l'indirizzo dell'elicottero, palesemente ansiosi di ricevere tutto l'aiuto possibile.

Antony non vedeva Jennifer da nessuna parte. Gli si annodò lo stomaco mentre scrutava il paesaggio, cercando qualunque traccia della sagoma alta e snella di lei o dei suoi capelli rossi in mezzo alle tende o all'interno del gruppo vicino al serbatoio. La donna si trovava nella mensa o in una delle tende che ospitavano gli alloggi dall'altra parte del fiume? Oppure giaceva da qualche parte, ferita o peggio?

"Possiamo atterrare?" chiese Antony, alzando la voce per farsi udire al di sopra del motore e indicando l'elicottero.

"Credo di sì, Vostra Altezza. Ma non è il caso di fermarsi troppo a lungo. L'elisuperficie è visibile a un chilometro e mezzo di distanza. Potremmo diventare un bersaglio."

"Capito."

Una volta a terra, Antony si slacciò la cintura, quindi si voltò per raccogliere le scorte che aveva messo dietro al sedile.

"Una volta scaricato tutto, prendi l'elicottero e torna a San Rimini," ordinò. "Fatti aiutare da Marco a caricare altre provviste, quindi portale qui domani mattina presto."

"Vostra Altezza, non posso lasciarvi–"

Antony sollevò la mano per interrompere l'obiezione di Emiliano, poi si rese conto che probabilmente aveva l'aspetto di suo padre nei giorni peggiori – con la mano sollevata per non dover ascoltare il punto di vista dei suoi figli. Dubitava che Emiliano avesse mai visto il re compiere quel gesto, ma se così non era, l'ultima cosa di cui Emiliano aveva bisogno era un promemoria di quanto sarebbe stato furioso il monarca quando avrebbe scoperto ciò che avevano fatto.

"Emiliano," ricominciò. "Molti dei rifugiati non sono in grado di svolgere lavori fisici. Restando qui, posso aiutarli. Al momento, non sarò più in pericolo qui che a volare sopra le montagne."

Emiliano aggrottò la fronte con aria scettica, ma non rispose.

"Tornerò a San Rimini con te domani mattina. Per allora, i ribelli dovrebbero essersi allontanati e la Croce Rossa e altre organizzazioni umanitarie inizieranno a mandare aiuti."

Emiliano scosse la testa. "Scusate se ve lo dico, Vostra Altezza, ma voi mi stupite."

Antony fece rotolare un piccolo fusto di acqua fuori dal retro dell'elicottero e sull'elisuperficie. "Mi stupisco anch'io di me stesso."

Per quanto avesse creduto di conoscere la direzione della sua vita e per quanto avesse creduto di conoscersi, se glielo avessero chiesto due settimane prima, lui non avrebbe mai immaginato che si sarebbe comportato come stava facendo ora. Soprattutto, non andando contro gli ordini espliciti di suo padre.

Dieci minuti più tardi, dopo che quattro dei rifugiati ebbero raggiunto l'elisuperficie ed ebbero aiutato a scaricare l'elicottero, Antony salutò mentre Emiliano ripartiva per San Rimini.

Una volta che il rumore dell'elicottero fu sfumato, cercò di chiedere agli uomini di Jennifer. Sfortunatamente, lui conosceva solo poche parole di rasovaro e nessuno degli uomini parlava inglese, anche se uno di loro masticava un po' l'italiano. Tutti parvero capire cosa lui stava chiedendo, ma quello che parlava italiano disse che, al momento, non sapevano dove si trovasse Jennifer. Sembravano molto più interessati a portare le scorte al campo che a rispondere alle sue domande, il che era anche comprensibile.

Antony si mise in spalla un rotolo di corda e afferrò un carrello pieghevole pieno di batterie, barrette nutritive e materiale per il pronto soccorso. Avrebbe dovuto prima aiutare e poi chiedere di Jennifer.

Mentre Antony raggiungeva il campo assieme rifugiati, alcuni di loro gli sorrisero, per ringraziarlo delle cose che ora trasportavano. Lui non riuscì a non ricambiare quando si rese conto che stava percorrendo la stessa strada che aveva visto percorrere ai rifugiati con il carro stracarico e malridotto in occasione della sua prima visita al campo. Allora, era rimasto sconvolto dall'aspetto stanco dei rifugiati. Sebbene la strada fosse sporca e polverosa come allora, Antony sapeva che era lì che doveva essere.

Per la prima volta in vita sua, stava facendo la differenza. Non solo raccogliendo denaro. Non chiedendo ad altri di offrirsi volontari.

Doveva ammettere che la sensazione era piacevole, ma si sarebbe sentito meglio se avesse avuto la certezza che Jennifer era sana e salva.

Finalmente, mentre entravano nella zona principale del campo, un medico che lui aveva incontrato brevemente durante la sua visita emerse da uno dei rifugi traballanti sul fianco della collina, conducendo una bambina verso la mensa.

"Chiedo scusa." Antony si separò dagli altri rifugiati e chiamò la donna che, se ricordava bene, era svizzera. "Sto cercando Jennifer Allen. Sa dove potrebbe essere?"

Il medico si immobilizzò e spalancò gli occhi quando riconobbe Antony. "N-non saprei. Alcuni membri del personale stanno preparando una stazione di distribuzione dell'acqua fresca. Si trova dietro la mensa. Vi accompagno, Vostra Altezza?"

Antony sorrise, nella speranza di mettere la donna a suo agio.

"Posso trovarla da solo. Sospetto che lei abbia un compito più importante." Ammiccò alla bambina, quindi spinse il carrello verso la mensa. Solo il peso del carrello gli impediva di correre. Pregò silenziosamente di trovare Jennifer tutta d'un pezzo, al lavoro nella distribuzione dell'acqua.

Tuttavia, quando svoltò l'angolo sul retro della mensa, si ritrovò di fronte al caos. Un membro del personale del Progetto Soccorso ai Rifugiati era in piedi su un pesante tavolo e gridava a pieni polmoni ai rifugiati di mettersi in fila per prendere l'acqua fresca. Un'infermiera che Antony aveva visto durante la visita organizzò il gruppo in qualcosa che somigliava a una fila mentre tre uomini sollevavano due grosse brocche d'acqua sul tavolo, per poi trafficare con le spine.

"Ne abbiamo dell'altra in arrivo, ma cominciamo con un litro a persona," sentì dire da uno degli uomini che avevano sollevato le brocche all'altro. "Altrimenti, i medici non ne avranno abbastanza per pulire gli strumenti e per lavarsi le mani. Non fino a quando non ne purificheremo dell'altra." I tre uomini si guardarono a vicenda, quindi guardarono la folla di rifugiati disperatamente bisognosi di acqua fresca.

"Quando diciamo loro di tornare?" chiese uno di loro.

Il primo uomo rispose: "Faremo un annuncio. Spiegherai loro che speriamo di averne dell'altra domani o venerdì e di usare con parsimonia quella che c'è. Non devono, in nessuna circostanza, attingere al fiume."

"Più facile a dirsi che a farsi. Se Jennifer fosse qui, l'ascolterebbe—"

Antony si fece avanti. "Ho portato dell'acqua fresca con l'elicottero. Il mio pilota è andato a prenderne dell'altra. Non è molta, ma dovrebbe servire."

I volontari si voltarono verso di lui, un misto di stupore e sollievo sui volti stanchi.

"Siete un dono del cielo," disse uno degli uomini. "Non so come abbiate fatto ad arrivare fin qui. Ma vi siamo grati."

Antony disse agli uomini dove trovare i rifugiati che trasportavano i fusti, quindi si rivolse all'uomo che aveva menzionato Jennifer. "Ha detto che Jennifer non è qui. Sa dov'è? O se sta bene?"

L'uomo trasse un respiro profondo. "Non lo sappiamo esattamente. In caso di emergenza, la tenda della mensa è il punto di ritrovo. Jennifer e Pia stavano evacuando l'ospedale, per quanto ne so. Non sono ancora arrivate. Non che io sappia."

Il nodo nello stomaco di Antony si strinse. Non era da Jennifer non seguire le procedure prestabilite. A meno che non fosse successo qualcosa di spaventoso.

Il membro del personale in piedi sul tavolo saltò giù. "Un'infermiera dice di aver sentito che Jennifer è ancora all'ospedale." Puntò il pollice verso la tenda crollata alla base della collina. "E c'erano ancora alcuni bambini che avevano bisogno di aiuto a uscire. Ma è un'informazione di terza mano e risale a un po' di tempo fa. Probabilmente, non è più là. Io controllerei di nuovo alla mensa. È dove porterebbe i bambini dell'ospedale."

Antony esalò il fiato. La cosa aveva senso. "Sa—"

"Aiuto! Per favore, mio figlio!" Una donna si fece largo fra la folla e afferrò il braccio del più grosso fra gli uomini che distribuivano l'acqua. "Per favore, per favore, aiutare! Mio figlio in op-pe-dale!"

"Pensavo che fossero tutti qui," disse uno degli altri volontari. "Ha controllato in mensa?"

"È in op-pe-dale. Per favore!" La donna aggiunse qualcosa in rasovaro, che Antony non capì.

Uno dei rifugiati tradusse rapidamente: "Dice che un bambino che è stato evacuato le ha detto che suo figlio è bloccato sotto un letto e che sta bene, ma che hanno dei problemi a tirarlo fuori."

Antony guardò i volontari che si occupavano della distribuzione dell'acqua. "Voi avete le mani occupate. Posso aiutarla io."

La donna indicò la collina con la mano libera ed Antony la seguì di corsa. Non riuscì a non condividere la paura della donna mentre l'espressione di lei si faceva più disperata.

Finalmente, girarono attorno alla tenda dell'ospedale fino al punto in cui il tetto era collassato e diversi grossi macigni e un fiume di terra e rocce avevano sfondato la parete.

La donna sollevò lo sguardo su Antony, come se fosse la sua unica speranza. "Mio figlio Josef qui. Per favore."

Josef? Il ragazzino che Antony aveva incontrato durante la sua visita? Gli si serrò la gola. Qualcosa, in quel ragazzino, lo aveva commosso, più di quanto lui volesse ammettere. Appoggiò una mano sulla spalla della donna e disse: "Troverò suo figlio. Glielo prometto." Provò a dirglielo anche in rasovaro, ma non era certo che lei avesse capito.

La donna sorrise e lui sperò che ciò significasse che almeno si fidava di lui.

"Principe Antony! Vostra Altezza!"

Antony distolse lo sguardo dalla madre di Josef, alla ricerca della provenienza della voce femminile. Alla fine, vide Pia accovacciata accanto alla tenda, che gli faceva cenno di raggiungerlo. "Principe Antony! Aiutatemi a tirare fuori Josef!"

Antony corse al fianco di Pia. Vicino ai piedi della donna, una grande apertura era stata lacerata nella tela della tenda. All'interno, lui riuscì a distinguere Josef che si faceva largo attraverso uno stretto tunnel di sassi e sezioni lacerate di tetto.

"Ci arrivo," disse Antony, sdraiandosi di fronte a Pia.

Lavorando con Pia, liberò delicatamente Josef dai sassi.

"Principe Antony!" disse il ragazzino con voce roca mentre emergeva dalla tenda. "Speravo tanto che venivate a prendermi. Venite anche per la signorina Jennifer?"

Prima che Antony potesse rispondere, il ragazzino guardò alle sue spalle e vide sua madre che si faceva largo fra i sassi. "Mamma!"

La donna cominciò a piangere, quindi cadde in ginocchio. Pia prese dolcemente Josef e lo mise fra le braccia della madre. Nelle vicinanze, due rifugiati usciti dalla mensa si stavano incamminando verso di loro. Pia fece loro un cenno e chiese se fosse possibile portare una barella per Josef, spiegando che era l'ultimo dei bambini rimasti intrappolati nell'ospedale e che aveva bisogno di cure alla gamba.

"Mi hanno aiutata prima," disse la donna a Antony mentre uno degli uomini prendeva Josef e l'altro aiutava la madre di Josef a oltrepassare i sassi, "ma io li ho mandati alla mensa con gli altri bambini che abbiamo evacuato. Un ragazzo aveva una ferita alla testa e volevo che gli dessero un'occhiata."

La donna si chinò e guardò nuovamente nel buco in mezzo ai massi, cercando di vedere all'interno dell'ospedale danneggiato.

"Mi dispiace," le disse Antony. "Ci vorrà molto lavoro per ripararlo. Ma dovremmo andare alla mensa. Vorrei trovare Jennifer–"

"È ancora lì."

Antony rimase immobile per un istante prima di emettere un suono incerto. "Lì?"

"È intrappolata all'interno. Stava aiutando Josef ed era vicina al buco quando è passato quell'aereo. Poi, tutto si è smosso."

"Jennifer!" gridò Antony nel buco, senza però avere risposta.

"Non risponde. Josef dice che è per terra e chi crede che respiri. Ci abbiamo messo un po' a tirarlo fuori. Se mi aiutate a scendere–"

Prima che Pia potesse finire, Antony afferrò la torcia appoggiata su un sasso vicino, premette il pulsante laterale e la puntò nel buco. Per un attimo, vide solo sassi e terra, ma gradualmente riuscì a vedere al di là della tela e della roccia, distinguendo quello che un tempo era stato il pavimento dell'ospedale.

Poi, il suo cuore quasi si fermò. Sebbene la donna avesse il volto girato dall'altra parte, lui avrebbe riconosciuto ovunque i capelli rossi sparsi a terra. *Jennifer.*

CAPITOLO 11

Antony. Aveva sognato Antony.

Il dolore acuto della sabbia negli occhi fece sì che Jennifer si rendesse conto di dove era. Non al sicuro nella sua roulotte, sdraiata nel suo lettino, ma all'interno dell'ospedale crollato.

Chiuse gli occhi per evitare che polvere e terriccio li ferissero e fece mente locale. Un aereo era volato sopra di loro. Rumoroso e pesante. Era scoppiata una bomba, o forse un razzo. L'aereo doveva aver preso di mira le forze in ritirata, o forse qualcuno aveva sparato contro di esso e aveva mancato il colpo. C'era stato il rumore di un'esplosione e un tremito quasi simultaneo.

Senza muovere il corpo, Jennifer aprì lentamente gli occhi, sbattendo le palpebre per schiarirsi la vista, quindi cercò di orientarsi. L'apertura che Pia aveva creato nella tela doveva essere nei paraggi. Jennifer doveva individuare il passaggio fra le rocce e fare uscire Josef.

Josef.

Lo stava trasportando quando si erano gettati a terra. Il ricordo la colpì come un pugno allo stomaco. La gamba del bambino sanguinava. Dov'era adesso?

"Josef?" gracchiò, la bocca asciutta. Sollevò la testa, ma vide solo legno frantumato, polvere e mobili rotti. "Josef?"

"Josef ha gattonato fin qui, Jennifer. È salvo."

Lei cercò di rispondere, ma invece tossì, espellendo quello che sembrava un quintale di polvere prima di lasciar ricadere la testa dolorante sul terreno. Nel profondo del suo sé razionale, si rese conto che doveva aver subito un trauma cranico. Sentiva le voci. In particolare, quella sembrava la voce di Antony, che diceva "Zhennifer" nel suo pesante accento.

"Jennifer? Va tutto bene?"

Lei si passò la lingua nell'interno della bocca secca. Da quanto era nell'ospedale? Doveva aver perso conoscenza.

Durante la cena di beneficenza, Federico le aveva detto che Antony credeva nella sua causa a sufficienza da sporcarsi le mani e collaborare attivamente, se avesse avuto la possibilità di farlo, ma all'epoca lei non aveva creduto a una parola. Di certo non ci credeva adesso. Il principe non sarebbe mai venuto ad Haffali in circostanze tanto terribili.

Non poteva.

"Principe Antony?" chiamò sottovoce, per poi maledirsi mentalmente.

Se aveva le allucinazioni e il personale l'avesse sentita, cosa avrebbero pensato? Trasse un altro respiro profondo, che le provocò una crisi di tosse. C'erano delle voci sopra di lei. Pia, diede per scontato. Forse alcuni dei rifugiati che erano venuti a portare le barelle per aiutare i bambini, o il personale dell'ospedale che recuperava il salvabile dalla zona intatta dell'ospedale per portarlo alla mensa.

Finalmente, i suoi polmoni si svuotarono e lei riuscì a respirare senza soffocarsi. Poi ricordò cos'altro le aveva detto Federico: Antony era interessato a qualcuna. Non Bianca, ma un'altra donna. Non poteva essere lì.

"Non cerchi di parlare. Sono qui assieme a Pia," disse la voce di Antony, proveniente dall'alto. "Presto la tireremo fuori."

Questa volta, sarebbe stato impossibile non distinguere la voce calda di Antony o il suo modo di parlare formale. Non erano allucinazioni; non era frutto della sua immaginazione. E l'uomo sembrava genuinamente preoccupato.

"Principe Antony? Pia?" chiamò Jennifer, lieta che questa volta la sua voce suonasse più forte.

"Va tutto bene?" chiese Antony, con una forte nota di preoccupazione nella voce.

"Credo di sì. Riesco a muov–"

"Resti dov'è. Scendo subito."

"No, vengo io." Jennifer non poteva permettergli di correre il rischio. E poi, Antony non sarebbe mai riuscito a infilarsi in uno spazio tanto ristretto. Lei stessa c'era passata a malapena.

Contorse il viso per pulirselo sfregandosi contro la spalla, quindi si mise prudentemente a quattro zampe in modo da raggiungere il passaggio. Si chiese cosa avesse portato Antony ad Haffali, soprattutto considerato che lei si era allontanata da lui senza dire una parola dopo che erano stati fotografati. Era stata Harriet ad accompagnarla all'elicottero per il viaggio di ritorno ad Haffali, l'indomani mattina al sorgere del sole. Antony aveva saputo delle azioni militari e delle valanghe?

Udì un fruscio sopra di lei, cosa che la spinse a sollevare la testa in tempo per riempirsi la faccia di polvere quando essa cadde dal passaggio.

"È ferita. Lo vedo da qui." Antony le stava puntando una torcia dritto negli occhi. "Non si–"

"Non vi hanno insegnato nulla alla scuola per principi, Vostra Altezza?" brontolò lei, allungandosi nel passaggio e aggrappandosi alle rocce per trascinarsi verso l'uscita. "Non dovete mettervi in pericolo per un'americana così stupida da lasciarsi intrappolare. San Rimini ha bisogno di voi tutto intero. E per favore, abbassate quella torcia che non ci vedo."

Una volta raggiunto il varco, Jennifer si prese un momento per riprendersi, quindi si protese per spingersi ancora una volta verso l'uscita. Nel momento in cui trovò un appiglio sul macigno, una mano forte si allungò ad afferrarle il polso.

"Io ho bisogno di lei tutta intera."

Jennifer allungò il collo per guardare e si rese conto che il principe e Pia erano in qualche modo riusciti a spostare i massi quanto bastava perché Antony riuscisse ad attraversare l'apertura. Il principe le afferrò l'altro polso, quindi la trascinò con delicatezza attraverso il passaggio. Con l'aiuto di Pia, la fece emergere alla luce splendente del sole. Jennifer si appoggiò alla sua spalla per un momento, quindi si stese su un masso piatto. "Grazie," disse rivolta a entrambi.

"Va tutto bene?" chiese Pia, la fronte aggrottata in un cipiglio profondo. "Sei rimasta priva di conoscenza per qualche minuto."

"Sto bene, ma credo proprio che mi farà male la testa per un bel po'," rispose Jennifer mentre allungava le membra, controllando di non essere ferita. Passò lo sguardo sul campo, valutando la situazione. Un gruppo formato da volontari e rifugiati si era radunato vicino al serbatoio che conteneva l'acqua purificata del campo, che si era rovesciato. Sembrava che stessero cercando di pensare al modo migliore per sistemare la situazione. Diverse donne camminavano lungo il perimetro dei rifugi sul fianco della collina, raccogliendo i vestiti che erano caduti dagli stendibiancheria.

Nella tenda della mensa ferveva l'attività, con dozzine di persone che andavano dentro e fuori. Josef sedeva su una panchina all'esterno, la gamba nel grembo di un medico del campo. La madre di Josef era nei paraggi che osservava la scena. Jennifer indicò Josef a Pia. "Come ha fatto a non farsi male?"

"Gli sei atterrata sopra e ciò lo ha protetto dal grosso del crollo," spiegò Pia. "Poi, lui si è trascinato fuori da sotto di te e ha attraversato il buco."

"Gli sanguinava la gamba quando è uscito da sotto il lettino. Sono felice che sia con il medico. Rischia un'infezione."

"Anche tu dovresti farti controllare," disse Pia.

Jennifer era d'accordo, ma prima che potesse dirlo ad alta voce, Antony si chinò e la sollevò da terra, quindi la spostò fra le braccia in modo che il corpo di Jennifer fosse fermamente appoggiato al suo ampio petto. Il movimento le fece pulsare la testa.

"Mettetemi giù," protestò lei, anche se quell'ordine suonava poco convinto persino alle sue orecchie.

"No," rispose Antony con tutta l'autorità di un futuro monarca. Invitò Pia a precederli, quindi disse: "Lei non girerà per il campo prima di essere stata visitata da un medico."

"D'accordo." Jennifer si rese conto di non essere mai stata così stanca in vita sua. In qualunque altra circostanza, probabilmente avrebbe gradito la sensazione delle braccia dell'uomo attorno a sé. Ma ora… beh, ora era esausta. Qualunque cosa le dicesse l'orgoglio, avrebbe faticato a mantenere l'equilibrio, almeno fino a quando non avrebbe potuto bere dell'acqua e magari prendere un'aspirina per schiarirsi la testa dolorante. Permettere a Antony di trasportarla sul terreno dissestato era semplice buonsenso.

Wow, pensò. Era ridotta davvero male se farsi trasportare da un uomo costituiva buonsenso.

Antony angolò il viso per guardarla e, quando il suo sguardo incrociò quello di Jennifer, lei avrebbe potuto giurare di vedere del divertimento nei suoi occhi.

"Cosa c'è di buffo?" domandò Jennifer.

Il sorrisetto dell'uomo si trasformò in un vero e proprio sorriso. "Se proprio dovete saperlo, è questo che ci insegnano alla scuola per principi. La cavalleria."

"Siete venuto ad Haffali per fare il cavaliere?"

"No." Il sorriso dell'uomo si trasformò in un'espressione seria. "Sono venuto per lei. Ero preoccupato per la sua sicurezza e pensavo che avrebbe potuto aver bisogno di me."

Era venuto per lei? Il solo fatto che si fosse preoccupato per lei la fece arrossire.

E la colmò di senso di colpa per aver pensato male di lui. I genitori di Jennifer avevano avuto brutte esperienze con i politici, ma ciò non significava che il principe Antony dovesse comportarsi in maniera simile. Non aveva mai dato motivo di credere che non avrebbe rispettato gli impegni per quanto riguardava la borsa di studio. E il fatto che era venuto in Rasovo nonostante il pericolo – soprattutto considerate le ramificazioni che ciò avrebbe avuto per una persona nella sua posizione – significava che aveva una forza d'animo che lei non gli aveva mai riconosciuto.

Cercando a tentoni le parole giuste, Jennifer esordì: "So-sono commossa che abbiate pensato a me, ma devo dirvi–"

"Confesso," aggiunse il principe, "che, quando ho visto cosa stava accadendo, mi sono reso conto che aiutare i rifugiati era la cosa giusta, considerate le risorse a mia disposizione. Non potevo voltare loro le spalle."

"Immagino che vi abbiano insegnato anche a comportarvi nobilmente, alla scuola per principi?"

"No. Questo me l'ha insegnato lei." Antony abbassò la testa, appoggiando la fronte a quella di Jennifer, quindi le sfiorò le labbra con le proprie per un brevissimo istante.

Un brivido involontario la attraversò. Antony lo avvertì e smise di camminare; Jennifer non poteva nascondere che la causa era il bacio e non la fatica o la ferita alla testa.

A voce molto bassa, l'uomo disse: "Come può ben vedere, la sua vicinanza mi rende più che un principe migliore. Mi rende un uomo migliore. Se non ci fossimo conosciuti, non avrei fatto la scelta di essere qui, di fare qualcosa che importa davvero."

Antony aggiustò la presa su di lei, quindi disse: "Né farei la scelta che sto per fare, la più importante della mia vita."

Portò la bocca alla sua.

Nonostante i graffi e i lividi, Jennifer ricambiò il bacio. Le braccia di Antony accentuarono la presa attorno a lei mentre il bacio si faceva più accalorato, più possessivo. Alla fine, l'uomo ruppe il contatto, ma il suo sguardo rimase fisso negli occhi di Jennifer. "Dobbiamo raggiungere la tenda della mensa," bisbigliò con voce roca. "Lei deve farsi visitare da un medico. Ma se lo desidera, possiamo ricominciare più tardi. Quando saranno tutti al sicuro."

Jennifer chiuse gli occhi e lasciò che la sua testa si appoggiasse alla spalla dell'uomo, per poi bisbigliare: "Lo desidero."

"Tu mi hai tenuto nascosto qualcosa," sibilò Pia, la voce colma di accusa mentre tamponava uno dei ginocchi sbucciati di Jennifer con dell'alcol.

Jennifer cambiò posizione sul tavolo ruvido della mensa, dove era seduta dopo essere stata visitata da un infermiere. Infilò le dita sotto all'impacco di ghiaccio che si teneva contro la tempia. Si era già formato un bernoccolo e lei sospettava che sarebbe cresciuto. Rimise a posto l'impacco, che era piacevole in contrasto con il martellare della lesione, poi guardò Pia.

"Cosa intendi?"

"Ti ha baciata di nuovo. E non raccontarmi ancora quella storiella secondo cui non sarebbe nulla. Il principe Antony, Adone reale del mondo occidentale, non vola fino a un campo bombardato per un bacio da nulla. Quelli può trovarli ovunque."

Jennifer guardò oltre la testa di Pia, assicurandosi che Antony fosse ancora dall'altra parte della tenda a parlare con la madre di Josef, prima di bisbigliare di rimando: "È venuto solo perché pensava fosse la cosa nobile da fare."

"Da quando? Voglio dire, so che aiuta molto gli enti di beneficenza, ma stando a mio cugino, è il classico reale. Offre il suo patrocinio a questa organizzazione, denaro e un discorso a quell'altra. Non è il tipo che si sporca le mani. Non farebbe volontariato solo perché ce n'è bisogno, non quando chiunque può farlo. Il suo ruolo consiste nell'ottenere la pubblicità che nessun altro può avere."

Pia si ritrasse, osservando per un attimo il ginocchio di Jennifer, quindi cominciò a bendare il più grosso dei tagli. "Così dovrebbe andare bene."

Una volta finito, controllò la zona sotto l'impacco di ghiaccio, quindi aggiunse, in tono serio e sommesso: "Lui non sopporta il pensiero che tu rimanga ferita più di quanto lo faccia io. Se vuoi sapere come la penso, il grande principe scapolo crede di essersi innamorato."

"Non cominciare, perché non è vero," protestò Jennifer. "Io lavoro in un campo profughi, santo cielo. Sono americana." Rimase a bocca aperta mentre ripensava a ciò che l'uomo aveva detto quando l'aveva baciata. "Ma lui... Come non detto."

"Ma lui cosa?"

Jennifer posò l'impacco e si portò una mano allo stomaco, che all'improvviso era in subbuglio. "Mi ha detto che io gli ho insegnato a essere un principe migliore. Che l'ho reso un uomo migliore. E mi ha detto che ero il motivo per cui stava per fare una scelta importante. So che sembra assurdo, ma diceva sul serio." La profondità dell'emozione dietro a quel bacio era inconfondibile. "Credi che volesse dire—"

"No!"

"Hai ragione. Devo aver frainteso—"

"Fermati subito." Pia si chinò su Jennifer, assicurandosi che nessun altro nella mensa potesse sentirle. "Non dirlo. Non pensarci nemmeno. Avere una relazione seria con Antony diTalora sarebbe la cosa peggiore che potrebbe succederti."

Jennifer non era sicura di aver capito bene. "Prego?"

"Non potresti mai stare con lui, nemmeno se foste entrambi perdutamente innamorati, cosa che presumo tu non sia."

"Certo che no," mentì Jennifer, improvvisamente sulla difensiva. "Ma come hai detto tu stessa, lui è un Adone. Sarebbe così terribile?"

"Stai scherzando?" sibilò Pia. "Ti ritroveresti con il cuore calpestato. Re Eduardo non permetterebbe mai che il suo figlio maggiore ed erede sposasse un'americana e questo condannerebbe sin dall'inizio qualunque relazione al fallimento, dato che Antony *dovrà* sposarsi, prima o poi. Si dice che Eduardo abbia avuto una crisi di nervi quando il principe Antony è uscito con quell'attrice di Hollywood un paio di anni fa, te lo ricordi?"

"È vero," sospirò Jennifer. "Ne ho sentito parlare persino io, che non leggo i tabloid."

"Beh, stando a quello che ricordo, l'attrice dichiarò in pubblico che non uscivano davvero insieme; che erano solo andati alla prima di un paio di film o qualcosa di simile. Ma è comunque finito sui giornali che suo padre, apparentemente, non voleva che il figlio venisse collegato sentimentalmente a un'americana priva di radici aristocratiche. E anche la carriera di lei ne ha sofferto. I sanriminesi pensavano che fosse del tutto inadatta a Antony e nacque un movimento per boicottare i suoi film. Le proteste si spensero quando lei fu vista in compagnia di un altro, ma comunque..."

Jennifer saltò giù dal tavolo e trasse un respiro profondo. "In altre parole, se io frequentassi Antony ed Eduardo non gradisse–"

"Il che è sicuro."

"–allora i sanriminesi potrebbero non sostenere la borsa di studio, dato che i beneficiari vengono a lavorare qui."

Pia allargò le mani. "Esatto. Guarda come ti ha dipinta quel giornale dopo che Antony ti ha baciata a palazzo, la settimana scorsa. Era tutto falso e ingiusto, ma non importa. Lo hai detto tu stessa: temevi l'effetto che tutto ciò avrebbe avuto sulla borsa di studio e sul modo in cui ti vedono i rifugiati. Io voglio che tu sia felice. *Meriti* di essere felice. Ma vuoi davvero vivere così? In una relazione condannata? O costantemente preoccupata del modo in cui la tua relazione influenzerà il tuo lavoro?"

Jennifer si passò delicatamente le dita fra i capelli, quindi si massaggiò il collo dolorante.

Per quanto provasse a ignorarlo, si era già innamorata di Antony. Molto. Sembrava impossibile, dato che si erano visti una manciata di volte. Ma nonostante volesse attribuire la cosa a un eccesso di dopamina generata da un paio di baci intensi ed euforici, in cuor suo sapeva che Antony diTalora era un uomo con il quale avrebbe potuto condividere una connessione profonda.

Il bacio fra di loro era più di un semplice bacio.

"Jen, mi dispiace–"

Jennifer liquidò la scusa con un gesto. "No, no. Non hai torto."

Una relazione era impossibile. Anche se, per qualche miracolo, Antony avesse potuto amarla, lei non poteva mettere a rischio il futuro dei rifugiati per quello.

"Presto tornerà a San Rimini," rifletté ad alta voce Jennifer. "Sono sicura che, considerato tutto quello che sta succedendo nella sua vita, si dimenticherà presto di me. Non lo incoraggerò finché sarà qui."

Pia sorrise, ma in quel sorriso c'era una nota di tristezza. "Beh, sei fortunata che ti abbia baciata, perché è stata una scena davvero bollente. E goditi la soddisfazione per il fatto che ti trova attraente. Poi promettimi di fare tutto il possibile per proteggere il tuo cuore. Sei la mia migliore amica e non voglio vederti soffrire."

"Te lo prometto," disse lei, anche se era già troppo tardi. Il principe Antony diTalora si era già fatto strada nel profondo del suo cuore.

CAPITOLO 12

Antony allungò le gambe stanche sotto la malridotta scrivania di Jennifer, per poi dare un altro morso al brownie al cioccolato che lei gli aveva dato. Quella non era la sua tipica cena, ma il duro lavoro della giornata convinse la sua bocca che quello fosse il cibo migliore che avesse mai mangiato.

"È buonissimo," disse mentre assaporava un altro boccone.

Jennifer sedeva a un braccio di distanza, la bocca a sua volta piena di brownie, su una sedia che teneva nella roulotte per i membri del personale. Nelle ultime quindici ore circa, Antony aveva dato una mano mentre lei cercava di ripristinare l'operatività del campo. Stando alla radio, i ribelli avevano lasciato del tutto la zona e non c'erano stati altri bombardamenti. La tenda della mensa era stata riorganizzata per fungere da ospedale temporaneo, usando l'attrezzatura medica che erano riusciti a recuperare. Era stata allestita una stazione per l'acqua pulita e i rifugi danneggiati erano stati resi abitabili quanto bastava per trascorrervi la notte. Erano riusciti a fare molto, ma fino a quando l'ospedale regolare non sarebbe stato di nuovo funzionale, non avrebbero avuto una zona dove cucinare e mangiare.

Ora che erano quasi le quattro di mattina, Antony l'aveva

finalmente convinta a fermarsi in modo che potessero lavarsi, mangiare qualcosa e riposare per qualche ora. Lanciò un'occhiata alla tempia di Jennifer per quella che doveva essere la centesima volta, osservando il punto in cui sapeva che un bernoccolo era nascosto dai capelli legati della donna, e si chiese come facesse a tirare avanti dopo la giornata che aveva passato. Sebbene avesse fatto un pisolino nel pomeriggio, c'erano voluti incoraggiamenti multipli da parte di Antony e di due membri del personale medico prima che lei cedesse. Quando si era svegliata, aveva ammesso che era stato necessario. Così come il blando antidolorifico che Pia le aveva ficcato in mano.

"State scherzando?" rispose Jennifer quando, finalmente, inghiottì il suo boccone di brownie. "Sono MRE rimasti dall'esercito. Per quello che ne so, questo non è nemmeno vero cioccolato."

Antony inarcò un sopracciglio. "MRE?"

"*Meals Ready to Eat*. Razioni donate dalle forze armate rasovare nel caso le nostre scorte di cibo venissero contaminate o andassero perdute. Naturalmente, quelle stesse forze armate sono il motivo per cui ora ci tocca mangiarle. Che mondo meraviglioso."

Jennifer parlò con buonumore, quindi infilò una mano in una scatola di cartone vicino alla sua sedia per recuperare un pacchetto beige sottovuoto che sosteneva avrebbe contenuto delle frittelle di patate, una volta aggiunta dell'acqua. "Non è esattamente alta cucina, Vostra Altezza. Ma voi siete un principe. Non siete mai stato nelle forze armate?"

Antony rise. Lui, nell'esercito? "Temo di no, anche se confesso di averlo sognato spesso da ragazzo. Le storie dei re che guidavano i soldati in battaglia mi affascinavano. Se San Rimini venisse mai minacciata, riterrei doveroso combattere per difenderla. Ma noi non siamo la Gran Bretagna, dove Charles e William hanno militato nelle forze armate. A San Rimini, al principe ereditario è proibito dalla legge svolgere servizio attivo. È considerato un rischio eccessivo per la mia sicurezza personale. Ai miei germani è permesso militare, ma a me no."

"Ma avreste voluto farlo?"

"Dopo aver scoperto che era proibito, non ci ho più pensato. A che sarebbe servito?" Antony si alzò in piedi, quindi stiracchiò le braccia verso il soffitto della piccola roulotte che fungeva da quartier generale del campo.

"Eppure siete venuto qui," osservò Jennifer. "Ciò mette a rischio la vostra sicurezza personale."

"È vero. E proprio come nel caso del servizio militare, mi era proibito. Sono certo che mio padre sia furioso."

Per tutta la vita, Antony aveva fatto il suo dovere, senza pensare troppo ai suoi desideri personali. Era così che funzionava il suo mondo. E tuttavia, in quel momento, il desiderio personale di Jennifer gli colmava l'anima, facendogli venire voglia di stringerla a sé e non lasciarla più andare. E per una volta, lasciare che i suoi desideri governassero le sue azioni non sembrava poi una cattiva idea. Venire lì avrebbe fatto di lui un principe migliore.

E, qualunque fosse il costo, Antony sapeva che averla nella sua vita avrebbe fatto di lui un uomo migliore.

Smise di stiracchiarsi e si girò sulla sedia in modo da fronteggiare Jennifer.

"Quando è venuta a palazzo, mi ha detto che tutti hanno delle scelte, nella vita. È un proverbio comune nel mio Paese. Tuttavia, fino a quando lei non lo ha detto ad alta voce, non avevo mai pensato che potesse applicarsi a me."

Si allungò, avvolgendole il mento nella mano e passandole il pollice sulla pelle liscia e morbida. L'espressione di Jennifer si fece seria e lui capì di avere la sua totale attenzione.

"Baciarla a palazzo è stata la prima scelta importante che ho fatto a non essere dettata dalla mia nascita. Tutte le cause che ho sostenuto, tutte le scuole che ho frequentato e tutte le donne con cui sono uscito sono state attentamente analizzate e approvate dai miei genitori e da un esercito di consiglieri. Non sempre avrei voluto seguire la strada raccomandata, ma – con l'eccezione delle uscite – protestavo di rado. E persino in quei rari casi in cui seguivo i miei desideri, prima o poi la spuntavano i miei genitori. Persino adesso, mio padre sta lavorando per combinarmi un matrimonio con una donna di nome Francesca, figlia di una sua conoscente. Dal suo punto di vista, io non sono riuscito a trovare una moglie accettabile e di conseguenza ho messo a rischio il futuro della monarchia."

L'espressione di Jennifer si fece illeggibile mentre lui muoveva la mano lungo la guancia della donna, per poi passarle le dita sui capelli. Quanti giorni e quante notti aveva sognato di farlo da quando si erano conosciuti?

Sorrise, poi disse: "Non potrò mai ringraziarla a sufficienza per avermi fatto capire che ho delle scelte nella vita. So che quel bacio a palazzo probabilmente l'ha turbata, soprattutto dopo il modo in cui lo ha presentato la stampa. Potrebbe persino costare credibilità a lei e alla sua organizzazione."

"Scuse accettate," disse la donna, il cui sguardo si spostò tuttavia su un punto alle sue spalle.

"Jennifer," disse lui, per poi accarezzarle delicatamente la guancia, aspettando che lei incrociasse il suo sguardo prima di riprendere la parola. "Non ho detto che mi dispiace. Forse mi dispiace per il luogo e per il tempismo. Ma nonostante il fatto che il fotografo ci ha colti alla sprovvista e nonostante la copertura mediatica, non riesco a pentirmi del bacio in sé. Se non l'avessi baciata, se non mi fossi preso il tempo di capire che dovevo farmi forza e scegliere da solo nella mia vita, non sarei mai venuto qui in Rasovo. Non avrei potuto aiutarla a liberare Josef, questa mattina, e non avrei potuto aiutare Pia a liberare lei. E soprattutto," aggiunse, battendosi sul petto con la mano libera, "non avrei conosciuto l'intensa soddisfazione che deriva dall'aiutare gli altri come fa lei. Tutto il lavoro che abbiamo fatto oggi… è molto importante per me. Non potrò mai ringraziarla abbastanza."

Jennifer si alzò, costringendolo a staccare la mano dalla guancia e frapponendo fra di loro una distanza che lui non voleva. "Prego, Vostra Altezza. Se ciò fa di voi un principe migliore, sono onorata di aver contribuito in misura minima."

"In misura minima? Non si rende conto—"

Jennifer si recò alla finestra della roulotte, interrompendolo a metà della frase con un sorriso gentile. "Me ne rendo conto. Più di quanto voi sappiate. Ma presto sorgerà il sole. Non riusciremo a dormire se non rubiamo qualche ora adesso. Che ne dite se vi mostro dove potete riposare indisturbato?"

La donna raggiunse la porta della roulotte e la aprì. Mentre gli lanciava un'occhiata, il suo volto non mostrava nulla che indicasse che avesse capito l'enormità di ciò che lui stava cercando di dirle. Antony si alzò in piedi, sbalordito. Cosa era successo? Lui era stato pronto a confessare il suo amore per lei, a dirle tutto ciò che lei significava per lui, ma all'improvviso Jennifer si era raffreddata. Antony l'aveva forse mal giudicata? Aveva attribuito troppa importanza al momento che avevano condiviso mentre la portava via dalle rovine dell'ospedale? Aveva frainteso gli sguardi rubati mentre la lasciava con Pia nella tenda della mensa, in modo che i medici le controllassero la testa? Avrebbe potuto giurare di aver percepito qualcosa passare fra loro, qualcosa di forte e di importante.

Non aveva mai dichiarato amore a una donna – era troppo rischioso per un uomo nella sua posizione – per cui, forse, aveva sbagliato qualcosa.

Si recò alla porta, poi permise al suo corpo di sfiorare quello di lei mentre usciva.

Jennifer non reagì minimamente.

Atteggiando il volto e controllando la postura come se stesse per incontrare dei dignitari a una cena di Stato, Antony gesticolò per indicarle di fargli strada. Non era mai stato respinto da una donna, anche se sapeva che ciò derivava più dal suo titolo che da altre ragioni. Tuttavia, l'orgoglio gli impediva di dimostrare quanto lo aveva colpito profondamente il rifiuto da parte di Jennifer.

Fuori dalle tende e vicino ai serbatoi dell'acqua erano appese luci sufficienti da far sì che avessero bisogno della torcia solo in pochi punti mentre lei lo indirizzava verso il fiume. Il ponte pedonale che collegava la mensa e l'ospedale alle due grandi tende residenziali sull'altra riva era intatto, anche se ora diversi macigni giacevano poco più a monte. Camminarono in silenzio, l'aria fra di loro colma di una tensione bizzarra. Quando Jennifer mise piede sul ponte e mosse la torcia in modo che lui non mettesse un piede in fallo, i loro sguardi si incrociarono brevemente. In quel momento, lui vide un mondo di dolore e di desiderio, come se Jennifer avesse trascorso l'intera camminata a riflettere su un argomento doloroso. Non appena Antony notò quella sofferenza, essa svanì, rimpiazzata dalla stoica determinazione di una volontaria con un lavoro da fare, e la donna lo precedette sul ponte.

"Da questa parte, Vostra Altezza."

Dunque, Antony *aveva* detto qualcosa di sbagliato nella roulotte. A dargli quella certezza era più dell'emozione che aveva colto in quello sguardo; capiva, dal linguaggio corporeo della donna, che ella era iper consapevole di lui. Si stava innamorando di lui proprio come lui si stava innamorando di lei.

"Jennifer. Si fermi, per favore." Le prese il braccio e la tirò in modo che si voltasse verso di lui. Lei lo fece, ma mantenne un'espressione attentamente impassibile.

"Sì?"

"Non va bene. Devo mollare la situazione."

Lei esitò, quindi un sorriso le illuminò il volto. Antony non aveva idea del perché.

"Cosa c'è?" chiese.

"Credo che intendeste 'chiarire la situazione,' Vostra Altezza.

'Mollare', a seconda del contesto, ha un significato molto diverso. 'Chiarire la situazione' significa discutere una situazione confusa in modo che sia meglio compresa."

Antony si accigliò, confuso. "Allora che significa–"

"Non volete saperlo." Il sorriso della donna si allargò e lei scosse la testa, liquidando l'argomento. "Diciamo che non è un'affermazione da principi."

"Va bene." Antony decise che avrebbe chiesto chiarimenti più tardi o avrebbe solo indagato per conto suo. Non sopportava quando utilizzava in maniera scorretta un'espressione in inglese. Alcune erano davvero bizzarre.

Esalò il fiato, quindi ritentò. "In tal caso, vorrei chiarire la situazione, se questo significa discutere quello che c'è stato fra di noi. E cosa vorrei che accadesse."

Il sorriso svanì. "Vostra Altezza, considerate le circostanze... insomma, vostro padre e la figlia della sua amica... non vedo cosa ci sia da discutere."

Ecco cosa aveva sbagliato. "Questo non ha nulla a che vedere con Francesca. E tutto a che vedere con noi due."

"Davvero, non c'è bisogno di spiegare. Mi rendo conto che una persona nella vostra posizione deve–"

"Fare scelte intelligenti che beneficino il mio Paese. Ma per essere il principe ereditario migliore possibile, devo fare delle scelte che beneficino la mia vita personale. E lei, Jennifer Allen, mi beneficia."

"Io–"

Prima che lei potesse discutere, Antony le mise le mani sulle spalle. Non poteva permettersi di perderla ora. "Non ci conosciamo da molto. Ma a volte, in determinate circostanze, vediamo subito una persona per quello che è e sappiamo che il tempo non la cambierà. Ho provato questo nei suoi confronti e per tutti i motivi giusti. Lei è intelligente, è gentile e ha una forza d'animo che posso solo sperare di emulare. La voglio nella mia vita. È lei la mia scelta. Lei, Jennifer. Non Francesca, Bianca o tutte le altre donne che mio padre mi ha spinto a frequentare. Spero solo che anch'io sarò la sua scelta, che magari, quando mi guarda, lei provi una frazione dell'affinità che provo io. Se così non fosse, capirò."

Antony la avvicinò a sé, ma non strinse la presa. Se Jennifer non era d'accordo, voleva che potesse allontanarsi.

Lei sospirò, come se stesse combattendo una battaglia interiore, poi Antony udì un leggero tonfo mentre lei posava la torcia sul corrimano piatto del ponte alle sue spalle.

Le mani della donna si posarono sulla sua vita. Lentamente, lei sollevò il viso. "Anch'io lo provo. Continuo a metterlo in discussione, ma credo che sia cominciato nel momento in cui vi ho sentito leggere a Josef."

"C'è voluto così tanto?"

"Può darsi che prima fossi accecata dal vostro aspetto."

"Anche quando non l'ho sentita presentarsi?"

"Anche allora."

Antony sorrise. Dunque, Jennifer lo ricambiava. Chiuse la distanza fra di loro per portare la bocca a quella di lei.

In pochi istanti, il bacio passò dalla delicatezza alla passione. Il campo taceva; Antony era consapevole solo della sensazione della bocca di lei che si apriva alla sua, poi della pressione delle mani di lei in fondo alla sua schiena.

Pensò che il suo corpo sarebbe scoppiato dalla voglia. La attirò a sé, bisognoso di sentire ogni curva del corpo di lei contro il proprio. Un mormorio di desiderio le sfuggì mentre le sue mani gli risalivano lungo la schiena.

Quella era la Jennifer che lui desiderava. Appassionata riguardo alla sua causa, appassionata riguardo alle persone a cui teneva e – soprattutto, appassionata riguardo a lui. Nei recessi della sua mente, Antony si rese conto che nessuna donna lo aveva mai baciato come stava facendo Jennifer in quel momento, senza secondi fini, senza alcun desiderio di fargli credere di essere qualcosa che non era.

Jennifer lo stava baciando perché voleva baciare *lui*, non perché voleva stare con un ricco principe.

Rimasero aggrappati l'uno all'altra per diversi minuti, appoggiandosi alla ringhiera mentre i loro baci si facevano più profondi. Antony cadde in ginocchio sul ponte di legno, trascinando Jennifer con sé, senza staccare la bocca da quella di lei. Sentiva il profumo del sapone che avevano condiviso davanti a un catino, il sapore del cioccolato del brownie, il calore della sua pelle. Inalò bruscamente quando le mani della donna scivolarono via dalla sua vita per stringergli timidamente il posteriore, premendo la parte inferiore del suo corpo contro quella di lei. Una scarica di dolce fuoco scorse rapida lungo la sua spina dorsale a quella sensazione, portandolo a uno stato caldo e pieno di eccitazione. Portò la bocca alla gola di Jennifer, gemendo contro di lei fra un bacio e l'altro.

Che gli venisse un colpo se non avrebbe voluto fare l'amore con lei proprio lì, su un ponte di legno, nel bel mezzo del campo. Il cuore gli pulsava nelle orecchie mentre le dita della donna cambiavano posizione. Jennifer si immobilizzò, tacque per un istante, quindi parlò vicino al suo orecchio.

"Antony–"

Quante notti lui aveva sognato di sentirla che lo chiamava con il nome di battesimo, invece che "Vostra Altezza?" Fantasticato che lei fondesse il proprio corpo al suo?

Le tracciò una linea lungo il collo, assaporando il gusto della sua pelle dolce e lentigginosa. Il fiato di Jennifer gli danzò sull'orecchio e il cuore di lei martellò contro quello di Antony. Per la prima volta in vita sua, lui seppe con certezza assoluta di aver trovato una donna che amava.

"Hai idea di quanto ti voglia?" si sentì dire mentre le baciava la base del collo.

"Antony," balbettò Jennifer, il fiato corto. "Dobbiamo fermarci."

"Nessuno ci vede," bisbigliò lui contro il suo collo, per poi tornare all'orecchio baciando e succhiando. "Non si muove foglia."

"Non è per quello." Jennifer gli passò le mani lungo la schiena, quindi gli elementi attorno al viso, costringendolo a fissarla negli occhi. "Io non voglio fermarmi. Ma dobbiamo."

Poi, Antony lo udì. Un rumore basso e ritmico che aveva scambiato per il cuore che gli pulsava nelle orecchie. Ma ora, ascoltando più attentamente, riconobbe il suono persistente di un elicottero. Avrebbe dovuto sapere che Emiliano sarebbe tornato alla prima opportunità per portare altre scorte e verificare che lui fosse sano e salvo.

Antony chiuse gli occhi per un istante e appoggiò la tempia a quella di Jennifer, assaporando la carezza delle dita di lei sulle guance. Esalò un lungo respiro, cercando di controllare il corpo e il battito del cuore, quindi incrociò ancora una volta lo sguardo della donna. "Hai ragione. Dobbiamo andare. Ma se non vuoi–"

"Antony–"

"Continueremo più tardi. Troverò un modo per rallentare Emiliano." Diede a Jennifer un rapido bacio di saluto, quindi fece leva sulla ringhiera per rialzarsi mentre le offriva la mano libera. L'immagine che crearono gli fece spuntare un sorriso birbante sul viso. Lui aveva la camicia fuori dai pantaloni, mentre quella di Jennifer le cadeva storta sulle spalle. I capelli della donna, parzialmente sfuggiti alla coda di cavallo, sembravano non essere stati spazzolati da una settimana.

Antony era contentissimo di essere l'artefice di quell'aspetto.

"Immagino che il lavoro debba avere la precedenza," disse Jennifer mentre si sistemava la camicia, per poi mettersi al lavoro sui capelli. Presto sarebbe sorto il sole e loro sarebbero stati visibili dalle tende vicine. Se l'alba e i versi degli uccelli non avessero svegliato il campo, ci avrebbe pensato il suono dell'elicottero. "Anche se non sembri certo pronto per il tuo consueto lavoro."

"No?"

"No. Decisamente no." Jennifer indicò i suoi pantaloni. Quando Antony seguì il suo sguardo, vide che aveva le ginocchia incrostate di fango.

"Beh. Dovrò parlare con il mio valletto." Le diede la torcia abbandonata, quindi indicò l'elicottero. "Dobbiamo sbrigarci, se vogliamo andare incontro a Emiliano all'elisuperficie. Atterrerà a breve."

Jennifer guardò l'elicottero in avvicinamento, quindi si incamminò verso la roulotte. Lui la seguì, con metà del cervello che ammirava di Jennifer da dietro e l'altra metà consapevole del fatto che il ritorno dell'elicottero reale significava che presto anche lui sarebbe dovuto tornare alla sua reale vita. Con un po' di fortuna, avrebbe trovato una spiegazione per suo padre prima che lui ed Emiliano facessero ritorno a San Rimini.

Jennifer entrò quanto bastava per recuperare le chiavi della Land Rover. Mentre guidavano fino all'elisuperficie, gli diede una confezione di tappi per le orecchie usa e getta.

"Qui non abbiamo protezioni di lusso," disse la donna, infilandosi i piccoli tappi di poliestere giallo nelle orecchie mentre guidava. Parcheggiò vicino alla manica a vento, quindi Antony la prese per un braccio per aiutarla a risalire un brusco pendio, in modo che potessero osservare l'elisuperficie per assicurarsi che fosse libera da rocce e altri detriti. Mentre l'elicottero faceva la sua ultima discesa, abbassarono la testa per proteggersi gli occhi dalla polvere sollevata dalle pale. Una volta che Emiliano fu atterrato, Antony sollevò la mano per salutare il pilota, poi si rese conto che l'elicottero aveva due passeggeri. Era impossibile confondere la sagoma che occupava il sedile accanto a quello del pilota, anche con il casco che gli oscurava il viso.

Jennifer gli lanciò un'occhiata, notando l'esitazione nel suo saluto. Al di sopra del rumore del motore dell'elicottero, chiese: "Cosa c'è?"

"Nulla. Sto aspettando il segnale di Emiliano. Ci saranno dei rifornimenti da scaricare."

Lo sguardo di Jennifer si spostò all'altro sedile. "Sembrerebbe che abbia portato un aiuto."

"Sembrerebbe," disse Antony, costringendosi a sorridere.

Aveva il sospetto che Emiliano fosse scontento quanto lui dell'aiuto in questione.

CAPITOLO 13

Jennifer si levò i capelli dagli occhi mentre aspettava assieme a Antony il segnale, da parte di Emiliano, che era sicuro attraversare l'elisuperficie. Il carico sarebbe stato una benedizione per il campo fino a quando il Progetto Soccorso ai Rifugiati e la Croce Rossa non sarebbero venuti a rifornirli, ma Jennifer trovava difficile concentrarsi su questioni pratiche in quel momento.

La sua mente aveva seguito il suo corpo, avvolgendosi stretta attorno a Antony.

Pia non l'aveva forse avvertita che, se lo avesse baciato di nuovo, avrebbe rischiato di perdere il cuore? Beh, lei aveva di certo messo alla prova quella teoria. Sfortunatamente, Pia ci aveva visto giusto. I momenti che avevano condiviso sul ponte erano più potenti, più intimi di qualunque altra cosa le avesse mai vissuto, ancora più profondi dell'ultima volta in cui aveva fatto l'amore. Di *qualunque* volta in cui aveva fatto l'amore.

Lanciò un'occhiata di sottecchi a Antony. Anche lui lo aveva vissuto: il nervosismo, la pregustazione, l'attrazione profondissima. Erano entrambi abbastanza vecchi da capire che quello era più di semplice desiderio; le loro emozioni erano pienamente coinvolte. Ma quando l'elicottero reale si era intromesso, l'uomo si era irrigidito. Aveva taciuto mentre attraversavano il campo e salivano a bordo della Land Rover, quindi aveva esitato sollevando la mano all'indirizzo degli occupanti dell'elicottero, come trasformandosi nel suo sé formale.

Era come aveva previsto Pia. In fin dei conti, Antony apparteneva a un mondo stratificato. Anche se lei aveva cominciato a vederlo come Antony invece che come il principe Antony, appartenevano ciascuno al suo mondo.

Jennifer usò la punta dello stivale per far rotolare un sasso dal bordo dell'elisuperficie. Una volta messo piede a palazzo, l'uomo si sarebbe reso conto che sarebbe stato meglio per tutti se fosse tornato ai suoi doveri, avesse sposato Francesca come desiderava suo padre e fosse rimasto una guida solida e affidabile per la sua gente.

Era così che andava il mondo, no? Lui aveva i suoi doveri e lei i propri. Se una potenziale relazione entrava in conflitto con quei doveri, doveva andarsene. Il bene di centinaia – o, nel caso di Antony, centinaia di migliaia – di persone dipendeva dal fatto che ciascuno di loro facesse il proprio lavoro.

Al segnale di Emiliano, Jennifer salì sull'elisuperficie dalla collina sassosa, ma sussultò per lo stupore quando Antony le prese il braccio, assicurandosi, con la sua presa ferma e costante, che lei non inciampasse. L'uomo non la guardò, ma le lasciò il braccio e la oltrepassò mentre attraversavano l'elisuperficie.

Il rotore rallentò e gli uomini a bordo dell'elicottero si slacciarono le cinture. Jennifer assunse la sua espressione migliore mentre andava a salutarli. Pur sapendo che Antony stava per andarsene, non aveva rimpianti. Per il resto della sua vita, avrebbe tenuto nel cuore l'incontro di quella mattina, sapendo cosa sarebbe potuto accadere. Non lo avrebbe mai creduto di un principe della sua reputazione, ma Antony ci teneva. Aveva la forza d'animo per superare i confini della sua posizione e concedersi ai bisognosi, persino al punto da mettere a rischio la propria incolumità, e lei era cresciuta dopo averlo conosciuto.

Trascorrere del tempo con Antony – apprendere che la sua vera motivazione era la premura per i suoi sudditi e per i bisognosi, piuttosto che un desiderio di tornaconto politici o di popolarità nella stampa – l'aveva spinta a chiedersi se avesse mal giudicato i potenti per tutta la vita. Quei preconcetti, forse, le avevano persino impedito di stabilire un rapporto con altri che tenevano genuinamente ai bisognosi e che avrebbero potuto aiutare. Era una mancanza di cui non si era resa conto.

Antony poteva anche andarsene, ma lei sarebbe stata migliore nel suo lavoro per averlo conosciuto. Nel frattempo, si rifiutava di lasciare che lui la vedesse soffrire. O che la vedesse il suo pilota. Avrebbe finito il lavoro e si sarebbe goduta quel poco tempo che restava a lei e a Antony, anche se non lo avrebbero trascorso da soli.

"Jennifer?" La voce calda e profonda di Antony penetrò nei suoi pensieri, facendole sobbalzare lo stomaco con la pronuncia pesantemente accentata del suo nome.

"Sì?"

"Forse non hai notato chi siede accanto a Emiliano."

Jennifer spostò l'attenzione sull'uomo sul sedile del passeggero mentre il portellone dell'elicottero si apriva e il pilota di Antony scendeva. Impiegò qualche istante a rendersi conto che l'abbigliamento dell'uomo era decisamente troppo formale per Haffali, quindi il cuore le balzò in gola.

"Re Eduardo?"

Non c'era da stupirsi che Antony avesse esitato quando aveva visto la cabina di pilotaggio. Tanti saluti al godersi il tempo rimasto a lei e a Antony.

"Devo lasciarvi soli? Magari–"

"No."

Jennifer serrò la bocca mentre Emiliano aiutava il re a scendere dall'elicottero. Persino dalla sua posizione alle spalle di Antony, capiva dalle sopracciglia contratte del re che l'uomo non era felice di trovarsi ad Haffali.

"Vieni con me."

Jennifer esitò di fronte alla proposta di Antony, ma lo seguì negli ultimi passi che lo separavano da suo padre accanto all'elicottero.

"Principe Antony." L'espressione del re si fece ancora più cupa mentre pronunciava il nome del figlio.

"Vostra Altezza." Il tono di Antony non lasciava minimamente intendere che fosse a conoscenza del malumore paterno. "Vorrei presentarvi la signorina Jennifer Allen. Dato che non avete avuto modo di partecipare alla cena per il Fondo Universitario Sanriminese, voi due non avete avuto la possibilità di conoscervi."

Jennifer si rese conto che il tono deferenziale di Antony non era soltanto questione di protocollo: il principe stava cercando di placare le acque con suo padre. Antony proseguì. "Come sapete, il discorso della signorina Allen durante la cena è stato fondamentale per raccogliere una considerevole somma a sostegno degli studenti universitari di San Rimini. Inoltre, esso permetterà a loro di fare volontariato per una selezione di degne organizzazioni."

Il re tese la mano. "Signorina Allen, è un piacere conoscerla."

Jennifer non sapeva esattamente come comportarsi, per cui chinò la testa mentre stringeva la mano del re. Percepì che un'interiorità tranquilla e controllata si nascondeva sotto espressione severa di re Eduardo. Il suo ricco completo color antracite, la camicia color panna e la cravatta costosa gli davano la stessa aria di sicurezza che lei aveva notato in Antony quando si erano conosciuti. Il monarca aveva il fisico di un uomo molto più giovane e, sebbene vi fossero delle pagliuzze grigie nei suoi capelli, egli non era stempiato come la maggior parte degli uomini di mezza età. Le piccole rughe attorno ai suoi occhi lo facevano sembrare distinto e saggio, piuttosto che anziano.

Jennifer pensò che, nel giro di una ventina d'anni, Antony avrebbe avuto un aspetto molto simile al quello del padre.

"È un onore conoscervi, Vostra Altezza," riuscì a dire Jennifer. "Il principe Antony ha fatto molto per i rasovari. Siamo felicissimi che abbia potuto portare personalmente dei rifornimenti durante la crisi e che voi stiate facendo lo stesso. Non avete idea di quanto la vostra presenza solleverà il morale dei rifugiati. Grazie."

Il re sollevò la mano. "Di nulla, ma temo che abbia frainteso, signorina Allen. È un piacere sapere che mio figlio è stato d'aiuto, ma sfortunatamente non possiamo trattenerci. Lui ha un impegno urgente questa sera a palazzo. Dopo che avremo scaricato questi rifornimenti, dobbiamo tornare a San Rimini."

"Mi dispiace." Jennifer si costrinse a tenere la testa alta, nonostante l'atteggiamento del monarca. Antony poteva anche essere in disordine e lei poteva anche finalmente sentirsi a proprio agio con lui, ma la presenza imponente del sovrano sottolineava il concetto che lei non era alla sua altezza.

Antony posò una mano sulla schiena del padre, sospingendolo in avanti. "Mi sembrate stanco dal volo, padre. Forse è necessaria una puntatina alla mensa per un caffè. Ci vorrà del tempo per scaricare, per cui tanto vale che vediate il campo e vi godiate una tazza di caffè prima di tornare a casa."

Il re guardò Emiliano, che confermò la necessità di un certo tempo.

"Unisciti a noi, Jennifer. Possiamo sederci sul retro," disse Antony, lanciandole un'occhiata che diceva che quello non era un invito. Lui si aspettava che lei venisse e che si sedesse nella piccola stanza in fondo alla tenda che avrebbe dato loro un po' di riservatezza. Perché, dopo il cortese ma fermo tentativo del padre di strapparle il figlio, lei non lo sapeva. Incoraggiandola a unirsi a loro e tenendo a bada le domande di suo padre, probabilmente Antony si stava scavando una fossa ancora più profonda.

"Certo. Troverò qualche volontario che trasporti i rifornimenti, nel frattempo."

Venti minuti dopo, Jennifer aveva mostrato a re Eduardo tutto l'accampamento che sospettava lui volesse vedere. Il monarca non sembrava contrario al sostegno, da parte di Antony, al Progetto Soccorso ai Rifugiati, ma a giudicare dalle sue risposte secche mentre attraversava il campo che cominciava a svegliarsi, era palese che il re avrebbe preferito che suo figlio fosse un po' meno coinvolto.

Probabilmente per via dell'"impegno urgente" di Antony, che doveva avere qualcosa a che fare con il futuro fidanzamento del principe.

Jennifer si avvicinò a un piccolo scaffale e prese la tazza meno brutta che riuscì a trovare per riempirla di caffè per il re. Mentre lo faceva, si sentì addosso lo sguardo del vecchio che la osservava. Si chiese se il re avesse notato che i suoi vestiti erano macchiati di terra e di erba proprio come quelli di Antony. Se così era, non c'era da stupirsi che non sembrasse averla presa in simpatia.

La cosa più importante, per il sovrano, era porre il figlio sul trono con una regina adeguata al suo fianco. Era chiaro che riteneva fosse ormai giunto il momento che Antony si sistemasse. Un'americana che scavava latrine e assegnava alloggi per guadagnarsi da vivere non corrispondeva ai requisiti. Il fatto che Antony era volato fino a un territorio pericoloso per aiutarla non contribuiva alla sua causa.

Jennifer riempì la tazza del re da una grossa latta, quindi tornò al lungo tavolo di legno dove Eduardo sedeva di fronte a Antony, che si era già versato una tazza di acqua.

"Chiedo scusa per la qualità del caffè, Vostra Altezza." Jennifer si allungò sul tavolo, posando la tazza di latta di fronte al re. "E temo che non abbiamo porcellana a disposizione, al momento. Questo è il meglio che abbiamo."

Si offrì di andare a prendere il latte e lo zucchero, ma il re rifiutò. "È già tanto avere del caffè. La ringrazio per la gentilezza e per il giro del campo." Eduardo accennò con il capo alla zona principale della mensa, dove i rifugiati si stavano mettendo in coda per il caffè. "Ospitate più profughi di quanti pensassi. Spero che i negoziati imminenti saranno fruttuosi. Immagino che i vostri residenti non desiderino altro che tornare alle loro case e ricostruire ciò che avevano prima dell'inizio dei combattimenti."

"Lo spero anch'io."

Il re si rivolse a Antony. "Quanto credi che ci vorrà per scaricare i rifornimenti? Per quanto io apprezzi il caffè e la guida della signorina Allen, abbiamo degli impegni."

Antony inarcò un sopracciglio interrogativo all'indirizzo di Jennifer.

"Credo una mezz'ora, Vostra Altezza," rispose lei, sentendosi improvvisamente di troppo, nonostante gli sforzi del re di comportarsi in maniera cortese. "Gradite che faccia un salto all'elisuperficie per verificare i progressi?"

"Grazie, signorina Allen. Lo apprezzerei."

"No, Jennifer." Antony si alzò. "Preferirei che tu rimanessi."

Il re aggrottò la fronte. Lanciò un'occhiata divertimento a Antony, quindi infilò una mano nella tasca interna della giacca e ne estrasse qualcosa di piccolo e nero. Qualunque cosa fosse, Antony la riconobbe immediatamente. La sua schiena si irrigidì e un muscolo balzò lungo la sua mascella.

"Sfortunatamente, signorina Allen, questa è una faccenda di Stato. Potrebbe informarci quando Emiliano sarà pronto a decollare per San Rimini?"

Jennifer annuì al re, quindi fece per uscire indietreggiando dalla stanza, diretta verso la sezione principale della tenda. Non si trattava davvero di una faccenda di Stato – non era così stupida – ma non aveva intenzione di mettersi in mezzo a una discussione fra padre e figlio. Soprattutto se il padre e il figlio erano quei due.

"Jennifer, *resta*." La voce di Antony trasudava un'autorità che Jennifer aveva creduto fosse propria solo di coloro che già sedevano sul trono. "Sarà anche una faccenda di Stato, ma ti riguarda personalmente."

"Principe Antony, sarò felice di–"

Il re si incupì in viso. "Forse dovrebbe restare davvero, signorina Allen. Le sarà utile ascoltare di persona. Tuttavia, confido che non riferirà a terzi questa discussione, in particolare alla stampa. Essa dovrà rimanere in questa tenda. È chiaro?"

Jennifer si incamminò verso il tavolo, improvvisamente furiosa che il re pensasse una cosa del genere. "Dopo il modo in cui la stampa mi ha trattato la settimana scorsa? Io ho un'etica diversa, Vostra Altezza."

Il re spalancò leggermente gli occhi e Jennifer si costrinse a tenere sotto controllo la rabbia. "Chiedo scusa, Vostra Altezza. Se Antony insiste, rimarrò. Ma dovete capire che non ho alcun desiderio di essere qui se si tratta di una faccenda privata e ancor meno di condividere la vostra discussione con i giornalisti. Non parlerei mai con loro della vostra famiglia. Ho troppo rispetto per Antony. E francamente, non desidero fare nulla che possa danneggiare questo campo o i suoi residenti."

Re Eduardo la osservò per un istante, quindi annuì e gesticolò verso uno spazio vuoto sulla panca di fronte a sé prima di fare lo stesso gesto a Antony. Jennifer li osservò entrambi per un momento, arrivò alla conclusione che si era fatta capire e si sedette in silenzio, giungendo le mani in grembo sotto il tavolo.

Antony fissò il padre, inviandogli un messaggio silenzioso che Jennifer non capì, quindi scivolò accanto a lei.

Il re trasse un lungo respiro, quindi avvolse entrambe le mani attorno alla tazza di caffè. Con voce ferma, ma bassa, che non avrebbe raggiunto altri che loro tre nel caso qualcuno fosse dall'altra parte della porta, disse: "Ciò che voi non sapete, signorina Allen, è che per motivi legati alla mia salute, c'è la possibilità che io non rimanga ancora a lungo sul trono. Per tale ragione, è urgente che mio figlio sposi una donna adeguata nel futuro immediato. Ho provato, senza successo, a presentargli donne adatte."

"Il che ha avuto come unico risultato di procurarmi una reputazione indesiderata e immeritata," borbottò sottovoce Antony, con voce a malapena abbastanza alta per farsi udire da Jennifer.

Il re non udì il commento, oppure scelse di ignorarlo. Invece, la sua attenzione rimase su Jennifer. Lei non lo aveva mai visto di persona e l'esperienza le parve surreale. Ma ora che aveva avuto la possibilità di osservarlo, si rese conto che sembrava più asciutto rispetto a quando lo aveva visto in televisione. Inoltre, non aveva partecipato alla cena.

Quale che fosse il suo male, aveva tenuto bene il segreto.

"La mia condizione diverrà presto di pubblico dominio," disse il re, come se le avesse letto nel pensiero. "Essa creerà preoccupazione e ciò non è mai un bene quando si vuole mantenere l'economia stabile e la fiducia nel governo. Per tale ragione, ho chiesto al principe Antony di sposarsi entro la fine dell'anno."

Eduardo lanciò un'occhiata a Antony, quindi tornò a guardare Jennifer. Lei avrebbe potuto giurare che le sue spalle si fossero curvate un poco. "Antony è il futuro di San Rimini, ma solo se si sposerà e avrà dei figli. È per questo che le fotografie scattate dopo la cena sono state particolarmente sgradite. Sapevo che avrebbero dato l'impressione che Antony non fosse pronto al matrimonio ed è per questo che ho ordinato a membri del personale di palazzo di riferire ai giornalisti che Antony non si è prestato volontariamente."

"Cosa?" esclamarono all'unisono Antony e Jennifer.

Il re sollevò una mano aperta. "Mi rendo conto che ciò non era né veritiero né lusinghiero nei suoi confronti, signorina Allen, e me ne scuso. Tuttavia, in quel momento, dovevo proteggere la mia famiglia. Sapevo che quelle foto sarebbero state pubblicate nel giro di poche ore, se non minuti, dopo la partenza del fotografo. Avevo già contattato una mia cara amica nella speranza di combinare un matrimonio fra Antony e sua figlia. Sebbene non sapessi se tali discussioni avrebbero dato o meno frutto, non potevo permettere che vacillassero prima ancora di verificarsi."

Jennifer chiuse le mani a pugno sotto il tavolo. "Vostra Altezza, non solo mi avete fatto fare una brutta figura, ma avete seriamente ostacolato la mia possibilità di trovare volontari. Le persone potrebbero esitare a donare alla nuova borsa di studio di Antony, se ritenessero che io sia legata al programma. Anche se ciò non fosse un problema, i beneficiari potrebbero esitare a fare volontariato qui. Molto probabilmente, sceglierebbero un'altra organizzazione."

"Col senno di poi, me ne rendo conto. E ancora una volta, mi scuso. Una volta che la monarchia sarà più stabile, incoraggerò personalmente i sanriminesi a contribuire alla borsa di studio e direttamente alla vostra causa. Sono venuto qui questa mattina perché vorrei che la monarchia acquisisse quella stabilità il prima possibile."

Eduardo spinse la scatoletta che aveva tirato fuori dalla tasca verso Antony. Antony la aprì lentamente, a rivelare una delicata fascia d'oro incrostata di gemme.

"L'anello di mia madre," mormorò, anche se era palese che sapeva già cosa conteneva la scatoletta.

"Lei era orgogliosa di indossarlo." Mentre Eduardo prendeva l'anello, Jennifer udì la malinconia filtrare nella sua voce. "Tu sai quanto la amavo e quanto vorrei che fosse ancora viva per poterlo indossare. Ciononostante, quando è venuta a mancare, era felice di sapere che sarebbe passato a te, per tua moglie."

Il re si schiarì la voce, che divenne ancora una volta forte e sicura. "Questa sera, Francesca e sua madre verranno a palazzo per cena. In origine, avevano progettato di venire ieri sera, ma quando mi sono reso conto che tu saresti venuto qui, ho inventato una scusa. Non posso rifarlo. Tu le offrirai questo anello e le chiederai di diventare tua moglie. Posticiperemo l'annuncio fino a quando non sarà trascorso un periodo adeguato e la stampa vi avrà visti insieme, ma è tutto organizzato."

Spostò lo sguardo su Jennifer. "Mi dispiace, signorina Allen. Non dubito che voi siate una donna di carattere e credo che vogliate bene a mio figlio. Ma Francesca è la sposa adeguata per un principe ereditario e il mio Paese ha bisogno di una regina e di un erede il prima possibile, considerato il mio stato di salute. È così che deve essere."

Le viscere di Jennifer si contrassero e lei ebbe la certezza che il suo cuore si sarebbe spezzato. Ma re Eduardo non le aveva detto nulla che lei già non sapesse nel profondo di sé.

La porta della stanza si spalancò, sconcertandoli tutti e tre. Pia disse: "Ehi, Jennifer, il principe Antony è qui con te? C'è–"

Si immobilizzò, spalancando gli occhi alla vista di re Eduardo che teneva in mano una tazza di latta ed era seduto di fronte a Jennifer. Pia riverì all'istante, anche se la cosa ebbe un aspetto strano, considerato che indossava gli abiti da lavoro. "Vostra Altezza. Chiedo perdono per l'interruzione. Il pilota del principe Antony mi ha chiesto di informarlo che l'elicottero è pronto."

"Grazie," rispose il re. Pia lanciò un'occhiata a Jennifer e le mandò dei segnali con gli occhi, come per chiederle *Cosa diamine sta succedendo?* prima di uscire dalla porta.

Re Eduardo la guardò andarsene, poi disse: "Mi pare che sia sanriminese. Lo deduco dall'accento. È la cugina del visconte Renati?"

"Sì," disse Jennifer.

"Ah. Avevo sentito che il visconte aveva una cugina che lavorava qui. Sono diversi nella carnagione, ma i loro volti si assomigliano molto." Eduardo fece una pausa, bevve un sorso di caffè e sorrise a Jennifer. "Signorina Allen, la ringrazio di nuovo per la visita e per l'ospitalità. Mi rendo conto di avervi messa in una situazione che non avete scelto. Tuttavia, una volta che il fidanzamento di mio figlio sarà stato annunciato formalmente, farò del mio meglio per farmi perdonare. Mi assicurerò che il principe Antony abbia a disposizione tutte le risorse necessarie a promuovere il Fondo Universitario Sanriminese e incoraggerò personalmente i miei amici a sostenerlo."

Il re si alzò, si lisciò il completo color antracite e rivolse un cenno a Antony. "Andiamo? Mancano solo poche ore all'arrivo della contessa Benedetta e di sua figlia e ci sono dei preparativi da fare."

"Non ancora." Senza alzarsi, Antony chiuse di scatto la scatolina, quindi se la rotolò fra le mani. Sollevò lo sguardo su suo padre e Jennifer vide la sua mascella contrarsi per un momento. "Ho seguito il vostro volere per tutta la vita. Ma per una volta – solo questa volta – vi chiedo di ascoltare prima il mio parere. Comprendo pienamente che è mio dovere sposare una persona che un giorno possa diventare regina e tutto ciò che ne consegue. È molto da chiedere a chiunque. So che Francesca è in grado di ricoprire tale ruolo. E comprendo la vostra urgenza di vedermi sposato. Tuttavia, credo che vi sia una soluzione migliore al problema."

Il re scosse la testa. "Non esiste altra soluzione. Il Paese ha bisogno di una linea di successione stabile, il che significa che devi sposarti."

Antony proseguì imperterrito. "Non è vero. Lo avete detto voi stesso: avreste preso in considerazione la possibilità di permettere a Federico di ascendere al trono se non mi fossi sposato entro un anno."

"Come–"

"Per favore, lasciatemi finire. Fatelo come favore a Jennifer, se non altro. Glielo dovete, dopo le dichiarazioni che avete fatto alla stampa."

"La signorina Allen non ha nulla a che vedere con tutto questo."

Jennifer guardò Antony e vide nei suoi occhi ciò che stava

per fare. Il suo stomaco sobbalzò tanto per l'attesa quanto per l'orrore. Per quanto volesse, non poteva permetterlo.

"Antony, re Eduardo ha ragione," disse, stupendo se stessa con la fermezza della sua voce. "Sposa Francesca. Almeno conoscila e pensaci su. È ciò che è meglio per il tuo Paese e, in ultima analisi, il bene del tuo Paese ti renderà felice. Lo sai."

Imperturbato, Antony si chinò e le posò una mano sulla guancia. "Esattamente. E questo è il motivo per cui desidero sposare te."

Jennifer rimase a bocca aperta. D'accordo... quello non era esattamente ciò che si era aspettata.

Antony voleva sposare *lei*? Com'era possibile?

Non poteva sposarla, per quanto forte fosse l'attrazione fra di loro.

Suo padre, per non parlare dei suoi sudditi, avrebbero respinto l'idea. E poi c'erano Francesca e quella faccenda del trono a Federico. Doveva essere stata una conversazione intensa e Jennifer non credeva proprio che fosse stata presa alla leggera.

No. Era decisamente impossibile. Anche se lei ed Antony avessero deciso di volere entrambi il matrimonio, l'eventuale disprezzo dei sanriminesi nei confronti di Jennifer avrebbe influenzato profondamente il suo lavoro. Non avrebbe più avuto alcuna speranza di trovare volontari sufficienti a mantenere attivo il campo. Per quanto amasse Antony, per quanto sognasse di trascorrere il resto della sua vita con lui, non poteva fare del male alle persone che era arrivata a conoscere, ad amare – e soprattutto, a proteggere – in Rasovo.

Antony la guardò ed era impossibile non notare il misto di speranza e amore nei suoi occhi. "Avrei già potuto conoscere e sposare più di una dozzina di donne, Jennifer. Ho frequentato donne gentili, intelligenti, che mi facevano ridere, e alcune... meno gentili, ma comunque adatte a me sulla carta. Ma ciò non significa che qualcuna di loro fosse quella giusta per me. Credo che tu lo sia." Un lato della sua bocca si sollevò in un sorriso. "Mia madre, la regina Aletta, mi disse una volta che capì di amare mio padre nel momento in cui lo conobbe. Beh, so che era sincera. E lo stesso vale per mio padre. Perché lui ha provato la stessa cosa nel momento in cui ha conosciuto Aletta Masciaretti. Potrei raccontarti storie su dozzine di gesti unici e romantici che lui fece per lei, perché la amava profondamente."

"Antony, basta." Re Eduardo era paonazzo.

Antony si alzò di scatto. "Per favore, padre. Ascoltatemi. Credo che Jennifer sarebbe una scelta molto migliore di Francesca, tanto per il mio benessere personale quanto per il futuro di San Rimini."

"Antony." Jennifer gli mise una mano sul braccio. "Noi non potremmo mai sposarci. Non funzionerebbe."

Lui la guardò, immobilizzandola con il suo sguardo intenso. "Tu mi ami, Jennifer?"

Jennifer deglutì. Non poteva mentirgli, nemmeno a fin di bene. Lui se ne sarebbe accorto. Chiuse gli occhi per un attimo, quindi incrociò il suo sguardo. "Sì."

Un sorriso sbocciò sul volto di Antony.

"Ma–"

"Allora devi ascoltarmi anche tu."

Antony afferrò la scatolina di velluto dal tavolo. "Cosa sai di questo anello? Della sua storia?"

Lei esitò. "Nulla, temo."

Il re incrociò le braccia, apparentemente venuto a patti col fatto che avrebbe dovuto ascoltare suo figlio se voleva concludere la discussione e raggiungere l'elicottero.

"Appartiene alla mia famiglia da generazioni. Per via della sua storia, tutte le regine diTalora lo hanno indossato come simbolo d'amore per il loro Paese." Antony accarezzò con il pollice il coperchio della scatolina. "Circa settecento anni fa, re Bonifacio Amedeo, un mio antenato, acquistò diamanti e rubini da mercanti stranieri e li fece incastonare in un anello d'oro. Lo aveva disegnato per una donna greca di nome Danae, che aveva conosciuto per caso durante una visita a un ricco proprietario terriero della Tessaglia. Alcune storie sostengono che quella donna lavorasse nella cucina del proprietario terriero, altri che fosse sua figlia. Quello che è certo è che molti sanriminesi non la amavano. Credevano che il re fosse rimasto incantato dalla sua bellezza e che avesse deciso troppo in fretta di sposarla. Danae parlava poco la nostra lingua e non comprendeva le usanze di San Rimini, e la gente credeva che non provasse alcuna fedeltà nei loro confronti e che avesse sedotto il re perché desiderava ricchezza e potere."

Antony aprì la scatolina e tirò fuori la sottile fascia d'oro, poi la rigirò sotto la luce per mostrare le minuscole gemme che la circondavano. "Pietre come queste erano rare, all'epoca, per cui l'anello era considerato inestimabile. Divenne la cosa preferita dalla regina Danae. Lei lo indossava costantemente. Quando una carestia colpì la nazione, la regina Danae inviò una delegazione qui, in quello che ora è il Rasovo, senza consultare il marito. Diede l'anello a un principe in cambio di derrate alimentari. Pur essendo straniera, amava il popolo di San Rimini al punto da offrire il suo prezioso anello per sfamarlo. È ricordata con affetto per le sue azioni altruiste. Persino ora, ogni tanto, qualcuno lascia dei fiori nel Duomo accanto alla sua targa. Suo nipote riacquistò l'anello dal Rasovo dopo la sua morte e lo diede alla propria sposa, dichiarando che nessun altro simbolo poteva rappresentare meglio l'amore della famiglia diTalora per i suoi membri o per il popolo che permetteva loro di regnare. È per questo che da allora è stato indossato da tutte le regine diTalora."

Antony sollevò l'anello e fissò suo padre. "Una regina diTalora dovrebbe possedere le stesse qualità della regina Danae. Dovrebbe essere altruista, anteponendo il bene degli altri ai propri sogni di ricchezze o privilegi. Molte delle donne che voi avete scelto per me avevano il lignaggio adatto a essere regine. Forse erano persino gentili e altruiste. Ma nessuna di loro è paragonabile a Jennifer. Nessuna smuove il mio cuore come fa lei. Come forse ricorderete, la regina Danae non veniva da una famiglia blasonata. Semplicemente, aveva lo spirito di una regina. E tuttavia, è la regina più riverita della nostra nazione." Poi, fece un sorriso sardonico. "Con la possibile eccezione della regina Aletta."

"Figlio mio," disse il re, sospirando lentamente. "Viviamo in un'epoca diversa. Il popolo di San Rimini è molto legato alla tradizione. Per diverse generazioni ha voluto una regina con sangue aristocratico."

"E all'epoca di re Bonifacio Amedeo, i matrimoni si facevano per amore, per ricchezza e per la terra. Sposare la regina Danae non gli diede nulla del genere. Al massimo l'amicizia del popolo greco." Antony si rivolse a Jennifer e lei avrebbe potuto giurare di vedere tracce di lacrime nei suoi occhi. "Jennifer, io ti amo come non ho mai amato nessun'altra donna e nel profondo della mia anima so che ti amerò domani e l'anno prossimo e fra un decennio o cinque. Tu mi hai visto come ho sempre voluto essere visto, per la persona che sono, invece che per la persona per cui mi rappresentano i tabloid." Fece una breve pausa, come se faticasse a trovare le parole. "Inoltre, mi hai mostrato cosa significa tenere alle persone. E ora io posso tenere di più a loro. Ciò fa di me un principe migliore, ma soprattutto, fa di me un essere umano migliore. Non mi sono mai sentito così... così *pieno* come nelle ore che ho trascorso con te. Anche se ciò significherà che non salirò mai al trono, voglio sposarti. Sarei vuoto senza di te."

Le premette l'anello nella mano e lo tenne lì, per poi inginocchiarsi di fronte a lei. "Jennifer, vuoi diventare mia moglie?"

"Antony…" Jennifer non riuscì a finire. Fissò le loro mani, sentendo l'anello stretto fra di esse, consapevole dell'enormità di ciò che lui le chiedeva. Attraversando mentalmente la surreale esperienza di vederlo in ginocchio sul pavimento della mensa.

Se qualcuno le avesse detto che avrebbe voluto sposare una persona che conosceva da poco, lei avrebbe creduto che fosse pazzo. Se qualcuno le avesse detto che un principe le avrebbe chiesto di sposarlo, lei avrebbe a malapena andato retta all'autore di quell'affermazione assurda. Ma nei recessi più privati della sua anima, lei sapeva. Sapeva di poter trascorrere la vita con il principe Antony diTalora ed essere molto, molto felice. I suoi genitori avevano sempre descritto la vita come un viaggio: una persona si muoveva da un posto all'altro, da un'esperienza all'altra nel corso degli anni, ed era opportuno che assorbisse tutto ciò che trovava lungo la strada.

Lei voleva condividere il resto del viaggio della sua vita con Antony.

Ma non sarebbe stato giusto.

"Signorina Allen," disse la voce del re, penetrando nei suoi pensieri. "Voi sposereste mio figlio anche se ciò significasse per lui rinunciare al trono?"

Jennifer scacciò le emozioni che minacciavano di sopraffarla, quindi strinse la mano di Antony. "No. Cioè sì. Ma non voglio – non posso – chiedergli una cosa del genere."

Si costrinse a incrociare lo sguardo di Antony, nonostante la paura che lui le vedesse dritto nel cuore. "Il popolo di San Rimini ti adora. Vuole che tu sia il suo prossimo re. Non Federico o qualcun altro. Spero che ci vorranno ancora molti anni, ma quando verrà il momento, so che sarai un re meraviglioso. Non posso…" Prese fiato per non tirare su col naso mentre le lacrime le bruciavano negli occhi e le sue narici si facevano pesanti. "Non posso frappormi. Non mi sentirei a mio agio."

Lanciò un'occhiata a re Eduardo. "So che, quando Antony ha

frequentato quell'attrice americana, lei è stata massacrata dalla stampa e sui social media. Mi conosco abbastanza bene da sapere che ciò mi turberebbe, ma riuscirei a sopportarlo. Troverei un modo per ignorarlo. Ciononostante, non è giusto che Antony soffra. E nemmeno che soffra la gente di questo campo. Dopotutto, sarebbero loro a patire di più se la mia reputazione venisse massacrata pubblicamente."

Jennifer si morse il labbro, sapendo che stava gettando la felicità al vento, ma sapendo anche che ciò andava fatto, per molte ragioni. Tornò a guardare Antony e odiò ciò che vide nella sua espressione. "Mi dispiace tanto, Antony. Ma proprio come il tuo popolo fa affidamento su di te perché tu ricopra un determinato ruolo, la gente di questo campo fa affidamento su di me perché io curi i loro interessi. Gliel'ho promesso e il mio dovere nei loro confronti non è meno importante del tuo nei confronti del tuo popolo."

Ecco fatto. Lo aveva buttato fuori.

Trasse un respiro profondo e staccò le mani da quelle di Antony, lasciando il piccolo e bellissimo anello nel palmo della sua mano aperta. "Per quanto io ti ami e per quanto sia onorata e commossa dalla tua proposta, non voglio sposarti."

Incapace di continuare a guardare Antony negli occhi, Jennifer si alzò, si voltò e si incamminò verso la porta.

ANTONY SI SPOSTÒ SULLA PANCA, frastornato, col petto che martellava e la testa che girava come se fosse appena sopravvissuto a una caduta di trenta metri da una scogliera.

Jennifer ha detto di no.

Lui dubitava che avrebbe regnato su San Rimini nel futuro prossimo, nonostante suo padre sembrasse temere il peggio, ma non sopportava il pensiero di vivere alla Rocca di Zaffiro senza avere Jennifer accanto. A causa sua, sapeva com'era avere qualcuno che lo vedeva per quello che era, piuttosto che come il costrutto fittizio della stampa o di Internet, o come un bersaglio della loro avidità. Aveva scoperto quanto era gratificante avere accanto una partner di cui rispettava l'opinione, che lo trattava come un pari e che lo amava.

Perché Jennifer lo amava.

Il pensiero gli provocava un dolore fisico.

Quando Jennifer si allungò verso la sottile porta di legno che conduceva alla zona principale della mensa, Antony cercò di trovare le parole che l'avrebbero riportata indietro. Non avrebbe mai potuto – mai voluto – sposare un'altra.

"Signorina Allen."

Lui e Jennifer si immobilizzarono. Antony aveva quasi dimenticato la presenza di suo padre, da tanto si era concentrato su Jennifer.

Lentamente, Jennifer si voltò. Era arrossita e aveva la bocca serrata, come se così facendo potesse contenere le emozioni. Dopo aver preso fiato, disse: "Vostra Altezza?"

"La prego di tornare al tavolo. Non l'ho congedata."

Jennifer sporse bruscamente il mento. "Perdonatemi, ma non sono uno dei vostri sudditi."

"È proprio di questo che vorrei discutere. Per favore, si sieda." Antony guardò sconvolto suo padre, solo per vedere il re indicare con un gesto la panca sui cui Jennifer era seduta fino a un attimo prima.

Jennifer fissò il padre di Antony e lui percepì un cambiamento quasi impalpabile nell'atteggiamento del re nei confronti della donna.

"Per favore, Jennifer," chiese il re.

Lentamente, lei si avvicinò il tavolo, per poi guardare il re senza prendere posto. "Vi ascolto."

Re Eduardo si schiarì la voce. "Ho trascorso tutta la vita sospettando degli altri. Ovunque io vada, c'è qualcuno che vuole qualcosa da me. Favori. Incarichi. Potere. È spesso difficile sapere di chi fidarsi e più di una volta ho pagato il prezzo per aver dato fiducia alle persone sbagliate."

Il suo sguardo corse all'anello nella mano di Antony. "Nel corso degli anni, ho sviluppato un buon istinto per quando correre un rischio e quando affidarmi alla prudenza. Il motivo per cui il popolo di San Rimini non approvava quell'attrice americana era perché *io* non la approvavo. A lei non importava nulla di San Rimini, solo del giovamento che avrebbe tratto la sua carriera se fosse stata vista in compagnia di mio figlio. Il fatto che fosse americana non c'entrava nulla."

Il re osservò Jennifer per un lungo, dolorosissimo momento. Al di là della porta, Antony udì lo sferragliare dei vassoi sui tavoli e le voci degli abitanti del campo mentre facevano colazione e discutevano dei piani per la giornata, ma sebbene ogni tanto un rumore di passi si udisse nelle vicinanze, nessuno entrò nella minuscola stanza sul retro della mensa.

"Preferirei che mio figlio sposasse una persona di San Rimini, una persona che ami naturalmente il nostro Paese," proseguì Eduardo. "D'altra parte, voi avete dimostrato la vostra dedizione invitando Antony a considerare di sposare Francesca, se questo è ciò che vuole il popolo di San Rimini. Conoscete il dovere e l'impegno. E avete dimostrato lo stesso altruismo che io amavo e ammiravo in mia moglie Aletta, dando tanto di voi alla gente di questo campo. Persone che non sono vostre connazionali e dalle quali non vi aspettate nulla in cambio."

Antony capì cosa intendeva dire suo padre, ma non riuscì del tutto a convincersi. Una volta quell'uomo prendeva una decisione, era raro che cambiasse idea. "Cosa volete dire di preciso?"

"Voglio dire che se Jennifer desidera sposarti, io la sosterrò, tanto in pubblico quanto in privato. Se dovessi udire anche solo un sussurro da qualunque membro del parlamento o della Commissione Successioni riguardo alla possibilità che Federico prenda il tuo posto, metterò in chiaro il mio parere."

Il re guardò Jennifer, facendole ancora una volta cenno di

sedersi. Questa volta, lei lo fece. Antony si affrettò ad afferrarle la mano sotto il tavolo e fu rassicurato da una sua rapida occhiata, anche se Jennifer non intrecciò le dita alle sue.

Eduardo sorrise, ma era un sorriso di rammarico. "Dovete capire entrambi che negli ultimi tempi sono stato sottoposto a uno stress molto intenso. Ho visto mio padre morire prematuramente. Come potete immaginare, il lutto personale è stato profondo, ma è stato anche molto impegnativo, come principe ereditario, orientarmi fra le conseguenze dell'improvvisa morte di un monarca."

Rivolto a Jennifer, disse: "Che mi piaccia o meno, la realtà è che potrei non sopravvivere a questo male. Soffro della stessa condizione cardiaca che affliggeva mio padre. Sebbene io abbia fatto tutto il possibile per nutrirmi adeguatamente e per mantenere la forma fisica in modo da mitigare eventuali complicazioni, la chirurgia è sempre rischiosa. Voglio che Antony sia nella posizione più forte possibile, nel caso dovesse accadere il peggio. Questa discussione," disse, gesticolando a indicare la stanzetta, "mi ha reso chiaro che Antony non sarà mai a suo agio con nessun altro al suo fianco, quali che siano le qualità di quella persona. Sarà più felice con lei. Stando a quanto ho visto questa mattina, sono certo che non solo lo renderà personalmente felice, ma farà di lui un re migliore."

"Vi ringrazio Vostra Altezza," disse Jennifer, anche se la sua voce era tremolante. Per una frazione di secondo, Antony sentì la sua mano tremare.

"Farò il possibile per sostenere i rasovari," aggiunse re Eduardo. "Se appoggerò la borsa di studio e loderò i vostri sforzi qui al campo, lo faranno anche i miei amici. Ciò che è accaduto a quell'attrice non accadrà anche a lei." Ciò detto, Eduardo si alzò ed Antony e Jennifer lo imitarono. Antony notò che il gesto costava uno sforzo a suo padre. Il re si stancava troppo facilmente per un uomo della sua età e nelle sue condizioni fisiche apparenti.

Eduardo fece un passo verso la porta. "Dato che Emiliano è pronto, io devo tornare a San Rimini. La contessa Benedetta arriverà presto e io devo trovare un modo delicato per affrontare la faccenda. Mi accompagni all'elisuperficie, Antony? Dovresti essere a palazzo per questo incontro, indipendentemente da ciò che è accaduto qui questa mattina."

Antony osservò Jennifer, incapace di decifrare le sue emozioni attraverso gli occhi colmi di lacrime. Non voleva andare, ma sapeva di doverlo fare.

Rivolgendosi al re, Jennifer disse: "Vostra Altezza, sono certa che la cugina del visconte Renati, Pia, sarebbe felice di accompagnarvi in auto all'elisuperficie. Credo che sia al lavoro vicino alla porta, nella sezione principale della mensa. Posso accompagnare io Antony all'elisuperficie, se è accettabile."

Eduardo annuì, quindi se ne andò senza fare ulteriori commenti. Nell'istante in cui la porta si chiuse, Antony prese Jennifer fra le braccia. "Mi dispiace tanto, Jennifer. Non mi ero reso conto che mio padre sarebbe venuto o che avrebbe... Speravo di chiedertelo in circostanze diverse... Avrei voluto che avessimo il tempo per discutere–"

Stava combinando un disastro.

"Va tutto bene." Jennifer nascose il viso nella spalla di Antony. Lacrime calde gli inumidirono il tessuto della camicia e lei fremette nella sua stretta prima di circondarlo con le braccia.

Antony esalò un lungo respiro, sperando di proiettare calma. "So che è tutto molto affrettato. Nessuno di noi è il tipo che prende decisioni avventate. Ma so cosa proviamo. Io ti amo e voglio condividere il futuro con te. Possiamo fare con calma, nonostante la malattia di mio padre."

"Mi piacerebbe anche quello." Jennifer gli sollevò la mano dalla spalla. "Non sarà facile."

"Troveremo un modo." Antony indietreggiò, quindi le passò i pollici lungo gli occhi, asciugando l'umidità che vi trovò, e bisbigliò: *"Per favore?"*[1]

"Come?"

"Per favore. Significa per favore."

Jennifer esitò, confusa. "So cosa significa. Per favore cosa?"

Antony rise. "Per favore, sposami."

Jennifer sorrise fra le lacrime, quindi gli appoggiò una mano sulla guancia. "Promettimi una cosa sola."

"Qualunque cosa."

"Non cercare di migliorare il tuo inglese. Voglio che tu mi chiami sempre *'Zhennifer.'*"

"Non posso prometterlo." Poi, di fronte all'espressione stupita di Jennifer, Antony aggiunse: "Quando saremo in pubblico, dovrò prima o poi chiamarti 'principessa Jennifer.' *Se* accetterai di sposarmi."

"Accetto. Oggi, fra un mese, fra un anno. Quando ci sentiremo pronti."

"Allora faremo così."

Antony la attirò a sé, coprendole la bocca con un bacio pieno di promesse.

EPILOGO

Nove mesi più tardi

"Ce l'abbiamo fatta."

Jennifer sorrise alle parole di Antony, bisbigliate nel suo orecchio dopo che ebbero concluso quello che era stato annunciato come l'ultimo ballo della serata. Attorno a loro, gli invitati che chiacchieravano felicemente erano esilarati tanto dall'alcol quanto dall'atmosfera festiva. Il matrimonio era stato perfetto, nonostante fosse stato in buona parte pianificato a distanza, mentre lei continuava il proprio lavoro ad Haffali e lui si occupava dei suoi doveri reali. Una piccola cerimonia – piccola per un principe ereditario, almeno – si era svolta quel pomeriggio, nel Duomo di San Rimini, mentre il sole penetrava dalle vetrate restaurate di recente. In seguito, avevano percorso in carrozza la Strada il Teatro, la via più famosa di San Rimini, fra migliaia di persone festanti, prima di godersi un ricevimento relativamente tranquillo nei giardini del palazzo.

Jennifer non avrebbe saputo dire quando, esattamente, Antony avesse suggerito di evitare la Sala da Ballo Imperiale in luogo del giardino, ma quando l'uomo aveva osservato che il loro ricevimento avrebbe avuto metà degli invitati della cena di finanziamento della borsa di studio a cui lei aveva parlato, Jennifer aveva accettato. Non appena aveva messo piede nel cortile sereno e inalato il profumo estivo dei suoi alberi e dei suoi fiori, si era resa conto di aver fatto la scelta giusta. Un mese prima, quando aveva fatto una visita in occasione di un fine settimana lontano dal Rasovo e aveva ascoltato Enrique che le spiegava l'organizzazione della cosa, non avrebbe potuto prevedere la pura gioia che avvertiva in quel momento.

Sì, ce l'avevano fatta. Fra telefonate a tarda notte e messaggi, poi visite quando Antony aveva avuto modo di allontanarsi da palazzo e trascorrere un giorno ad Haffali. Il principe aveva contribuito agli sforzi per ricostruire la tenda dell'ospedale dopo la valanga e molti dei rifugiati erano arrivati a considerarlo un amico mentre lavoravano fianco a fianco a rimuovere macerie, riparare pavimenti e pali di sostegno danneggiati e poi, finalmente, posando un tetto nuovo e sostituendo i mobili rotti.

Fare amicizia, aveva raccontato Antony a Jennifer a tarda notte, era stata la parte più gratificante di tutto. Antony adorava poter venire occasionalmente ad Haffali per un giorno, lavorare fino a farsi dolere la schiena e poi condividere una cena e l'occasionale birra e partita a carte con i residenti.

Avevano aspettato quattro mesi prima di annunciare il loro fidanzamento. L'unica persona che era parsa contrariata era stata Bianca Caratelli, che tuttavia aveva lanciato le sue frecciatine alla sorella di Antony, Isabella, durante una festa piuttosto che alla stampa. Isabella si era limitata a fare spallucce e a dire: "Mi pare di capire che abbiano intenzione di organizzare un matrimonio in piccolo. Sono certa che sia un sollievo sapere che non dovrete trovare una scusa per declinare un invito indesiderato."

Quando Jennifer lo aveva saputo, la sua ammirazione nei confronti della principessa Isabella aveva spiccato un balzo.

D'altra parte, la contessa Benedetta e sua figlia, Francesca, avevano preso molto bene la notizia. Sembrava che Francesca avesse messo gli occhi addosso a un giovanotto che aveva conosciuto alcune settimane prima alla galleria d'arte dove lavorava, senza dirlo alla madre. L'uomo era ora l'accompagnatore di Francesca al matrimonio reale.

Al termine della canzone, Antony e Jennifer ringraziarono gli invitati, quindi si congedarono. Harriet fece loro da guida attraverso il giardino, dando l'impressione che i due avessero intenzione di partire a bordo di un veicolo per una destinazione ignota. In realtà, avevano intenzione di trascorrere la loro prima notte da marito e moglie nell'appartamento privato di Antony, per poi partire per la luna di miele nel tardo pomeriggio del giorno successivo, dopo aver avuto la possibilità di riprendersi dagli eventi della giornata.

Era stato Antony a organizzare la luna di miele, tenendo segreto il luogo, anche se Jennifer aveva intuito, da frammenti di conversazioni uditi fra Antony ed Harriet e da un appunto che aveva notato quando Antony aveva lasciato il computer aperto qualche giorno prima, che fossero diretti a una villa privata nelle Grenadine.

Sole, sabbia, acqua cristallina e privacy. Jennifer non vedeva l'ora.

Harriet li condusse a una porticina, quindi digitò il codice che avrebbe dato loro l'accesso ai corridoi di servizio del palazzo. "Conoscete la strada?"

"Sì," le assicurò Antony. "Grazie, Harriet."

"Di nulla," rispose la donna. Jennifer ebbe la sensazione che la voce dell'assistente vacillasse quando aggiunse: "Congratulazioni a entrambi. Sono molto felice per voi."

Qualche attimo dopo, erano soli nell'appartamento privato di Antony. Jennifer c'era già stata una volta, quando era andata e venuta in giornata per organizzare il matrimonio, ma allora c'erano stati con loro Harriet e il capo del catering del palazzo e Jennifer non era andata più in là del salotto. Ora, solo una lampada smorzata illuminava lo spazio.

Antony chiuse la porta alle loro spalle e le sue mani le circondarono all'istante la vita, i palmi allungati sul ventre mentre le baciava la nuca. Jennifer chiuse gli occhi e lasciò ricadere la testa.

Tutti i momenti di intimità degli ultimi nove mesi erano stati rubati. Qualche ora nella roulotte, o qualche minuto nella stanza posteriore della mensa. Non come l'intimità che avrebbero finalmente avuto quella notte.

"Ti dispiace se ti faccio fare il giro domani?" disse lui, scaldandole la pelle con le parole mentre mormorava fra un bacio e l'altro.

"Per niente." Jennifer trasse lunghi e lenti respiri mentre la bocca di Antony si muoveva lungo la sua schiena e le mani di lui le risalivano lungo le costole. Alla fine, quando non ce la fece più, disse: "C'è una lampo nascosta sulla schiena. Sotto i bottoni."

"Vedo."

Quando lui continuò a baciarle la schiena appena sopra il pizzo, lei lo implorò di usare la cerniera.

Mentre una delle mani di Antony si sollevava a circondarle un seno, l'altra trovò la cerniera, che abbassò con un unico, rapido gesto. Lui le mormorò qualcosa in italiano contro la pelle, quindi disse: "Sei fantastica," prima di infilare entrambe le mani nella parte posteriore del vestito e spingere il tessuto in modo tale che cadesse in avanti.

Mentre lei aveva ancora i piedi nell'abito, Antony la fece voltare verso di lui, quindi la sollevò e scostò delicatamente il vestito con la scarpa. "Lo recupereremo domani mattina."

"Per me va bene."

La giacca di Antony era sparita durante il ricevimento – senza dubbio recuperata da Harriet o da un altro membro del personale – lasciandolo con la camicia bianca immacolata. Mentre lui la posava e le dava un lungo bacio sull'attaccatura dei capelli, Jennifer gli prese il polso. "Non sono capace," ammise mentre trafficava con i polsini.

"Sono certo che avrai modo di fare parecchio esercizio."

Il respiro dell'uomo si fece più affannoso mentre lei gli slacciava i polsini, per poi mettersi al lavoro sui bottoni della camicia. Una volta che essa ebbe raggiunto il vestito di Jennifer sul pavimento, lei gli allargò le mani sull'addome, suscitando una reazione istantanea. Antony la baciò con trasporto e lei fu fin troppo felice di ricambiare. Trascorsero diversi minuti prima che lui dicesse: "Ti voglio completamente nuda, nel mio letto, il prima possibile."

"Vogliamo la stessa cosa," riuscì a dire lei, anche se Antony la stava già guidando all'indietro verso la sua stanza.

L'uomo spense la lampada lungo la strada, borbottando: "Ti guiderò io."

"Non mi perderai."

Quando i polpacci di Jennifer urtarono il morbido bordo del letto di Antony, lei si protese verso la patta dei suoi pantaloni. La bocca dell'uomo non lasciò la sua mentre lei lavorava, anche se egli usò un piede per liberare l'altro dalla scarpa, per poi calciare via l'altra. Mentre i suoi pantaloni ricadevano, le sue mani raggiunsero il posteriore di Jennifer, sollevandola e premendola contro di lui. Poi, la bocca di Antony trovò il suo seno e ogni pensiero la abbandonò.

Amava quell'uomo un po' di più ogni giorno. Lui la faceva sentire al sicuro, la faceva sentire felice. E la faceva sentire vogliosa.

Gli tuffò le mani nei capelli, inarcò la schiena e lo strinse più vicino a sé. Gli avvolse una gamba attorno, adorando la sensazione del suo corpo contro il proprio.

Antony passò all'altro seno, incastrando più fermamente il proprio corpo con quello di lei. Un suono basso e profondo da parte sua scatenò un'ondata di desiderio in lei.

Nei capelli dell'uomo, Jennifer disse: "Antony diTalora, sei la scelta migliore che io abbia mai fatto."

Antony sollevò la testa, quindi la stese sul letto, liberandola degli ultimi vestiti rimasti prima di circondarle il volto fra le mani e condividere con lei un bacio lento e profondo. Dopo un lungo istante, si staccò, i palmi ancora avvolti attorno alle guance di Jennifer. La luce proveniente dai giardini illuminati, dove gli ospiti si stavano congedando, filtrava attraverso le aperture nelle tende e le permetteva di vedere l'espressione di Antony. Con suo stupore, la serietà penetrava il velo di lussuria e desiderio che colmava gli occhi dell'uomo.

"Ti amo, Jennifer, più di quanto abbia mai creduto possibile. Eri l'unica scelta per me."

"Ti amo." Era l'unica risposta che lei potesse dare, ma diceva tutto.

Jennifer spostò il bacino e presto lui le fu dentro. Lei si inarcò, sentendo i muscoli della schiena di Antony mentre lui si muoveva, crogiolandosi nella sensazione del peso di lui su di lei mentre facevano l'amore. La bocca di Antony le raggiunse la gola, i denti di lui le graffiarono la pelle e lei affondò le dita in lui e tremò mentre la pressione cresceva dentro di lei, precipitava e cresceva di nuovo. Quando la mano di Antony si spostò fra le sue gambe, la sensazione divenne così potente che lei capì che non sarebbe riuscita a rallentare l'orgasmo. Un'ondata dopo l'altra la travolse ed Antony rimase con lei per tutto il tempo, tenendola, muovendosi con lei, baciandole la spalla, il collo, i seni.

Qualche istante dopo, i tendini sul collo di Antony si tesero, la sua mascella si serrò e lui gemette in preda al piacere.

Quella vista le diede una gioia completa e totale.

In seguito, lei lo strinse più che poteva e ancora non le bastò.

"TE NE SEI ANDATO?" chiese Jennifer mentre Antony stava in piedi accanto al letto nella luce del primo mattino, rosso in viso. Jennifer sbatté le palpebre alla vista dei pantaloncini e della maglietta umida di sudore di Antony. Il suo sguardo si spostò alle spalle di lui, verso le alte finestre della camera da letto, parzialmente coperte da pesanti tende di velluto. Il sole era appena comparso sopra l'orizzonte, proiettando una luce calda nella stanza. Mentre lui si appoggiava al comodino per levarsi le scarpe, lei cambiò posizione e guardò l'orologio sul comodino, prendendo nota dell'ora. "Sono appena le sette!"

"E noi non ci siamo addormentati prima di, quando, le tre?" Antony le rivolse un sorriso diabolico. Sapeva esattamente quando erano crollati, finalmente esausti. "Questa mattina ero sveglissimo. Ho deciso di lasciarti dormire e di unirmi a mio padre nella sua corsa mattutina attraverso il parco. Lui ha le sue guardie del corpo, ma accompagnarlo mi fa sentire più sicuro. Ti ho lasciato un biglietto, anche se ero abbastanza sicuro che non lo avresti visto." Prese un foglio di carta dal comodino e lo mostrò, quindi lo lanciò sotto una scrivania vicina, in un cestino che conteneva altre carte che lei immaginava fossero destinate a essere triturate e buttate.

Jennifer si sollevò su un gomito. Ci avrebbe messo un po' ad abituarsi al fatto che quello era il loro appartamento, ora, e che lui era suo marito. Parte di lei era ancora sconvolta dall'esaltazione.

"Sono felice che si senta meglio," disse a Antony mentre questi si levava le scarpe da corsa. "E che abbia ripreso a correre, anche se si lamenta di non essere più veloce o resistente come un paio d'anni fa."

"I medici dicono che è normale e che continuerà a fare progressi."

"Sicuramente è determinato." Jennifer angolò la testa e strinse gli occhi con fare eloquente. "Tuttavia, questa non è una scusa per avermi abbandonata nel bel mezzo della nostra prima notte di nozze."

"Tecnicamente, la nostra prima notte di nozze è finita." Antony si tolse la camicia e si sfilò i calzini, lanciandoli nella direzione del bagno, quindi si sedette sul letto accanto a lei, il volto pieno di birbanteria. "Cosa devo fare per farmi perdonare?"

Jennifer gli guardò il torace nudo. "Mi viene in mente qualche possibilità."

"Ci scommetto." Antony si protese verso le sue dita e prese un giornale che lei non si era resa conto fosse ai piedi del letto. "L'ho fatto ritirare da Miroslav ieri sera. Lo aveva lasciato vicino alla porta. Puoi immaginare cosa c'è in prima pagina."

Si chinò a baciarla, lentamente e dolcemente, quindi le mise il giornale vicino al fianco. "Perché non lo leggi mentre faccio la doccia?"

Jennifer aveva creduto che la sua vita fosse piena prima di conoscerlo. Ora... beh, ora aveva la sensazione che le fosse mancato qualcosa. Lui le faceva girare la testa e battere forte il cuore solo trovandosi nella stessa stanza, per non parlare di quando la baciava. Lei arrotolò il giornale e cercò di usarlo per picchiare Antony, ma lui scattò via.

Mentre Antony si incamminava verso il bagno, disse: "Quando avrai finito, magari potresti raggiungermi. Dopotutto, oggi è il primo giorno della nostra luna di miele."

Jennifer ammiccò mentre srotolava il giornale. "Leggerò in fretta."

"*Per favore*," rispose lui, incapace di nascondere il sorriso. "A proposito, ieri ho chiesto a Marco di chiamare una sala da gioco e piazzare una scommessa per conto mio."

"Come?"

"Vedrai," disse Antony, indicando il giornale prima di sparire nel bagno.

Jennifer si mise seduta, quindi allargò il giornale di fronte a sé. Eccola lì, con il braccio di Antony attorno alla vita, che condivideva un bacio con lui sul famoso balcone principale della Rocca prima del ricevimento. Impossibile non notare l'amore palese nei loro sorrisi o nel loro linguaggio corporeo. E questa volta, a loro non era importato di chi scattasse la foto.

Fissò l'immagine per diversi lunghi istanti, quindi lesse l'articolo.

NOTIZIE REALI
Di V. Dempsey, 30 giugno

IL PRINCIPE AZZURRO SPOSA LA SUA CENERENTOLA
San Rimini gioisce per il matrimonio fra il principe Antony e Jennifer Allen

LA ROCCA DI ZAFFIRO, SAN RIMINI – Infrangendo la tradizione, il principe ereditario Antony Lorenzo diTalora ha sposato oggi una popolana lavoratrice, l'americana Jennifer Allen, presso il Duomo di San Rimini, prima di festeggiare con un ricevimento a palazzo.

La semplicità delle nozze della coppia ha stupito molti, considerata la posizione del principe Antony come primo in linea di successione al trono più longevo di tutta Europa. L'elenco degli invitati era ridotto a duecento individui attentamente selezionati, compresi i membri delle famiglie diTalora e Allen, re Carlo e la regina Fabrizia di Sarcaccia e diversi rappresentanti del parlamento sanriminese. Erano anche presenti diversi ex-residenti del campo profughi Haffali in Rasovo, dove la signorina Allen ha lavorato come direttrice fino al mese scorso, quando il campo è stato convertito in un centro di addestramento per la Croce Rossa in seguito alla cessazione del conflitto militare interno al Rasovo.

La sposa aveva un aspetto meraviglioso in un abito di seta bianca con decorazioni in pizzo, disegnato specificamente per lei da Kovat del Rasovo – un dono della popolare casa di moda dopo che la sposa si è presa cura del giovane figlio del titolare, Josef Kovat, al campo Haffali, l'anno scorso, e ha avuto un ruolo fondamentale nel riunire la famiglia.

Gli sposini andranno in luna di miele questa settimana, in un luogo segreto. In seguito, la sposa si è impegnata a continuare a collaborare con gruppi di soccorso dediti alla ricostruzione del Rasovo. Ha intenzione di condurre diversi episodi sulla storia del Rasovo presso un'emittente educativa locale e sponsorizzerà due eventi di reclutamento per gruppi di soccorso il mese prossimo. Il principe Antony ha dichiarato al *San Riminian National News* di sostenere "completamente" la decisione di sua moglie di rimanere attiva. Lui stesso ha allargato il suo Fondo Universitario Sanriminese, annunciando recentemente il progetto di organizzare almeno quattro eventi di raccolta fondi per il programma nei mesi a venire.

Per quanto riguarda gli eredi al trono? Il principe e la nuova principessa hanno confidato ai loro amici che non vedono l'ora di creare una famiglia.

Le sale da gioco di tutta San Rimini hanno già cominciato ad accettare scommesse sulla data della nascita.

JENNIFER GETTÒ VIA IL GIORNALE. Dopo essersi alzata di scatto dal letto, esclamò nella direzione del bagno: "E tu hai già scommesso?"

Antony fece capolino dalla porta appena in tempo per prenderla fra le braccia. Lei rise, quindi si allungò a intrecciare le dita fra i suoi capelli e attirò a sé il suo viso arrossato.

Antony la baciò, profondamente e con trasporto, quindi si spostò vicino al suo orecchio e bisbigliò una data.

"È una scommessa ambiziosa," disse lei, guidando nuovamente la sua bocca alla propria per un altro bacio. Prima che le labbra di Antony toccassero le sue, aggiunse: "Dovrò aiutarti a vincerla."

NOTE

CAPITOLO 8

1. Nell'inglese americano, per indicare il calcio si usa la parola *soccer*, mentre *football* si riferisce allo sporto noto come "football americano"; nelle altre varietà dell'inglese, invece, il calcio è detto *football*, da cui la battuta di Pia (ndt).

CAPITOLO 14

1. In italiano nell'originale (ndt).

IL PROSSIMO EPISODIO

Grazie per aver letto *Andare al castello*. Il prossimo episodio della serie "Scandali Reali: San Rimini" è già in vendita. Continuate a leggere per un'anteprima.

LA TUTRICE DEL PRINCIPE

"*Mi scusi.*[1] Il principe Marco diTalora è qui? Devo parlargli con estrema urgenza."

Amanda Hutton cercò di ignorare le occhiate discrete – e quelle indiscrete – dei ricchi giocatori d'azzardo mentre chiedeva al direttore del lussuoso casinò Campione la stessa domanda che aveva posto discretamente in tre altre bische nell'ultima ora.

Se non avesse trovato il principe vagabondo e non lo avesse portato immediatamente al Duomo, il matrimonio fra il principe ereditario del minuscolo Palese, Antony diTalora, e la migliore amica di Amanda, Jennifer Allen, sarebbe iniziato in ritardo. Nonostante la presenza di duecento invitati nella famosa cattedrale del Paese, sarebbe stato difficile dare inizio alla cerimonia senza il testimone dello sposo.

Amanda lottò contro l'impazienza mentre l'appesantito direttore la osservava con il fastidio negli occhi. L'uomo non si comportò in modo diverso dagli altri tre direttori mentre prendeva atto del suo abito formale color rosa e delle scarpe abbinate. Disegnato per un matrimonio reale, non era il classico abito da damigella, ma il taglio non era certo paragonabile agli abiti di Valentino e Chanel sfoggiati dall'élite di San Rimini che si faceva largo fra le fila di tavoli di blackjack e dadi, con bevande costose in mano.

Dopo tre secchi *"no"* dai direttori degli altri casinò in risposta alle sue domande, Amanda non intendeva perdere tempo mentre il direttore numero quattro cercava di stimare il valore dei suoi abiti e dei suoi gioielli.

"Per favore," esordì, dando per scontato che il direttore parlasse inglese oltre all'italiano che era la lingua di San Rimini, "mi rendo conto che ci sono questioni di privacy, ma–"

"Come si chiama?" L'uomo inarcò un sopracciglio cespuglioso come per chiedere *Come osa presentare richieste?*

"Amanda. Amanda Hutton. Come stavo per spiegare, mi manda–"

"Lei deve sapere, Amanda Hutton, che quando il principe Marco è ospite di questo locale, non deve essere disturbato." L'uomo sottolineò la sua affermazione con un sorriso condiscendente, come se rispondesse di continuo a domande del genere da parte di donne e il nome Amanda Hutton non significasse nulla per lui.

Ciononostante, il cuore di Amanda cambiò marcia. Non solo quel direttore parlava un inglese perfetto, ma la vanteria nella sua voce diceva che il principe Marco era proprio lì.

Prima che lei potesse spiegare la delicata situazione, il direttore aggiunse: "Magari potrebbe aspettare di fuori. Con le altre." Gesticolò oltre le slot-machine tintinnanti verso una lunga fila di porte girevoli di vetro e ottone che si aprivano sul viale più famoso di San Rimini, la Strada il Teatro.

Amanda seguì la direzione del suo braccio. Diverse giovani donne in succinti abitini estivi attendevano all'esterno. Alcune si tiravano i capelli, disponendo ad arte le ciocche sulle spalle, mentre le altre si controllavano i denti o il trucco con le fotocamere dei telefoni. Tutte sembravano in attesa di una visione del principe Marco. O della possibilità di passargli il numero di telefono.

Amanda sfoderò un sorriso conciliatore e rispose: "Certo. Mi dispiace averla disturbata."

Il direttore prese atto delle sue parole con un cenno del capo, ma la guardò storto fino a quando Amanda non si voltò e non si incamminò verso l'uscita.

Passando lo sguardo sulla stanza principale della lussuosa bisca mentre camminava, Amanda intravide una scala lungo una parete. Nelle vicinanze sostava un'altra guardia armata. L'uomo teneva un pollice agganciato con noncuranza alla cintura e parlava con un cliente, ma teneva un occhio fisso sui gradini. Amanda si disse che o il casinò teneva i contanti in cima a quelle scale o era lì che si trovavano le sale da gioco private.

Sperò che l'ipotesi corretta fosse la seconda.

Sotto lo sguardo vigile del direttore, Amanda uscì dal casinò, ma rimase vicino alla porta, nei pressi delle donne bighellonanti, come se seguisse principi tutti i giorni.

Sfortunatamente, il direttore non si smosse dalla sua posizione al centro del casinò, lasciandole poche speranze di rientrare non vista.

Amanda scese sul marciapiede, quindi si schermò gli occhi dalla luce del sole per leggere l'ora sull'orologio della torre annessa alla Rocca di Zaffiro, il palazzo reale di San Rimini, che sorgeva in cima a una collina a meno di quindici minuti di camminata a ovest.

Le tre e mezza. A un'ora appena dalla cerimonia, era impossibile che lei potesse spiegare la situazione al direttore del casinò senza mettere in imbarazzo la famiglia reale. Non che il direttore volesse prestarle orecchio.

Avrebbe potuto uccidere il principe Marco. Come poteva il direttore – come poteva l'intera nazione – non sapere dove il principe avrebbe dovuto essere in quel momento? Negli ultimi otto anni, da quando si era laureata, Amanda lavorava con i figli dei dignitari. In tutto quel tempo, non aveva mai incontrato un bambino irresponsabile quanto quel principe. Che peraltro aveva venticinque anni.

"Una vacanza dovevo fare, una," brontolò fra sé. Quella settimana era la sua occasione di lasciarsi alle spalle tutto – di visitare uno dei Paesi più belli al mondo, di partecipare al matrimonio della sua migliore amica e di incrociare diverse fra le persone più ricche e famose d'Europa. Ma anziché trascorrere il pomeriggio mordicchiando canapè e facendosi acconciare i capelli, stava correndo per San Rimini in un paio di scarpe spaventosamente scomode, alla ricerca di un principe viziato che era andato a giocare d'azzardo invece di stare al fianco dello sposo. Il principe Marco non si era presentato al pranzo di ricevimento organizzato dal fratello per accogliere i VIP che si erano recati a San Rimini per partecipare al matrimonio e ora, anche se Amanda fosse riuscita a portare il principe al Duomo in tempo per la cerimonia, sarebbe arrivata fradicia di sudore.

O meglio: fradicia di sudore e con le vesciche ai piedi. E avrebbe dovuto essere perfetta nelle foto del matrimonio.

Quella non era la pausa che aveva immaginato di fare prima di dover tornare alla realtà e all'affitto arretrato da pagare a Washington.

Un'ondata di risate giunse dalle donne in attesa. Amanda le ignorò e riportò l'attenzione sull'interno del casinò.

Il direttore era distratto da una cliente ben vestita. La donna mosse un braccio carico di braccialetti per indicare un punto verso la parete posteriore del casinò. Il direttore scosse ripetutamente la testa, quindi sollevò un dito mentre faceva una telefonata. Strinse gli occhi per il fastidio, poi mise il telefono in tasca, disse qualcosa alla donna e la seguì, allontanandosi dalla vista dell'ingresso principale.

Approfittando dell'occasione, Amanda oltrepassò la porta girevole e si diresse subito verso le scale.

La guardia che teneva un occhio fisso sulle scale scattò sull'attenti. "Posso aiutarla?"

Dal suo atteggiamento, Amanda capì che nemmeno lui intendeva lasciarle raggiungere il principe Marco. Esitò per un momento, quindi disse: "Lo spero. Ha presente quelle donne là fuori? Sono qui per vedere il principe Marco."

Un angolo della bocca della guardia si sollevò. "E allora?"

"Beh, ho sentito una di loro dire che sapeva con che auto era arrivato il principe e che le portiere erano sbloccate. Voleva cercare di intrufolarsi sul sedile posteriore e aspettarlo lì. Pensavo che fosse il caso di farlo sapere a qualcuno."

La guardia la osservò per un momento mentre Amanda faceva del proprio meglio per darsi un'aria da buona samaritana. Tuttavia, invece di allontanarsi per dare un'occhiata alle donne come Amanda aveva sperato, l'uomo si portò una mano alla tempia e premette un pulsante sull'auricolare. Un attimo dopo, il suo cellulare vibrò e lui cominciò a parlare rapidamente in un italiano dal forte accento sanriminese. Amanda capì il minimo necessario a rendersi conto che la guardia aveva intenzione di rimanere dov'era.

Qualche parola di risposta riecheggiò dal telefono. La guardia esitò, quindi guardò accigliato Amanda. "Che aspetto ha?"

"Magra, con un vestito verde e giallo. Non molto alta. Più o meno come me," improvvisò Amanda, ben sapendo che nessuna delle donne là fuori corrispondeva a quella descrizione. "Credo che abbia fatto il giro del palazzo, magari per guardare nel parcheggio. Non lo ha detto. Se c'è bisogno che la identifichi, sarò lieta di aspettare qui mentre lei va a controllare."

L'uomo esitò e Amanda si affrettò a indicare le sue scarpe. "Verrei anch'io, ma non credo che riuscirei a tenere il suo passo con queste. Riesco a malapena ad attraversare il casinò. Sono uscita perché volevo chiamare un passaggio, ma ho sentito le donne che parlavano mentre cercavo il numero."

Invece di rispondere ad Amanda, la guardia ripeté la descrizione al telefono, ascoltò per un istante e chiuse la telefonata. Quando lei rimase dov'era, disse: "La situazione è sotto controllo. Grazie."

"Oh. Ottimo. Vuole che resti qui, nel caso abbia bisogno che io confermi la descrizione?"

La scrollata di spalle dell'uomo era una combinazione di *Faccia quello che vuole* e *Il parcheggio non mi riguarda*.

In quel momento, una certa agitazione ebbe inizio all'esterno. Amanda e la guardia sollevarono lo sguardo in tempo per vedere una delle donne spintonarne un'altra. Era palese, dal linguaggio corporeo di tutte, che le due avevano già avuto una discussione e che la situazione era degenerata. Amanda indicò uno sgabello di cuoio rosso di fronte a una slot-machine libera. "Aspetterò qui."

La guardia non parve cogliere la sua affermazione mentre si incamminava verso l'ingresso, portando una mano all'auricolare. Era palese che non intendeva uscire lui stesso, ma solo limitarsi a segnalare ciò che aveva visto in modo che altri affrontassero la situazione. Dicendosi che quella era la sua unica possibilità, Amanda attese che l'uomo le voltasse completamente le spalle, quindi salì di corsa la stretta scala. Nel momento in cui arrivò in cima, trattenne un'imprecazione. Almeno una dozzina di porte chiuse si apriva sul corridoio con la moquette di fronte a lei. Come avrebbe fatto a indovinare in quale stanza si trovava il principe?

La guardia sarebbe tornata al proprio posto a momenti. E considerata la sua brusca sparizione, lei era sicura che avrebbe ficcato la testa di sopra per assicurarsi che non fosse andata in quella direzione.

Amanda percorse il corridoio nel modo più rapido e silenzioso possibile, fermandosi a tendere l'orecchio in corrispondenza di ciascuna soglia. Diverse delle porte avevano targhe d'ottone che le designavano come uffici. Le altre, tuttavia, erano indicate come suite e ciascuna portava il nome di una celebrità locale. Amanda aveva l'orecchio premuto a una che portava il nome di un famoso oceanografo quando, dall'estremità del corridoio, udì il suono inconfondibile di giocatori d'azzardo che esultavano dopo una vittoria importante. Dopo essersi lanciata un'occhiata alle spalle per assicurarsi che la guardia non l'avesse seguita, si avvicinò alla suite da dove credeva provenisse il suono. A differenza delle altre, la sua targa diceva semplicemente *Privato*.[2]

Amanda aspettò per un momento, ascoltando. Dapprima, le voci furono difficili da distinguere; poi, la voce di una donna si levò al di sopra delle altre per annunciare in inglese: "Il banco ha blackjack," seguita da qualche brontolio. Amanda provò a girare la maniglia. Quando essa cedette, lei sbirciò all'interno.

Ovviamente, come se fosse ispirata alla scena di un film di James Bond, la lussuosissima suite moderna era progettata per rivolgersi a quei giocatori la cui ricchezza richiedeva uno spazio privato dove giocare d'azzardo. Alla sinistra di Amanda, un bar ben fornito copriva una parete e un barista in uniforme stava dietro il liscio bancone di granito nero, intento a lucidare bicchieri costosi a un livello immacolato. Portacandele da parete di cristallo proiettavano una morbida luce nella stanza e una spessa moquette grigia attutiva il rumore dei passi per mantenere un'atmosfera di quiete.

Di fronte ad Amanda, tende di seta bianca incorniciavano tre finestre a parete, ciascuna delle quali offriva una splendida visuale sulla baia di San Rimini e sul mare Adriatico.

Amanda spostò l'attenzione sull'interno della stanza, dove nessun altro parve notare il suo arrivo non annunciato. Al centro si trovava un singolo tavolo da blackjack, gestito da una bionda dalle gambe lunghe con una corta gonna nera, un gilet nero e un'immacolata camicia bianca. I quattro giocatori seduti dimostravano fra i venticinque e i trent'anni ed erano ben vestiti, con smoking e camicie bianche di sartoria. Amanda individuò subito il principe Marco diTalora.

Era molto più attraente di come lo raffigurava il ritratto ufficiale.

Sedeva con la mascella poggiata nel palmo della mano, le dita infilate in ondulati capelli biondi baciati dal sole appena al di sopra dell'orecchio. Intelligenti occhi azzurro-acciaio osservavano i movimenti della mazziera mentre questa passava la mano sul tavolo di feltro, indicando silenziosamente agli uomini di fare le loro scommesse.

Il principe Marco si raddrizzò, quindi spinse in avanti un grosso mucchio di fiches. La sua bocca si curvò in un sorriso quando l'uomo accanto a lui lo punzecchiò con una gomitata. Il principe aveva labbra piene – molto baciabili, decise Amanda – e denti bianchi e dritti come in un film. I suoi zigomi abbronzati erano alti e definiti, come quelli di un modello, anche se, a differenza di molti modelli maschi, Marco non era un manico di scopa adolescente pronto a camminare per una passerella. Le sue ampie spalle riempivano alla perfezione lo smoking.

Amanda diede una seconda occhiata ai capelli del principe, ora che le sue mani non li tormentavano più. Leggermente arruffati, come se l'uomo fosse appena uscito dal letto e se li fosse lisciati con le dita, il loro non era uno stile che gridava ricchezza. Il primo bottone della camicia era slacciato e il cravattino penzolava sciolto.

I casi erano due: o le eminenze grigie di palazzo lo avevano costretto ad andare dal barbiere prima del ritratto formale, oppure quest'ultimo era stato realizzato durante il servizio militare. Sebbene Marco avesse il portamento sicuro di sé di un principe, Amanda sospettava che preferisse quell'immagine da ragazzaccio a qualcosa di più raffinato.

Per quanto bacchettona fosse Amanda, decise che anche lei lo preferiva così. I capelli riflettevano il linguaggio del corpo alla mano del principe. Ciononostante, questi aveva bisogno di avere un aspetto regale e in fretta, per evitare che la cerimonia si attardasse. Amanda trasse un respiro profondo per farsi forza, quindi entrò completamente nella stanza.

"*Mi scusi*[3], principe Marco," esordì. "Stavo–"

"Andando via." Amanda sobbalzò quando la guardia, rossa in viso per la rabbia, le avvolse le dita attorno al braccio, poco sopra il gomito. "*Mi dispiace*[4], Vostra Altezza. Mi sono distratto un momento e lei è corsa qui dal pianterreno. Non accadrà più." La guardia rivolse ad Amanda un'occhiata assassina, quindi cominciò a trascinarla in corridoio.

"Per favore," esclamò Amanda, voltando la testa verso il principe mentre appoggiava una mano allo stipite della porta. "Mi manda–"

"*Va bene*[5], Ivan. Lasciala stare."

Marco la stupì lanciando una rapida occhiata alla guardia, che mollò subito la presa sul braccio di Amanda.

"Ma... Sì, certo, principe Marco." La confusa guardia si inchinò, quindi girò sui tacchi, presumibilmente per tornare alla sua postazione.

Il principe si voltò verso il tavolo, l'attenzione fissa sul gioco mentre la mazziera gli dava un re.

Amanda staccò le dita dallo stipite della porta, quindi si incamminò lentamente verso il tavolo. Gli uomini erano concentrati sul gioco, ma lei non poteva più aspettare. "Vostra Altezza, come stavo dicendo, mi manda–"

"Lei deve essere la signorina Hutton." Il principe non distolse lo sguardo dalle carte. "Chiedo scusa, ma non ricordo il suo nome. Non mi sono dimenticato il matrimonio. Arriverò tra un minuto. Si senta pure libera di ordinare da bere." L'uomo fece un gesto distratto verso il bar.

Amanda rimase di stucco. L'inglese del principe era fantastico – sembrava americano quanto lei – e a quanto pareva lui conosceva il suo nome – più o meno – e la aspettava.

"Come facevate a sapere che sarei venuta qui?"

Il principe rise, anche se il suo sguardo non si spostò dalle carte che aveva di fronte. "Non possono mancare più di due ore al matrimonio di Antony. Immaginavo che lui o Jennifer avrebbero mandato qualcuno quando non mi sono presentato a pranzo."

"Vorrei aver saltato io stesso quel pranzo," commentò uno degli uomini. "Una delle giornaliste di *Notizie Reali* mi ha messo all'angolo per quasi quindici minuti. Com'è che si chiama… Val Dempsey? Conversare con lei è come essere ammanettati a una parete. Non c'è via di fuga. E sapete chi altri era presente?" Menzionò un'attrice francese, quindi lamentò il fatto che non era stata lei a metterlo all'angolo. O ad ammanettarlo.

Mentre un altro degli uomini esprimeva il suo parere riguardo all'attrice francese e alle manette, Marco squadrò rapidamente Amanda. "Immagino che lei sia la damigella d'onore. Mio fratello mi ha detto ripetutamente che la damigella d'onore era americana. La compagna di stanza di Jennifer al college. E si chiamava…" Il principe schioccò le dita. "*Amanda* Hutton."

Amanda vacillò, incerta sul da farsi. Aveva pensato solo a individuare il principe scomparso, non a cosa avrebbe detto quando lo avrebbe trovato. Doveva convincerlo ad andarsene subito, non dopo un drink o due.

"A dire il vero, principe Marco," cercò di spiegare, "abbiamo solo un'ora. Probabilmente meno, ora che—"

La mazziera servì a Marco un secondo re.

Amanda fece un involontario passo indietro quando i compagni di gioco di Marco esultarono sguaiatamente. Lei aveva giocato a blackjack una sola volta, durante un fine settimana ad Atlantic City dopo il college, ma sapeva riconoscere una buona mano. Dato che la mazziera aveva un sette scoperto e, probabilmente, il punteggio migliore che poteva ottenere era un diciassette, Marco aveva appena ottenuto una vittoria importante.

Convertendo mentalmente in denaro le fiches nere che

Marco aveva messo in gioco, giunse alla conclusione che il principe si era giocato grossomodo sei mesi del reddito di Amanda. Lordo.

Marco ignorò l'esultanza. Invece, contò un altro enorme mucchio di fiches e lo mise accanto al primo.

"Li divido."

"*Folle[6]*!" L'uomo che si era lamentato della giornalista scosse la testa e, sebbene Amanda non conoscesse molto bell'italiano, lo conosceva abbastanza per concordare. La decisione del principe era assurda. Una follia.

Il secondo uomo disse: "Se vuoi buttare i tuoi soldi, Marco, mi vengono in mente modi migliori."

Le sopracciglia della mazziera si sollevarono di una frazione di centimetro, ma lei non disse nulla. Separò i due re in modo che giacessero fianco a fianco, quindi estrasse una carta dal sabot e la mise accanto al primo re.

"Sei fa sedici."

Estrasse un'altra carta, piazzandola accanto al secondo re. "Di nuovo sedici."

Gli amici di Marco gemettero all'unisono.

L'ultimo giocatore prese la parola, in un inglese dall'accento britannico. "Mi dispiace, Marco. Per fortuna che puoi permettertelo."

La mazziera finì con gli altri giocatori, quindi voltò la propria carta.

"Sette e quattro fa undici–"

"Farà meglio a non fare ventuno due volte di fila," la interruppe il britannico. "Potrei non essere in grado di spiegare a mia moglie perché non possiamo permetterci un dono dignitoso per la coppia reale."

La mazziera sorrise, ma continuò voltare carte. "E due fa tredici e una regina fa ventitré. Il banco sballa."

Attorno al tavolo si levò un grido di gioia.

"Mia moglie sarà contenta," disse il britannico, dando una pacca sulla spalla del principe. "Che ti è preso?"

Marco sollevò le spalle con noncuranza. "Era la mia ultima mano. Tanto valeva provarci."

Arrotolò la manica della camicia per rivelare una spessa linea di abbronzatura al posto dell'orologio. "Beh, non c'è da stupirsi che sia in ritardo. Devo averlo dimenticato a casa. Voi signori farete meglio a sbrigarvi se volete trovare posto." Il principe diede alcune fiches nere di mancia alla mazziera proprio mentre il direttore del casinò entrava nella stanza. L'uomo corpulento fulminò Amanda con lo sguardo per una frazione di secondo, quindi si inchinò a Marco, tutto sorrisi. "Era tutto di vostro gradimento, Altezza?"

"Raffaella ha svolto il suo lavoro in maniera eccezionale, come sempre. Forse dovrebbe ricevere un aumento." L'ammiccamento salace che il principe rivolse alla mazziera fece venire ad Amanda voglia di vomitare.

"Naturalmente, naturalmente." Il direttore annuì, fin troppo ansioso di compiacere il principe. "Volete convertire le fiches in denaro o preferite che il loro valore venga depositato sul vostro conto?"

"Sul conto," rispose Marco, scendendo dallo sgabello con più grazia di quanta Amanda avrebbe ritenuto possibile da parte di un ventenne giocatore d'azzardo che non si perdeva mai una buona festa. Forse, in quanto principe, l'uomo aveva imparato qualche piacevolezza sociale.

O almeno qualunque abilità sociale gli permettesse di attirare le donne. Lo sguardo della mazziera si fissò sul posteriore del principe quando questi voltò le spalle al tavolo.

Il direttore cominciò a raccogliere le fiches del principe, ma prima che potesse finire, Marco gli diede una pacca sulla spalla. "Ho cambiato idea. La prego di fare in modo che il denaro venga versato al Fondo Universitario Sanriminese presso la Banca Nazionale. Una donazione anonima in onore del matrimonio del principe Antony con Jennifer Allen. E voi" – Marco sollevò un dito di ammonizione e guardò uno alla volta i suoi compari prima che il suo sguardo si posasse su Amanda – "non dite una parola. Dico sul serio: voglio che la donazione sia anonima."

Gli uomini mormorarono il loro assenso. Amanda fece lo stesso, anche se Jennifer si sarebbe sicuramente incuriosita riguardo alla fonte della generosa donazione al progetto benefico sostenuto da lei e dal principe Antony. Conoscendo Jennifer, avrebbe indagato fino a scoprire l'identità del donatore misterioso. Ma considerata l'impressione che Amanda aveva avuto del principe fino a quel momento, avrebbe potuto volerci un po'. Non riusciva a immaginare che Jennifer sospettasse che il contributo venisse da Marco.

"Sarei onorato di occuparmene di persona, Vostra Altezza," disse il direttore del casinò, inchinandosi più profondamente del necessario.

"La ringrazio, ma preferirei che mandasse qualcun altro. E che non accennasse al fatto che il versamento viene dal Casinò Campione."

Il sorriso del direttore si smorzò leggermente mentre questi si raddrizzava, ma egli mantenne la flemma. "Come desiderate."

"Ottimo. Ora devo partecipare a un matrimonio." Si abbottonò la camicia, si allacciò il cravattino – senza bisogno di uno specchio, notò Amanda – quindi le fece cenno di precederla fino alla porta. "Signorina Hutton?"

Mentre uscivano in corridoio, il principe si aggiustò la giacca dello smoking, mandando un leggero aroma di colonia nella direzione di Amanda. Qualunque profumo usasse era al tempo stesso accattivante e sorprendentemente discreto.

"Siete stato generoso."

"In realtà, mi sentivo in colpa," confessò il principe. "Ho trascorso l'ultima settimana facendo snorkeling in Grecia. Non ho avuto tempo di acquistare un dono decoroso. Solo degli sciocchi candelabri di cristallo suggeriti da mio padre."

Amanda si costrinse a non affermare l'ovvio: che Marco aveva avuto il tempo per giocare. Ma il dono era comunque generoso. Conoscendo Antony e Jennifer, lo avrebbero apprezzato molto più dei candelabri.

Marco si passò una mano fra i capelli, lasciandoli sfortunatamente più arruffati di prima. "Posso presentarmi a un matrimonio reale in questo stato?"

"Sono certa che non sfigurerete, Vostra Altezza." Amanda cercò di non fissarlo inebetita. Era abituata ad avere a che fare con le élite, per via del suo lavoro. Aveva persino trascorso un mese alla Casa Bianca, insegnando ai figli del presidente come comportarsi con i dignitari stranieri. E in quanto figlia di un ex-ambasciatore, era cresciuta circondata dai potenti.

E tuttavia, nulla l'aveva preparata al principe Marco. L'uomo era il reale meno reale del mondo. Se lei lo avesse semplicemente incrociato al matrimonio, senza averlo mai visto in fotografia, lo avrebbe scambiato per un imbucato attraente piuttosto che per un membro della famiglia reale sanriminese. Il genere di imbucato che di solito spariva assieme a una damigella a fine serata.

"Non sfigurerò? È la prima volta che me lo sento dire. Si suppone che lei mi dica che ho un aspetto favoloso. Sexy." Marco le lanciò un sorriso colmo di sicurezza. "Dovrebbe almeno dire 'Ma certo, Vostra altezza,' oppure 'Splendido smoking, Vostra Altezza.' Non che non sfigurerò e basta."

Amanda azzardò un'occhiata. L'uomo torreggiava su di lei di quasi trenta centimetri. Era alto circa un metro e ottantacinque, forse anche uno e novanta. Con i capelli in disordine, il conto in banca gigantesco e il lignaggio impeccabile, Amanda era certa che le donne lo trovassero sexy. *Lei* lo riteneva sexy, nonostante il modo in cui si comportava. Ma non aveva intenzione di dirglielo, non nei confini ristretti di un piccolo corridoio di casinò.

E di sicuro non quando lui sembrava perfettamente consapevole del proprio fascino.

"Dove avete studiato l'inglese?" chiese invece. "Sembrate cresciuto nella casa accanto alla famiglia Cleaver. Ho conosciuto i vostri fratelli ed entrambi si esprimono in maniera più formale. E con un accento."

L'alzata di sopracciglio del principe indicò che aveva capito benissimo che lei stava cercando di cambiare argomento. "Antony e Federico hanno iniziato a imparare l'inglese dalla loro balia, che era di Londra, e sono stati educati qui e in Italia, dove la maggior parte dei loro docenti parlava l'inglese britannico. Io ho avuto una balia americana e sono andato a scuola negli Stati Uniti, anche se non ho mai visto una singola puntata del *Carissimo Billy*. Lo danno ancora in televisione?"

Amanda era stupita dal fatto che Marco aveva colto il riferimento. La maggior parte dei suoi amici non lo avrebbe fatto. Oh, avrebbero fatto finta, ma nel migliore dei casi avrebbero capito solo che si trattava di una vecchia serie che non avevano mai visto.

"Fatemi indovinare. UNLV?" scherzò Amanda mentre scendevano i gradini che portavano alla sala principale del casinò.

"Princeton. Ci credereste?"

"Immagino di sì. È vicino ad Atlantic City."

Il principe rise durante il tragitto per la sala del casinò, dove i ricchi clienti lo fissarono mentre oltrepassava i tavoli da gioco e le slot-machine. L'ormai familiare guardia si mise al passo accanto al principe Marco, passando lo sguardo da una parte all'altra della stanza mentre si avvicinavano alle porte che davano sulla Strada il Teatro.

Ivan le lanciò un'occhiata, all'apparenza in pace con la sua presenza, quindi si rivolse al principe. "L'auto di Vostra Altezza è pronta. Il conducente dice che può portarvi al Duomo in dieci minuti, ma dovrete fare il giro largo. La strada principale è affollata da gente che vuole vedere la carrozza. Dovreste comunque riuscire ad arrivare alla cerimonia con un certo anticipo."

La guardia oltrepassò le porte a vetri, passò lo sguardo sull'ampio marciapiedi e poi indicò loro una Range Rover nera immacolata che attendeva a bordo strada.

Uscendo nello splendente sole pomeridiano, Amanda notò che il marciapiedi era ora vuoto. I casi erano due: o le donne si erano arrese, oppure – più probabilmente – erano state allontanate. Il sollievo la travolse. Considerata la natura civettuola di colui che era venuta a cercare, dubitava che il principe avrebbe avuto fretta di salire a bordo del veicolo se si fosse trovato di fronte un gruppo di donne disponibili.

Rimase indietro fino a quando Ivan non accompagnò Marco attorno all'auto per farlo salire sul sedile posteriore dal lato opposto. Il conducente fece per aprire la portiera, scendere e aiutarla, ma lei gli disse di non disturbarsi, quindi sollevò la gonna voluminosa dell'abito quanto bastava per permetterle di salire sull'alto veicolo dal marciapiedi. L'abito si impigliò nella cintura, ma Marco si allungò per liberarlo con uno scatto del polso prima che lei potesse afferrare il tessuto intrappolato.

"Grazie. Queste auto non sono fatte per i vestiti delle damigelle," disse lei una volta che furono entrambi seduti al sicuro all'interno delle norme SUV.

Marco rivolse un'occhiata scettica all'ammasso di tessuto rosa, che lei aveva raccolto per evitare che invadesse completamente il sedile posteriore o – peggio ancora – si riversasse in grembo al principe. "È il contrario," disse. "I vestiti delle damigelle non sono fatti per essere indossati in queste auto."

Amanda avvampò. Marco aveva parlato come se la situazione fosse conseguenza di un errore di lei, quando Amanda non avrebbe dovuto cercare di far stare il vestito sul sedile posteriore se Marco fosse rimasto con Antony come previsto.

"Ascolti," proseguì l'uomo, "apprezzo i suoi sforzi per farmi arrivare in tempo alla cerimonia, ma Antony sa quanto detesto questi eventi. Mi rendo conto che si tratta di un matrimonio molto modesto per un principe ereditario, ma mio fratello è comunque un principe ereditario. Gli ho detto ripetutamente che non mi interessavano tutti quei ridicoli eventi prematrimoniali, figuriamoci i paparazzi che cercano sempre di scattare foto." Lanciò un'occhiata fuori dalla finestra, ma Amanda colse l'espressione di disappunto che gli attraversò il viso. "Antony avrebbe dovuto sapere che sarei venuto al matrimonio vero e proprio. In vita mia, non sono mai mancato a un evento davvero importante."

Amanda non disse nulla, stupita da quello scorcio della personalità del principe. Di tutti i membri della famiglia reale di San Rimini, Marco era quello che attirava meno l'attenzione ed era quello il motivo per cui lei aveva cercato una sua foto prima di andare a cercarlo. Non aveva avuto la certezza di riconoscerlo. Ma la mancanza di attenzione non era dovuta al fatto che egli era il più giovane, come lei aveva immaginato. Era dovuta al fatto che lui la evitava.

Interessante, considerato ciò che lei aveva visto delle interazioni del principe con i suoi amici.

Un attimo dopo, Marco si voltò verso di lei. "Perché hanno mandato lei invece di uno degli amici di Antony? Noi non ci conosciamo."

Amanda fece spallucce. "La maggior parte degli amici di Antony è nota alla stampa."

"Mi faccia indovinare. Sarebbero stati seguiti per tutta la città, si sarebbe scoperto che io mancavo e la stampa mi avrebbe dipinto come irresponsabile?"

"Può darsi," ammise Amanda. Lo aveva creduto lei stessa, anche se ora si domandava se la sua valutazione iniziale non fosse stata troppo dura. "Inoltre, Jennifer e Antony sapevano che, se la stampa avesse avuto sentore, vostro padre avrebbe scoperto che non eravate dove dovevate essere. Quando me ne sono andata, lui non aveva ancora notato la vostra assenza.

Jennifer ha accennato che re Eduardo è preoccupato dal vostro comportamento, negli ultimi tempi."

La bocca di Marco si strinse in una linea cupa e sottile, per cui Amanda si affrettò a deviare dall'argomento del re. "A ogni modo, dato che io sono straniera, era difficile che avrei attirato l'attenzione, anche correndo per la città con questo vestito e facendo domande. Jennifer e sua madre stavano per lasciare il palazzo per recarsi al camerino del Duomo, per cui ho detto a Jennifer che non avrei avuto problemi a vestirmi a palazzo e a incontrarla laggiù. Potevo saltare il parrucchiere."

"Non era necessario, ma grazie. Sono certo che Antony e Jennifer apprezzino." Marco guardò accigliato l'abito di Amanda, poi aggiunse: "Il minimo che possa fare in cambio è mettervi a vostro agio." Il principe si slacciò la cintura, quindi scivolò sul lato di Amanda.

Prima che lei potesse capire cosa stava facendo, Marco le mise una mano sulla coscia.

[1] In italiano nell'originale (ndt).

[2] In italiano nell'originale (ndt).

[3] In italiano nell'originale (ndt).

[4] In italiano nell'originale (ndt).

[5] In italiano nell'originale (ndt).

[6] In italiano nell'originale (ndt).

SCANDALI REALI: SAN RIMINI

Degno di una regina

Andare al castello

La tutrice del principe

Il bacio del cavaliere

Innamorarsi del principe Federico

Baciare un re

Iscriviti qui alla newsletter in italiano di Nicole. Gli abbonati ricevono materiale bonus e informazioni sulle prossime uscite. Puoi annullare l'iscrizione in qualsiasi momento.

L'AUTRICE

Nicole Burnham è la premiata autrice di oltre venti romanzi.
Per saperne di più riguardo ai suoi libri, visitate nicoleburn
ham.com.